illust. 中林ずん
不運からの最強男 vol.3
【規格外の魔力】と【チートスキル】で無双する

キャラクター CHARACTER
ハク
ジークベルトの契約聖獣。ジークのことが大好きで、いつも一緒にいたいが迷惑をかけないように健気に自重している。
シルビア
エスタニア王国の神話に関わる伝説の神獣。五百年ほど神殿に封印されていたが、ジークと契約して外に出られるように。
ジークベルト
不運な人生の末、事故で転生。鑑定眼、全属性魔法、成長促進など規格外のチートを授かる。
スラ
ドロップ品のオークの肉に隠れていたベビースライム。高性能の個体だったため、ジークベルトと魔契約をすることに。

ヴィリバルト
ジークの叔父。冷静沈着、
腹黒気質（でも身内にはとにかく甘い）。
赤の貴公子・赤の魔術師の二つ名があり、
各国に一目置かれている。
ディアーナ
エスタニア王国第三王女。凛としているが、
耳と尻尾に感情があらわれてしまう。
ダンジョンでジークベルトに助けられ急接近する。
アルベルト
ジークベルトの兄。王太子の護衛を務めており、
堅実な性格。エスタニア王国で開催される
武道大会に参加している。
ユリアーナ
エスタニア王国第二王女で、ディアーナの姉。
国民から『博愛の第二王女』と呼ばれ、
慕われている。

「むっ、無視はいやじゃ。うっ、わぁーん」
「……」

不運からの最強男
【規格外の魔力】と【チートスキル】で
無双する

vol.3

フクフク

illust.
中林ずん

目次

はじまりの神殿

湖上に浮かぶ白亜の神殿の扉に手をかけた瞬間、俺は深呼吸をひとつした。

この世界にアーベル侯爵家の四男ジークベルトとして生を受けて八年、前世の記憶とチートな能力のおかげで、子供ながらに日々を楽しんできた。しかし、前世の不運を払拭したはずなのに、なぜかトラブルが絶えない――。

武道大会を観戦するため、マンジェスタ王国王太子一行と共に、開催国のエスタニア王国を訪問していた。

バルシュミーデ伯爵家に滞在中、四歳の嫡男ヨハンの魔力が暴走した。その時、ヨハンの手には『移動石』という、特定の場所へ転移できる特殊なアイテムが握られていた。この移動石は、ヨハンが平民の子供たちと楽しく遊んでいる最中に、突然現れた見知らぬ男から渡されたものだった。

ヨハンの強大な魔力に反応した移動石は、俺を巻き込み、エスタニアの最果てにある神秘的な場所『はじまりの森』へと転移させた。なぜだか、俺たちはそこから抜け出せずにいた。

俺はその原因を探るため、この森に来て以来、ずっと怪しいと疑っていた湖畔の先の神殿へ、ヨハンがお昼寝している間に出てきた。

空を飛ぶ魔法の『飛行』を使って湖を横断している途中、俺の前に突如として、湖心の小島に建つ神殿が現れた。千年近く神殿を覆っていた『隠蔽』が解除され、あきらかに俺を誘っている状況に戸惑いつつも、膨大な魔力を持つ『超越者』に会えるかもしれないという期待感と、その真っ白で神秘的な建物に魅了され、俺は扉に手をかけたのだ。

――未知への期待と微《かす》かな恐怖が心の中で交錯していた。

「なにが待っているのかな」

俺は手に力を込め、ゆっくりと扉を開ける。その瞬間、心臓が高鳴る音が聞こえた。

その先に広がる光景は、思っていたものとはまったく違うものだった。

神殿の内部は一見すると、外観からは想像もつかないほど壮大で、天井は高く、壁は純白の大理石で覆われていた。その壁からは微かな魔力が感じられ、外観と同様に黄金の魔法色が全体に残っている。

「これが……千年前の魔力か」

俺はその光景に圧倒されつつも、心の中で興奮を抑えていた。そして、神殿の奥へと足を進めようとしたが、途中で歩みを止めた。

俺の視界に入った小さな黒と、そこから感じる厄介な雰囲気に気づいたからだ。

その場で踵を返し、急いで扉へと向かった。そして外に出ると、なにも考えずに一気に扉を閉じた。

「さぁ、帰ろう。ヨハンとパンケーキが、俺を待っている」

先ほどまで見ていた光景が嘘だったかのような平静さで、俺はつぶやいた。

そういえば、いつもならヘルプ機能が気を利かせて情報をくれるのに、静かだなぁと疑問を抱きつつ、俺が神殿を後にしようとした瞬間、体に突然強い負荷がかかった。

「まっ、まてぃー。なにゆえ扉を閉めるのじゃ！」

甲高い声と同時に神殿の扉が自動で開くと、神殿の中へ俺の体が引っ張られていく。

不可思議な力に途中まで抵抗するも、それが無駄だと悟った俺は身を委ねて、ステンドグラスから降り注ぐ幻想的な雰囲気を堪能した。

祭壇の手前で止まると、目の前には、黒のロリータ・ファションを身にまとった銀髪で赤い目の美幼女が腕を組み、不機嫌な顔で立っていた。

「遅い。遅すぎるぞ！　妾《わらわ》がどれだけ待ったと思っておる。そもそも――」

幼女がぶつぶつと小言を言っているそばで、俺は表情をなくして『そうではないんだよ』と、心の底から叫んでいた。

ここはいかにも英雄とか、百戦錬磨の風格漂う戦士とか、威厳のある賢者とかの出番じゃないのか。

神殿内の雰囲気で期待を高めるだけ高めてさ。

どうして、ロリ幼女なのか。誰か説明してよ。

全然納得できないんだけど……。

説明を求む！

いや、責任者出てこい！

俺が現実を受け入れられずに深く落胆し、やる気をなくしていることなど、知る由もない幼女は、ただ小言を話し続ける。

しばらく待っても、止まらない幼女の話。まだまだ言葉をつなぐ幼女。

まだまだまだ――。

小言に夢中な幼女に気づかれないよう、抜き足、差し足、忍び足で、そーっと、扉のところまで後退する。

幼女はいまだ俺の行動に気づかず、小言を言っている。

よし！　今なら脱出が可能だ。

俺が扉を開こうとした瞬間、その試みは見えざる大きな力によって阻まれた。

「んんっ⁉　おぬし、なにゆえ扉に近づき神殿から出ようとする！」

「ちっ」

俺の舌打ちが、壮大な神殿の中に響く。

「なっ、なっ、おぬし舌打ちを、妾に向けて舌打ちをしたな！」

幼女の声が神殿の中に響き渡る。その声と同時に、彼女の小さな顔が真っ赤になり、怒りで瞳が燃えるように輝いた。口もとはきつく結ばれ、その眉間には深くしわが寄っている。

俺はその様子を気にとめることもなく、とぼけた口調で言った。

「なんのことです？　舌打ちした覚えはありませんよ。なにか勘違いされているかもしれませんね。初対面の相手に、失礼な人ですね」

「なっ、妾が、失礼じゃと！　おぬしのほうが、よっぽど失礼じゃ！」

幼女の小さな足が大理石の床に力強く打ちつけられる。

ドンッ、ドンッと音が神殿全体に響き渡り、その反響が俺の耳に残った。

「あぁ、癇に障りましたか。すみません。失礼な僕は、ここから消えますので」

再度、扉の取っ手に指をかけ、全力で引こうとしたが、強大な力が俺を神殿の中へと引き戻し、幼女のいる祭壇のすぐ前で止まる。

「ちっ」と、はっきりとした敵意を持って舌打ちすると、幼女の怒りをいっそう煽《あお》った。

「またっ！　また舌打ちしたな！」

幼女の全身が怒りで震え、真っ赤に染まった顔は怒りを隠すことなく、その赤い瞳は燃え上がっていた。

俺は彼女の怒りをわざと煽りつつ、そうそうにその場を立ち去ろうと計画する。

「してないですよ。幻聴ですよ。早く病院に行って治療するべきですよ。では、さようなら」

「妾を病人扱いするな！　幻聴ではないことぐらいわかるぞ！」

「ちっ、舌打ちぐらい見逃せよ」

俺の尊大な態度に、幼女はその場で激しく足を踏み鳴らし、声をあげる。

「なっ、なっ、妾に、そのような尊大な態度！　ありえん。ありえぬぞ！」

「はいはい。すみませんでした。僕は、ここに用がないので帰ります」

幼女の憤りを理由に、俺は素直に応じるふりをして、その場を後にしようとした。

しかし、俺が『帰る』と言った瞬間、幼女は驚いた表情を浮かべた。その怒りが徐々に消えていくと、彼女は冷静さを取り戻し、俺に対して静かに注意を促した。

「待て、おぬし、妾と話をしなければ、この森を抜けることはできないのだぞ」

「いえ、それはもう結構です」

その申し出を無表情で断り、幼女に背を向けた。

俺は内心焦っていた。幼女をうまく怒らせてその場から逃げるつもりだったのに、ミスリードで彼女を平常心に戻してしまったのだ。

嫌な予感がする。とてもまずい感じがする。

「なっ、どうするつもりじゃ」

背中を向けた俺に、慌てた声で幼女が尋ねてきた。

それに対して俺は動揺が悟られないよう、ゆっくりと口を開く。

「転移します。もういいですよね。では、さようなら」

その淡々とした声に、幼女は危機感を覚えたのか、必死になって俺をその場にとどめようとする。

「まっ、待て。おぬし、移動魔法を秘密にしておったじゃろ。なにゆえ急に使用するのじゃ」

「関わりたくないから」

俺の即断に、「ぐぬっ」と言葉にならない声を出して、狼狽《ろうばい》する幼女。

変な人と関わりたくないのは、人としてあたり前の防衛本能だと思う。

それに、なぜ俺が移動魔法を使えるのを知っているのだろう。

不信感しかないのだが。

冷めた態度をとる俺に、幼女は体を小刻みに揺らしながら、涙を浮かべ訴えた。

「おぬし、性格が著しく変わっておるぞ！　なにゆえ、妾に冷たくする。妾は神獣《しんじゅう》だぞ！」

「……」

「なにゆえ無言なのじゃ！　妾は、妾は、この時を長い時間待っておったのじゃ」

「……」

「なにか話をせぇー」

「……」

「むっ、無視はいやじゃ。うっ、わぁーん」

大号泣する幼女を前に、少しやりすぎたかなと反省する。

あまりにも理不尽なやり取りに対し、一種の意趣返しのつもりだった。

それにしても、幼女の精神が弱すぎる。

自称神獣の幼女だが、残念ながら彼女は、エスタニア王国の建国をもとにした広く伝わる神話や絵本『白狼と少女の約束』に登場する白狼ではないようだ。

＊＊＊

白狼は、いつもイタズラをして、神様を困らせていた。

そんな日々が続いたある日、白狼は、神様の大切なものを壊してしまう。

神様は激怒する。

白狼は、神界から追放され、地上に降りることになる。

降りた地上は、荒れ狂い、人々が戦い傷つけ合う場となっていた。

白狼は、壊したものが、人々の善だったことに、気づく。

壊したものを白狼の手で、修復するために、神様は、白狼を神界から追放したのだ。

戦う人々の前に出て、人々に説得を続けるが、誰も白狼の言葉に心を傾けない。

白狼は、人に絶望し、森の中へ消えていく。
そして長い時が流れ、森にひとりの少女が、訪れる。
少女は、兄を助けるため、戦いを終わらせたい。
そのためには、力がいる。
白狼は、問う。
そなたの言う力とはなんだ。
少女は、答える。
希望だ。
白狼は、それを否定する。
否。希望は、力ではならず。
少女は、笑う。
希望こそが、力だ。人々には、希望がいる。
それが兄だ。
白狼は、少女の強い意志に光を感じる。
我の力をそなたに授けよう。
ただし、そなたの心が悪に満ちれば、その力は消える。
少女は、白狼と約束する。

私は、悪に染まらない。

白狼の力を得た少女は、戦いを終わらせるため、力を使う。

そして、平和が訪れる。

白狼に力を返すため、少女は、再び森を訪れる。

しかし、白狼は、力をそのまま少女の中に封印する。

白狼は、少女と約束を交わす。

この地に、再び戦いが起こる時、我はそなたを助けよう。

それまで、そなたに、力を預ける。

白狼は、少女へ祝福を与え、神界に戻っていった。

その場所は、のちに、エスタニア王国となり、繁栄する。

＊＊＊

出がけにヘルプ機能から得た絵本の内容を思い出しながら、俺は頭をかかえた。

俺の予想では、物語の舞台、白狼のいた森こそが、ここ、はじまりの森で、神殿の中に白狼本人がいると考えていたのだ。

これで可能性のひとつが消えた。

となると、ここに呼ばれた理由はなんだ？

俺は考えをまとめると、幼女が泣きやみ、落ち着いたところを見計らって、疑問を口にする。

「で、どんな用件？」

「おぬし、態度が……」

先ほどとは、あきらかに違う態度を示した俺に、幼女は困惑を隠しきれずに眉をひそめた。

その様子を見て、俺は言葉をつなぐ。

「無邪気な子供たちをわざわざ巻き込んで、俺をここへ連れてきた策略家に愛想よくするほど、俺はできてないから」

俺の話を聞いた幼女は驚きと共に目を見開き、否定の意を示すために力強く首を振った。

「なっ⁉　それはちがうのじゃ！　妾はそのようなことしておらん！　おぬしが、妾の力が及ぶ範囲に転移してきたのじゃ。しかも待ちに待った適合者、神殿に来るよう仕掛けるのは、あたり前じゃろう！」

「……」

「そのようなジト目で見るな！　妾は本当に知らん！」

幼女の態度から、彼女が嘘をついているようには見えない。

だよね。もともとヨハンに『移動石』を渡した犯人との関連性は、ほぼないとは思っていたけどね。

俺は肩をすくめながら、ほんの少し幼女に対して緊張を緩める。

「そのようだね。では誰が？」

「知らん」

幼女の即答に、わかっていたはずではあるが、つい意地悪な言葉を発してしまう。

「役に立たない神獣だね」

「おぬし、言動がきついぞ。妾は、神獣なのだぞ⁉」

「だから？」

「むぅー。この姿ゆえ、侮るのじゃな！　これでどうじゃ！」

幼女が叫ぶと『ポフン！』と音が鳴り、白い煙が彼女を包んだ。

煙が晴れると、そこには絶世の美貌を持つ銀髪の美女が立っていて、挑戦的な顔で俺を見下ろしていた。

「頭が高いんじゃない？」

美女の挑発を受けて俺が返すと、彼女の赤い瞳は驚きで目を見開く。

「なっ、なにゆえ、辛辣！」

美女の悔しそうな悲鳴と同時に『ポフン！』と再び音が鳴り、白い煙が彼女を包み込み、その中からもとの姿に戻った幼女が現れた。

幼女は涙目で、俺になにかを訴えかけるかのように見上げてくるが、それは無理な注文なのだ。

絶世の美女への変化《へんげ》は、叔父《おじ》ヴィリバルトと契約している風の精霊フラウとの経験により、耐性ができているので、俺が驚くことはほぼない。

叔父ヴィリバルトはマンジェスタ王国第三魔術団の副団長で、その端正な外見と赤い髪・瞳から『赤の魔術師』『赤の貴公子』という二つ名を持つ。最近では、伯爵位を叙爵された。

叔父は俺よりも実力と実績がはるかに上である。そんな叔父の精霊、フラウは絶世の美女なのだ。

かわいそうだけど、こればかりはしかたがない。

そっと幼女から視線をはずすと、それに気づいた彼女はとても傷ついた顔をした。

「うぅ、なけなしの力を使って、成体に戻したのに……。ひどい、扱いがひどいのじゃ」

「いやいや、ほぼ維持できてないよね」

彼女の嘆きに、俺はついツッコミを入れてしまう。

「妾の本来の姿は、あれなのじゃ！　力がほぼ封印され、童の姿でしかおれん。うっ、うぅー。あんまりじゃ」

俺の指摘を受け、彼女は反論するも、その赤い瞳からは抑えきれない涙がこぼれ、とうとう彼女は泣きだした。

その姿に、ほんの少し同情してしまう。

「お前、なにしたの?」

俺が優しく問いかけると、彼女は涙声で答える。

「うっ、妾は悪くないのじゃ。主様が大切にしていた宝珠に、少しばかりひびを入れただけじゃ」

「いや、それはまんまお前が悪いだろう」

予想の斜め上をいく発言に、思わず俺が返す。

「うぅ、わかっとる。わかっておるが、故意ではないのじゃ。綺麗だったので少し触っただけで、ひびが入ったのじゃ。兄上のように壊したのではない。じゃが、じゃが、主様は『兄妹揃《そろ》って、手がかかる』と『この神殿に、反省するまでいなさい』との謹慎処分じゃ。妾ひとりでは、神殿の外にも出られぬ。反省はたっぷりしたのじゃ」

「それって、まだ反省が足りないと判断されて神殿にいるんじゃないか」

「うっ、ひどいのじゃ……。兄上は、壊したが地上で自由に動き回れたのじゃ。じゃが、じゃが、妾は、五百年の間、神殿の中での謹慎。ひびを入れただけなのに、あんまりじゃ」

彼女の言い分に、俺は思わず額に手をあて、天を仰いだ。

お前、まったく反省していないよね。

『ひびを入れただけ』って、五百年の間に、なにを反省していたんだ。

そりゃ、神殿から出られないよ。あきれて言葉も出ない。

第三者の俺がそれを指摘しても、彼女の今までの言動からして受け入れそうもないし、まぁ彼女の反省云々《うんぬん》よりも重要なことがある。

「神話に出てくる白狼は、お前のお兄さん？」

俺の問いかけに「神話？」と、彼女が頭を傾ける。

「この地の神話で語り継がれている白狼のことだよ。お前のお兄さんか？」

再び問いかけた俺の姿勢から、なにかを察した彼女は慎重に言葉を選んで答える。

「神話は知らぬが、この地で語り継がれている白狼がおるとしたら、それは我が兄となるのじゃ」

「やはりそうか」

俺はうなずき、その後、静かに口を閉じた。

ひとつのつながりを見つけた。

この出会いは、俺の称号『幸運者』の導きのような気がした。

俺の婚約者、エスタニア王国の第三王女ディアーナ。彼女が背負う王家の秘密という心理的な負担は、この幼女の登場で軽減されるかもしれない。

「おぬし、先ほどから妾をお前呼びとは、気が早いのう。物には順序というものがあって……」

俺が考え込んでいる間に、幼女の態度が変わっていた。

彼女は全身をくねくねと動かして、頬を赤らめながら上目遣いで俺を見ている。

えっ、気持ち悪いんですけど。

あまりにも媚びた態度にどん引きした俺は、一歩うしろに下がる。

「いや、普通に君の名前を知らないしね」

「なにゆえ、お前呼びをやめるのじゃ⁉」

微妙にあいた俺との距離を縮めながら、彼女が焦った表情で俺を見つめ訴えてくる。

「いや、なにか意味がありそうだから」

俺は少し躊躇《ちゅうちょ》しながらそう答えた。そして、彼女との間に少しスペースをつくるために、数歩後退した。

決して彼女の態度が怖かったからではない。

「なっ、妾をもてあそんだのか！　なんたる非道！」

「非道もなにも……。そもそも俺は関係なくない？　君が主様の宝珠にひびを入れた。その反省のため、この神殿に放置されている。それで間違いないよね」

「放置ではなく、謹慎じゃ！　ほかは間違いないのじゃ」

俺の問いかけに、彼女は威勢よく答えたが、いったん言葉を切ると、俺を見つめ、しおらしく懇願してきた。

「じゃが、妾を、妾を連れ出してたもう。もうひとりでいるのは嫌じゃ。後生《ごしょう》じゃ、妾を神殿から出してたもう」

相当、神殿での生活はこたえたようだ。

うーん。どうするべきか。

連れ出してもいいけど、なにかありそうなんだよね。

俺は、今までの彼女の発言の中で、ひとつの言葉に引っかかりを覚えていた。

「適合者って？」

「主様が定めた条件に合った者のことじゃ。一定以上の魔力があり、妾との相性がよいことじゃ」

「どうして条件の中に、君との相性があるの？」

俺の質問に、彼女はわかりやすく『ギクッ！』と効果音が出てくるほどに体を震わせた。

とてもわかりやすい反応をしてくれる。

彼女は視線を俺からはずすと、あきらかに浮ついた表情で遠くを見つめながら、それに答える。

「妾を神殿から出すには、契約が必要じゃ。妾が外界で悪さをせんよう監視する役目があり、妾の仮主《かりぬし》になるのじゃ。そのため、妾との相性がよいことが前提となるのじゃ」

「仮主？」

「そうじゃ。妾は尊き神獣なのじゃから、人間の僕となることはできん」

「尊きねぇ。ほかになにか条件があるんだね。その条件を吐くんだ」

「妾は知らん！」

俺がたたみかけるようにそう言うと、彼女は顔を横に向けて、口をつぐんだ。

その態度を見て、俺は彼女に静かに近づき、彼女の口をそっと手で挟んだ。

「ぐふっ」と彼女の声がわずかに漏れる。

「目を逸らすな。説得力がないんだよ。言え！　吐け！」

「うぅ、話したら、おぬし逃げぬか」

心細そうにささやく彼女の目を見て、俺は真剣な表情で伝える。

「話にもよる」

俺の態度に彼女はしばらく口を開け閉めして悩んでいたが、とても小さな声でささやいた。

「――を生《な》すことじゃ」

しかし、その声は近くにいた俺でも聞き取れないほど、小さなものだった。

「えっ？」と俺が聞き返すと、彼女は顔を真っ赤に染めて、やけくそになりながらも大きな声で叫んだ。

「連れ出した者との子を生すことじゃ！」

「はぁー？」

予想外の答えに俺は目を見開き、彼女の顔から手をはずす。そして、彼女から距離をとった。

「うぅ、妾がつけた条件ではないぞ。主様が、兄上を見て、妾も同じようになれば改心するじゃろと……。妾を捨てないでたまぉー」

彼女は小さな体を素早く動かし、俺にしっかりと抱きついて懇願する。

ちょっと、待て。

話の根底が違う。主様から『改心するように』と言われているよね。

はぁー、このじゃじゃ馬。

さっきから自分の不利益を隠そうとして、墓穴を掘っている。

このまま無視して、放置してもいいんだけどね。

俺に抱きついたままの彼女に視線を向けると、俺を絶対に離さないという強い決意、いや、執念をその目に感じた。

これは無理だね。

かなりしつこそうだ。

うーん。子を生す条件さえなければ、契約してもいいけど……。

俺にすがる幼女姿の彼女をもう一度見る。

絶対に無理。子を生す条件は無理だ。

成体ならまだ検討の余地もあるけれど、幼女はなにがあっても無理だ。

「悪いけど、無理。ほかをあたって」

「なっ、五百年……。五百年待って、やっと、やっと、現れた適合者じゃ。神界には、帰れんでもよい。子を生さんでもよい。じゃから、神殿から連れ出してたまもう」

俺は拒否を示して、抱きついている彼女を剥《は》がそうとするも、彼女の小さな体のどこにそのような力があるのか、強い力で拒絶し、必死に言葉をつなげて訴えてくる。

その姿は庇護欲《ひごよく》をかき立てるが、俺はなぜか違和感を持った。

なんか、わざとらしいんだよね。

「で、本来の条件は？」

俺はその違和感を払拭するため、彼女に問いかけた。

「これ以上は、知らん。本当じゃ、妾が神界に帰還できる条件のひとつとして、神殿から連れ出した者との間に子を生すことしか聞いておらん！　そもそも適合者の条件も主様が決めたもの。妾は関与すらしておらん！」

抱きついていた手を放した彼女は、身振り手振りで一生懸命に状況を説明する。

その必死な姿を見て、俺は『ここに嘘はなさそうだ』と、心の中でつぶやいた。

そして彼女に質問を投げかける。

「神界に帰還できなくなれば、君はどうするの？」

「生涯、おぬしのそばにいる。それだけじゃ」

「神殿から出る。その場で解散！　これでよくない？」

「うむっ。おぬし、妾の力欲しくはないか？」

「いらない」

俺の即答に、彼女の赤い目が大きく見開かれる。

「なっ、即答！　わかっておる。わかっておったが、あんまりなのじゃ……。うっ、」

「泣いたら、即帰るよ」

話が進まなくなるので、泣きそうになった彼女に釘を刺す。

「……っ。泣いてなどおらん！　神殿を出る前に、適合者と契約するのじゃ。その条件の中に、契約者とは一定以内の距離にいることがあるゆえ、妾はおぬしのそばからは離れん」

「なに、その面倒な条件」

俺が心底迷惑そうな表情でつぶやくと、彼女は顔をしかめて言った。

「うっ、しかたないのじゃ。四六時中、そばにいるわけではないのじゃ。仮主との関係性があれば、少々離れていても問題はいらん。おぬしの屋敷においてくれればよい」

「契約のほかの条件は？」

「ほかの条件は――」

彼女から条件の概要をひと通り聞き出した後、俺は面倒くさいと感じつつも契約を結ぶことに決めた。

どう考えても、今の状況では契約しないと、この場から帰してもらえそうにないからだ。

それに彼女が、神話の白狼の妹である点も、ディアーナの助けになると判断したからだ。

契約はいわゆる、魔契約の神獣版だった。

細かな契約条件はあるものの、それが日常生活になんの支障もない点も決断を後押しした。

契約の中には、仮主への『絶対忠誠』という項目もあり、これは彼女の力の暴走を止めるものだそうだ。しかし、現在の彼女の力はほぼ封印されているので、暴走するほどの力はないとの説明だった。

いやたぶんこれは、彼女の奔放な行動を抑止するためにあると思うけどね。

契約条件の説明中にも、彼女が裏でこっそりとなにかを企んでいることに、俺は気づいていたが、あえてそれは見逃した。

「わかったよ。契約しよう」

俺がそれに同意すると、彼女が両手を上げて、喜びに満ちた表情を浮かべた。

「おぬし！　感謝するぞ！　おぬしの気が変わらんうちに、契約じゃ！」

彼女が喜色の声をあげると『ポフン！』と音が鳴り、幼女から白銀の狼に姿を変えた。

その存在は圧倒的で、美しさと力強い生命力に満ちていた。特に銀の毛は、光を反射してキラキラと輝き、まるで新雪のような自然の美しさを保っている。

一瞬で、俺は白銀の狼に心を奪われた。

白銀の狼が「おぬしの名は」と、俺に問いかける。

俺が「ジークベルト・フォン・アーベル」と告げると、白銀の狼の体が白く大きく光り始めた。その光はやわらかく、見るものを魅了する幻想的な輝きを発していた。そして、光がはじけると無数の輝きが空中を舞った。

その光が俺へ降り注がれる。それは暖かく、心地よい感覚だった。

「くっくく。これで契約は妾に優位に成立した」

気がつくと、白銀の狼の姿から小さな幼女の姿に戻った彼女が立っていた。その表情は、他人を見下すような、得意げな笑みを浮かべており、すべてを台無しにする言葉を発していた。

「お前、本当に馬鹿だな」

俺があきれてそうつぶやくと、彼女の顔色が変わる。

「なにゆえ⁉　おぬし、なにゆえ、妾に暴言を吐ける？　ぎゃあああああ！　妾が優位になるように記した条件が書き換わっておる！　おぬし、なにをした！」

ひとり狼狽し青ざめた表情で叫ぶ彼女を、俺は無言で冷淡に見つめる。

やはり、俺をはめようとしたのか。

なにかを企んでいたのには気づいていたけど、馬鹿だな。

彼女は気づいていないようだが、彼女とは比べものにならないほどの大きな力が、契約前からすでに働いている。

それは今の俺ではかなわないぐらい巨大な力だったので、放置していたのにと考えていると、天からピラピラと一枚の紙が落ちてきて、俺の手もとに収まった。

そこには、『我の神獣《ペット》が迷惑をかける。迷惑料として、そなたに我の加護（小）を与えよう』との記載があり、俺が読み終えると紙は自然に消えた。

そして、天から暖かな光が舞い降り、俺の体を包み込んだ。

その異変に気づいた彼女が、慌てた表情で泣き叫んでいる。

「あっ、主様!?　なにゆえ、そやつに加護をお与えになるのじゃ？　ぎゃあああぁ！　妾の枷《かせ》が、枷が増えておる！　五百年の謹慎で、枷を減らしたのに……。うぅ、この一瞬で倍に！　倍になっておる！　なにゆえ、なにゆえなのじゃ……。うわぁーん」

いや、当然の罰だよな。

彼女の自分勝手な振る舞いに、主様が、さらなる反省を科したのだろう。

というか、これを連れて帰るのか……。

主様、加護じゃなくて、契約の取り消しをしてよ。

「はあ」と、俺は落胆から大きなため息をついた。

押しつけられたこの状況への不満が声になって漏れた。

「おぬし、どうしたのじゃ？」

「どう考えても、体《てい》のいい厄介払いをしたんだなぁと思ってさ」

「なっ、なっ……」

俺が皮肉や不満を込めてそう答えると、彼女が詰まる声をあげ、その驚きが空気を震わせた。

「普通に考えればさ、適合者の条件も契約内容も、お前の暴走を抑えるためだけのものだろ」

「妾が、厄介者……」

そうつぶやいた彼女の声には、深い悲しみがこもっていた。

その後、彼女は床に膝をつき、手を静かに置いた。

その姿は、彼女自身が自分の状況を受け入れ、その重みに耐えていることが伝わってきた。

これで少しは改心してくれればと、俺は願う。

そして『俺が一番の被害者だよな』と、心の奥底で悪態をついたのだった。


「――ということじゃ」

幼女こと、シルビアの説明に、俺は「なるほど」と相づちを打ち、再確認の意味も含めて彼女に問いかけた。

「面倒な状況だね。ディアの隠された能力『覚醒』にもいろいろと条件があるの？」

シルビアが大きくうなずく。

「うむ。そのディアという小娘は、覚醒に値する器なのかえ？」

「器に値するから、能力が付与されたんだろう」

俺の問いかけに対して、シルビアは「チッチッチッ」と口を鳴らしながら、人さし指を左右に振る。

「おぬしは、単純じゃのう。特に先天的能力は、その者の器に合うか合わないかで付与されているわけではない。ぐふっ」

その得意げな顔と態度に、俺はなんとなく腹が立ったので、彼女の顔面を手で覆い隠した。

「なにをするのじゃ！」

俺の手を払いのけたシルビアが、不愉快そうに声を荒らげた。

「あっ、悪い。無性に腹が立ったので」

率直に俺がそう答えると、彼女は顔をゆがめて非難する。

「おぬし！　妾は、体は小さくなったが、神界でも指折りの絶世の美女なのじゃぞ！　その顔になんたる非道！」

「美女？　どこに？」

俺がわざとらしく周囲を見回すと、シルビアが奇声のような声をあげて全力で否定する。

「ぐふっ、ここにおるではないか！」

彼女の主張に、『ぐふっと発している時点で、ダメだよね』と、俺は心の中でささやく。

それにしても、これからこいつを連れ歩くのか……。

いったん、屋敷に。いや、ダメだ。マリー姉様たちに迷惑がかかる。

黙っていれば、なんとか、いや、こいつには無理だ。

自称絶世の美女論を続けるシルビアを改めて見て、声に出せない不安と不満が渦巻いた。

絶望に近い気持ちを感じていると、なぜか今まで応答がなかったヘルプ機能の《ご主人様、駄犬を黙らせる方法がありますが――》との素晴らしい提案が聞こえた。

天からの救いのような内容に、俺は心の奥底から大拍手を送った。

シルビアのもとの飼い主、主様の加護がそれを可能としたらしい。

さて、シルビアの対応策はできたし、彼女を連れて神殿を出ることにする。

ヨハンをひとりにして、約二時間。昼寝から目覚めて、俺がいないことに不安になっているかもしれない。

いまだに騒いでいるシルビアの首もとを掴《つか》むと、「ぐふっ⁉」と彼女の奇声が聞こえた。

これは彼女の口癖なのかもしれない。だとしたら慣れるしかないなぁと考えながら、シルビアを引っ張り、俺たちは神殿の外へ出た。

シルビアにとって、五百年ぶりの外の世界だ。

いくらシルビアでも感慨深いよねと、俺は静かに彼女の様子を見守る。

シルビアは赤い瞳を大きく見開くと、その顔は驚きに満ちていた。

思ってもみなかったその反応に、俺は「えっ？」と首をかしげる。

シルビアが俺のそばから離れると、水辺まで走っていき、驚きの声をあげた。

「みっ、みずー！　水じゃ！　なにゆえ、なにゆえ、水に囲まれているのじゃ！」

「湖だからね」

俺が冷静にツッコミを入れる。

そのツッコミに対して、シルビアが俺の顔をまじまじと見つめ、興奮状態で叫んだ。

「なぬっ。湖だと！　妾は知らん！　主様に内緒で地上に下りた時には、湖などなかったのじゃ！」

「五百年以上も経っているから、地形が変わって湖ぐらいできるんじゃない」

「むぅ。そうか……。じゃとしても、ここからどうやって出るのじゃ。まっ、まさか！　泳ぐのかえ⁉　むっ、無理じゃ、妾は泳げん。泳ぐぐらいなら、神殿に戻る！」

湖を前にパニック状態のシルビアが湖に背を向けると、一目散に神殿へ足を向けた。

その姿を目で追いながら、俺は冷淡に告げる。

「神殿に戻るなら、お好きにどうぞ」

その声に反応したシルビアが、俺に顔を向けると得意げな様子で神殿内での贅沢な生活を語った。

「仮主のおぬしも一緒に戻るのじゃ。神殿は快適じゃぞ。誰もおらぬが、食事も風呂も自動で用意される。望めば主様が禁止したもの以外ならなんでも手に入るのじゃ。菓子や遊具、本や魔法書などもすべてじゃ」

「お前、悠々自適な生活送っていたんだな」

彼女の告白を受け、五百年間の孤独な生活に少なからず同情していた俺は、皮肉交じりにそう返した。

俺の軽蔑した視線に気づいたシルビアが、言い訳するように口を開く。

「うっ、じゃが、誰にも会えん。話し相手がおらんのじゃ。虚しく、寂しかったのじゃ……」

彼女は言葉にして、その情景を思い出したようだ。その小さな体が一瞬で縮まり、赤い瞳は悲しみに満ちて唇は固く閉じられた。まるで孤独感が彼女を包み込んだように見えた。

その姿を見て、俺はかわいそうだと思ってしまう。

はぁー。

額を思案の色に染めながら、シルビアに向けて手を差し出す。

「俺は空を飛んでいくけど、どうする？」


「手を、手を離すのではないぞ」

「はいはい。手は離さないから、少し離れようか」

「なにゆえじゃ！　妾は、初めてなのじゃ、優しくしてくれんかえ」

「優しくもなにも、飛びにくいんだよ」

「むっ、無理じゃ！　これ以上は、おぬしから離れることはできん！　落ちたら水なのじゃぞ！　わかっているのかえ」

俺が離れると思ったのか、シルビアがさらに近くに寄り、俺にしがみついてくる。

飛びづらいし、動きにくい。

かれこれ数十分、このようなやり取りが続いている。

もう陸に着いてもいいはずなのだ。

「そんな目で見ても無駄なのじゃ！　妾はこれ以上の譲歩はせんぞ！」

俺のジト目を肌で感じ取ったシルビアが強く否定する。そんな彼女を落ち着かせるために、俺は彼女の体を優しくポンポンと叩いた。

「わかっているよ。ほら、陸が見えた。あと少しだ。がんばれ」

「きゅ、急に優しくなるのは、卑怯《ひきょう》なのじゃ」

俺の急な態度の変化に、シルビアがしどろもどろに答えながら、顔を真っ赤に染めて、急におとなしくなった。

おっ、動きやすくなった。

好機だ。

俺は飛行速度を一気に上げて加速する。

急な加速にシルビアが驚いて「ぎゃあ」と叫んでいるが、加速すればこちらのものだ。

一気に魔テントの上空近くまで到達した。

周囲に魔物がいないことを確認して、静かに降り立つ。

「やっ、やっと、地に足がつく！　ここまで長かった、長かったのじゃ……。うっ、う、うー」

シルビアが声にならない声をあげ、力なく腰を下ろした。その赤い瞳からは、今にも涙がこぼれ落ちそうで、その手は力なく地面に落ちていた。

彼女の様子を見て『まぁ、そうなるよね』と、俺は心の中で思った。

初飛行で、下は苦手な水面が広がる湖だ。

彼女が極度の緊張状態だったことがうかがえた。

少し時間が経てば立ち直るだろうと思い、シルビアをひとりにして、俺は魔テントにかけた魔法を確認する。

魔法は、俺が湖に向かった時にかけたものが変わらず保たれていた。つまり、ヨハンが外に出た形跡はなかったということだ。

それを確認できた俺は、安堵《あんど》と共に深いため息をついた。

そして魔テントの扉を開け「ただいま」と言って中に入っていく。

「ジークベルト、どこに行っていたんだ。遅いぞ！　パンケーキを一緒に食べようと待っていたんだぞ！」

俺が魔テントに入ると、椅子に座っていたヨハンが勢いよく立ち上がり、その勢いのまま俺に飛びついてきた。

ギュッと力強く俺の腰に腕を回しているが、その手はわずかに震えていた。

言葉とは裏腹にとても心配させたようだ。

「心配かけて、ごめんね」

「心配したぞ」

俺がヨハンの頭をなでると、彼は上目遣いで言葉を発し、頭をぐりぐりと俺に押しつける。

なにこの生き物、かわいすぎる。

弟っていいなぁ。

めちゃくちゃかわいい。

ヨハンの仕草に完全に圧倒され、鼻の下を長く伸ばして俺が心の中で叫んでいると、そこに邪魔が入る。

「おぬしら、なにをしておるのじゃ？」

シルビアが堂々と魔テントに入り込み、空気を読まずに俺たちに声をかけてきた。

ヨハンが俺の腕から顔を上げ、シルビアの姿を確認する。

彼女を不審者と見なしたような表情で、彼は怪訝《けげん》そうに尋ねた。

「お前、だれだ？」

「小童《こわっぱ》が、妾に……!?」

シルビアが、ヨハンの態度に抗議しようと口を開くも、なぜか途中で言葉を失った。

声が出ない事実に驚き、シルビアは口を開け閉めさせる。彼女の青ざめた顔が、驚きを隠せずに俺を見つめている。

「ジークベルト、こいつどうしたんだ？」

シルビアの様子に気づいたヨハンが、俺に疑問を投げかけた。

「お腹《なか》の調子が悪いようで、恥ずかしくて声が出ないみたいだ」

俺が平然となんとも言いがたい説明をすると、シルビアは声もなく「!?」と反抗する様子が見てとれた。

「そうなのか。トイレはあっちだぞ」

ヨハンがシルビアを気遣いながら、トイレの扉のほうを指さした。

シルビアが首を横に振り、猛烈に拒否を示すが、それを遮るように俺が満面の笑みでトイレを指して『命令』した。

「シルビア、行っておいで」

俺の言葉と共に、シルビアの体がトイレに向かい歩いていく。

自分の意思とは無関係に動く体に戸惑いを隠せないシルビアは、無言で「!!」と口を開いて抵抗するも、そのままトイレに入っていく。

これはシルビアのもとの飼い主、主様の加護のおかげだ。

一日に一回、絶対『命令』が発動でき、どんな命令でも従わせることができるものだ。

ヘルプ機能がこれを見つけてくれた。

本当に優秀な万能スキルである。

《ご主人様のお役に立てて、うれしいです》

ヘルプ機能の声に合わさるように、シルビアの怒りの念話が俺の頭に響いた。

『どういうことじゃ！』

『シルビア、悪いけど、ヨハンに説明するまでそこにいて』

『そういうことではないのじゃ！　なにゆえ、妾の声が出んのじゃ！』

『あぁ、それ。それも主様の加護でついた〝遠吠《とおぼ》え禁止〟機能だよ。シルビアの声をオン・オフにできるんだ。すごく便利な機能だよね』

俺の説明に動揺したのか、シルビアの声が一段と小さくなった。

『なっ、なっ！　まっ、まさか、体が勝手に動いたのも……』

『そう。それも主様の加護でついた便利機能のひとつ』

『ひっ、ひどいのじゃーー！』

シルビアの叫び声が頭に鳴り響くと同時に、今までに聞いたことのないヘルプ機能の冷淡かつ威圧的な声が聞こえる。

《駄犬が、ギャーギャーとうるさい。ご主人様の邪魔をするのではない》

『なんじゃ、この頭に響く失礼な声は？　誰じゃ！』

戸惑いながらも強気な声でヘルプ機能を威嚇するシルビアに、俺が補足する。

『俺の〝鑑定眼〟のヘルプ機能だ。とても優秀なんだ』

『〝鑑定眼〟のヘルプ機能じゃと⁉　そんなこと、あるはずないのじゃ！』

シルビアの驚きは心の声となって発せられ、それを聞いたヘルプ機能が得意げな感じで言い放った。

《あるのだよ。駄犬には到底思いつかない》

『なんじゃとぉ……この気配、どこかで……』

なにかに気づいたシルビアの念話が途中で遮断された。

そして、ヘルプ機能が俺に経緯を説明し始める。

《駄犬が無駄に知識を持っていると厄介ですね。ご主人様、申し訳ございません。勝手ながら、駄犬との念話を強制的に切らせていただきました。ご主人様、私めに駄犬の調教許可をいただきたいのですが、よろしいでしょうか》

それはいいけど、ほどほどにね。

あと君の正体は、まだまだ先でいいからね。

その辺も考慮してくれるとありがたいよ。

《承知しました。私も、まだご主人様に正体を明かすことができませんので、大変ありがたい申し出でございます。では、少々お時間をいただきたいと存じます。駄犬にどちらが格上かわからせます》

そこでヘルプ機能との会話は終了した。

ヘルプ機能は、俺の魔力量が増えるにつれ、ヘルプ機能のできることも増える仕様のようで、すでに『鑑定眼』の能力を逸脱している。

そこは特別製の『鑑定眼』だからで、突っ込まないことにしている。

さて、ヨハンにシルビアの説明をして、一緒に行動をするのを受け入れてもらわないといけない。

ヘルプ機能のシルビアの調教に期待しつつ、共に行動する理由を考える。後々のことも考えて、俺のそばにシルビアがいても怪しまれない理由も含めないといけない。

「ジークベルト、あいつ大丈夫なのか？」

ヨハンが心配そうな顔で、トイレを見つめながら俺に問いかけた。

なんていい子なんだ。

ほんの数分しか接触していない相手に対しての気遣い。

シルビアに爪の垢《あか》を煎じて飲ませたい。

ヨハンを安心させるように、俺は笑顔で適当な理由を述べる。

「うん、大丈夫だよ。森に迷い込んで、そこら辺のものを口にしたようなんだ」

「もしかして、おれたちと一緒か？」

ヨハンが深刻そうな顔で、俺に尋ねる。

「ん？　あぁ、そうみたいだ。この国とは違うところから来たみたいだ」

「だから、ジークベルトが外に出ていったんだな」

「あぁ、そうだよ」

「ジークベルトは、すっげぇーな！」

ヨハンがキラキラとした眼差《まなざ》しを俺に向け見つめてくる。

なんだか都合よく解釈してくれたようだ。

ただ、その眼差しに居たたまれない気持ちになるも、俺はぐっとそれを抑え、笑顔で踏みとどまる。

罪悪感がなんだ。

いいように勘違いしてくれたんだ。

それに乗っかってなにが悪い。

俺は心の中で言い訳を述べつつ、ヨハンの勘違いに乗っかった。

その後、パンケーキをふたりで食べながら、叔父への報告をどうするか、トイレで調教を受けているシルビアをどうするかを考えていたが、ヨハンが幸せそうにパンケーキを頬張っている姿を見て、今はすべてを忘れることにした。

「くっ、下級生物がっ！　妾に歯向かうじゃとー」

「シルビア、うるさい。ジークベルトの戦いの邪魔になる。うしろに下がろう」

ヨハンが至極当然のことを告げる。

それに対して赤い瞳のシルビアが目をつり上げ、ヨハンに詰め寄る。

「妾が邪魔になるじゃと！　小童！　貴様！　ぐふぅ⁉」

「シルビア、何度同じことを言えばいいの？　今の君は最弱。ヨハン君と比べても格段に弱い。だから、ヨハン君に君の守りをお願いしているんだよ」

俺がシルビアの頭を押さえて、子供に言い聞かせるように話すと、ヨハンもそれに加勢して彼女に注意する。

「そうだぞ。シルビア、自分の力量を、把握することも、成長するためにひつようなことだと、とうさまが言っていたぞ」

「妾は、しんじゅ……ぐふぅ⁉」

俺はシルビアの口を物理的に封じ、『これ以上騒ぐと〝遠吠え禁止〟を発動するぞ』と念話で伝える。すると、シルビアは不満げな表情をしつつも、静かにヨハンのうしろに下がり、おとなしくなった。

その豹変《ひょうへん》ぶりに、ヨハンが目を丸くして、不思議そうにシルビアを見つめた。

「ヨハン君の言う通りだよ。シルビアは、身の丈に合った行動をするように」

俺の注意を受けて、シルビアが神妙にうなずく。シルビアの素直な態度を確認して、俺はふたりに向けて声をかけた。

「魔物は倒したし、もう少し前に進もう」

「うん。明日には、とうさまたちに、会えるんだな！　とうさまに、ぼうけんした話をするんだ！」

ヨハンの威勢のいい声が森に響き、そのキラキラとしたまぶしい笑顔が自然と俺の頬を緩める。そのうしろで、膨れっ面したシルビアの姿が目に入るが、俺は見なかったことにした。

——結局、ヘルプ機能のシルビアへの教育は、あまり成果はなかったのだ。

あの日、トイレから解放されたシルビアは、ひと目見てわかるぐらい疲労困憊していた。

もしかして……と、淡い期待をしたが、中身は相変わらずだった。

ヘルプ機能には悪いが、どこかで『無理だろうなぁ』とは察していた。

五百年の謹慎でも改心できない者が、ほんの数時間で改心できるほど甘くはないと俺は半ばあきらめていた。しかし、ヘルプ機能の見解は違ったようで、その落ち込みようは深かった。

《ご主人様、不甲斐《ふがい》なく、申し訳ございません。駄犬のしつけには、相当な時間を要します。駄犬を甘く見すぎていました。私の力不足です。大変申し訳ございません》

自身の不甲斐なさを責めるヘルプ機能に、『よくやってくれているよ』と俺は慰めるも、それがダメだったようだ。

俺の慰めが、ヘルプ機能のプライドをさらに傷つけたようで、ヘルプ機能を深く落ち込ませてしまう。

《ご主人様に慰められるとは、従者として失格》

その後、しばらく応答がなかった。

赤ん坊からの付き合いで、こうなったヘルプ機能は、放置するのが一番であることを学んでいる。

下手な慰めは時に相手を傷つける。

言葉は場合を選ぶのだと、俺は反省した。

少し驚いたのが、ヘルプ機能の立ち位置が、従者だったことだ。

俺が抱く従者のイメージは身の回りのお世話なので、物理的に存在しない従者など、誰が想像できる。

初めて知った事実に思わず目を見開いたことは内緒である。

まぁ、あの時はシルビアがパンケーキに興奮して、手に負えない状況だったので、あまり深く考える時間はなかったのだが、声だけの従者もありかとも思う。

いずれヘルプ機能は実体を持つとも言っていたから、期間限定の声だけの従者になるのかな。

どちらにしろ、ヘルプ機能が心強い仲間であることには変わりない――。

「おぬし、頬を緩ませてなにを考えておる？」

シルビアの怪訝な声を耳にして、俺は一気に現実に戻る。

魔物の気配を感じないとはいえ、非戦闘員であるふたりを連れていることを忘れていた。

油断は大敵だと心に誓う。

それを悟られないように、俺はおどけた口調で応えた。

「そうだね、シルビアの枷がこれ以上増えるのは困るなぁとは、思っていたけど？」

「むぅ。枷はもう増えんはずじゃ。おぬしは仮主じゃが、妾の契約者は主様からおぬしに変わっておる。契約者のおぬしを介さず、主様が勝手に枷を増やすことはせんじゃろうし、主様が幾度も地上と接触することは、問題があるゆえ」

シルビアはいったん言葉を切ると、少し思案した後、そう告げた。

「これ以上の枷は、おぬしの負担になるゆえ、主様も増やすことはせんじゃろう」

「当事者が、まるで他人事《ひとごと》のようだね」

「むぅ。しかたなかろう。すでに枷は増えておるのじゃ」

事実を淡々と述べるシルビアに、普段もこの落ち着きがあればいいのにと思ってしまう。

「その枷のおかげで、神力《しんりき》だっけ？　あの力が使えなくなって、安心したけどね」

俺の発言を聞いたシルビアが目を丸くして、心底驚いた表情で俺に詰め寄る。

「なにゆえ？　なにゆえ、神力が使えんのがいいのじゃ！」

彼女の赤い瞳は驚きと疑問で満ちており、その声は、信じられないという感情が滲《にじ》んでいた。

「えっ、あの力こそ不必要だよね。神力で人を操ったり、念話の妨害や森のループも迷惑だし」

俺は肩をすくめて、自分の意見をはっきりと述べる。

「なっ、神力はほかにもいろいろと有効活用できるのじゃ」

シルビアは俺の意見に反論し、神力の利点を強調した。

俺は『ろくなことはないだろう』と見当をつけながらも、「例えば？」と興味なさげに彼女に尋ねた。

「人の思考を読み取ったり、過去を覗《のぞ》いたりできるのじゃ！　だから、おぬしが転移を隠していることも知っておったのじゃ！」

シルビアが得意げに笑い、その事実を明かした。

「それプライバシーの侵害だから！」

「ぷ、ぷらいばしとは、なんじゃ？」

シルビアは困惑した表情を浮かべ、俺に尋ねた。

彼女のきょとんとした顔を見て、この世界では、プライバシーという高尚な概念は存在しないことを思い出した。

それに俺も『鑑定眼』を所かまわず使用していたわけで、シルビアに注意する資格はない。今後もプライバシーを無視して『鑑定眼』を使用するので、この話はさらっと流してしまおう。

「とりあえず、神力はいらないけど、戦闘能力まで格段に落ちてしまうのは想定外だよ。枷のせいで、取得スキルも使えないのだろう」

「おぬし、話をそらしたな」

俺が無表情を装い別の話題を振ると、シルビアが眉をひそめ指摘するも、「まぁよい」とひとつうなずく。

「スキルは、ほぼ使えんというより、枷が増えたので消えたのじゃ。もう一度、修練すれば、スキル取得は可能なのじゃ。一度取得したものじゃから、比較的簡単に再取得可能なはずじゃ」

俺が話をそらしたことは、シルビアには筒抜けだった。

俺は苦笑いを浮かべつつも、彼女の発言に注視した。そして、つい独り言をつぶやいていた。

「スキルが消えた？　だから、シルビアのステータスはスキルの部分がグレー表示なのか。わかりづらいから、後でカスタムしよう」

「グレー表示？　かすたむとは、なんじゃ？」

覚えのない単語について、シルビアが不思議そうな顔をして、俺に問いかけた。

「俺の『鑑定眼』では、シルビアの過去スキルもその名前がグレーで表示されているんだ。だから、それを表示させない仕様にするんだ」

「ほぉ。おぬしの『鑑定眼』は、不思議じゃの」

シルビアの赤い瞳が関心を示すように大きく見開かれた。

俺の『鑑定眼』は転生特典の特別製だから、ほかの『鑑定眼』と大きく違い、シルビアが驚くのも無理はない。

シルビアのステータスは、枷が増えた影響でレベルはリセットされ、各パラメーターもマイナス表示で、取得スキルもない。

＊＊＊＊＊＊＊＊＊＊＊＊＊＊＊＊＊＊＊＊＊＊＊

シルビア　白狼　メス　１２５５歳

種族：神獣

Ｌｖ：１

ＨＰ：１００／３００

ＭＰ：０／１５０

魔力：－《マイナス》50

攻撃：－50

防御：－50

敏捷《びんしょう》：－50

幸運：０

魔属性：風・土・無・光・雷・聖

加護：？？？の加護

称号：神界の駄犬

仮主：ジークベルト・フォン・アーベル

状態：枷２００
****

枷の影響により、各パラメーターは枷の数値と同じ２００ずつ減少し、ＨＰ以外のステータス値は、ゼロまたはマイナス50になっている。

神獣だからか、初期ステータス値が高く、特にＨＰが高いので命拾いしていた。

ＨＰがマイナスになれば、誰であろうと死ぬ。

シルビアのもとの飼い主、主様の絶妙な枷のかけ方に、俺は感心した。

枷は神界では一般的な罰の方法で、枷を減らすためには、本人の反省状況や良心的な行動が大きく関係しているらしい。

シルビアが俺と対面した時点でのレベルは50台前半で、枷は80弱。彼女のステータスに影響はなく、枷の機能はほぼ発揮されなかった。

彼女が当初負った枷は１００で、それが五百年の間にわずか20弱しか減らせていない。

この数値を見れば、シルビアの反省度合いがわかる。

俺と出会い、彼女の行動を見ていた主様が、反省していないと判断したようで、シルビアの生命維持ができるギリギリの枷を追加したようだ。

枷の数が高いほど、多方面で影響が出る。その中でも分岐点があり、枷が１５０を超えることで、大変な事態になるらしいとの噂をシルビアは耳にしたそうだ。

「実際に150を超えた枷をつけられた者は、妾の周りにはおらん」

シルビアが胸を張って答えるのを見て、俺はにっこりと笑いながら、「初の快挙だね」と皮肉たっぷりに返した。

彼女は頬を膨らませ、目を細めて「そんな快挙いらんのじゃ！」と拗《す》ね、前を歩くヨハンのもとに向かって小走りになった。しかし、前にいたヨハンは、ほんの一瞬で彼女を片手で冷たくあしらった。その結果、シルビアは途方に暮れて立ち尽くした。

伝説の神獣が、なんとも居たたまれない。

シルビアが涙目でヨハンに邪険な扱いの改善を求めているものの、彼は松茸《まつたけ》風のキノコ探しに夢中で、彼女の訴えが聞こえていない。

ヨハンが移動中に偶然見つけたキノコ、正式名称キーファァーウントピルツ。

匂いが松茸に似ていたので、試しに焼いて食してみたら、これが絶品だった。

『醤油《しょうゆ》がここにあれば、さらにおいしくいただけたのに』と、俺は心の奥底から悔しがった。

前世の記録では、松茸の醤油焼きも絶品だったが、松茸に牛肉を巻いて焼き、酒・砂糖・醤油で仕上げた料理は、さらにその上をいき、松茸の香りと肉の旨味がマッチした最高の料理となっていた。

前世の記録だけで、よだれが出る。

断念した醤油づくりを再開するべきかと心が揺れ動くが、日本独特の食品や調味料は、つくるのが最高難度なのだ。

知識があっても、実際つくってみると熟成期間や分量など、繊細な作業を繰り返す必要があるため、魔法でパッとできない。数百回も試行錯誤して、結果あきらめたのだ。

前世の食材と近いものを発見すると、味噌《みそ》と醤油が欲しくなる。

米に似たものも存在し、東の国で穀物の一種として栽培されているラピスは、すでに確保して試食済みだ。

あの時は歓喜して、アーベル家の情報力に感謝した。

転生後、初めて食べた塩おにぎりは、それまでの人生で一番おいしかった。

「ジークベルト！　このマツタケ、今までで一番大きいぞ！　これはジークベルトの分な！」

目の前に突然、キーファーウントピルツが現れて、俺は「わぁっ」と驚きの声をあげ、思わずうしろに一歩下がってしまった。

それを目撃したシルビアが、ヨハンの後方で腹をかかえて笑っている。

駄犬、鉄槌《てっつい》！

「ぐふぅ!?」

「ヨハン君、ありがとう。だけど、エトムント殿へのお土産にするために探していたんだろう」

俺は何事もなかったように笑顔でヨハンに感謝を伝えた後、疑問を投げかけた。

「いいんだ。とうさまたちのおみやげは、ここにたくさんあるからな！　ジークベルトには、おせわになったから、一番大きいマツタケをあげるぞ！」

ヨハンが胸を張りながら、かごの中で一番立派なキーファァーウントピルツを俺に手渡した。なんていい子なんだ。

俺がその行動に深く感動しているそばで、ヨハンがうしろのシルビアの様子に気づいて声をかけた。

「シルビア、どうしたの？」

その行動を遮るように俺が優しく言葉を発する。

「ヨハン君、ありがとう。今日の夕飯で一緒に食べよう。シルビアのことは、放置していても大丈夫だよ。例の発作だよ」

「ほっさ、あのきゅうにへんになるって話の……むしすればいいんだよな？」

「⁉」

ヨハンが俺の説明を思い出しながら言葉にすると、シルビアが身振り手振りで、なにかを俺に訴えている。

おそらくヨハンの『へんになる』『無視』という単語に反応しているのだろう。

まぁ言いたいことはわかるけどね。だけど、すごく騒がしい人が急に黙りだしたら、ふつう驚くだろう。

だから、事前に状況を説明していれば、人はそうなのだと受け入れてくれるものだ。

そりゃ腹が立ったからって、安易に『遠吠え禁止』を発動させた俺も悪かったとは思うけど、いずれわかることだし、時には横暴さも必要だと思うんだ。

ちなみに今は念話も切っているので、シルビアの声は聞こえない。

「そうだよ。さぁ今日の野営場所までは、あと少しだよ。ヨハン君、松茸がたくさん生えている可能性があるから、がんばって探そうね」

「ほんとうか！　マツタケ！　おれ、がんばるぞ！」

俺の言葉を聞いたヨハンが、瞳を輝かせて元気に歩いていく。

結局マツタケ呼びが定着してしまったなと、俺は頬をかきつつも、まぁいいかと思う。

前世の慣れ親しんだ記録が、新たな俺の記憶に書き換わる。

「ジークベルト、シルビア、早く、早く」

俺たちを呼ぶ甲高い声。その姿はとても愛らしく、見ていてほっこりとする。

彼の笑顔を見るために、野営場所から遠からずたくさん生息していたキーファーウントピルツを採るために、少し迂回して野営場所に向かおう。

親子の再会

——エスタニア王国内の某所。

「バルシュミーデ伯爵家で動きがありました」

甲冑《かっちゅう》が不気味に光を放つ大柄な男が、淡々と報告した。

深い闇が支配する場所で、「そのままにしておけ」という声が静かに響く。

「よろしいので？」

「あの男の標的は『赤の魔術師』だ。なぜか執拗に粘着しているが、我々の目的はすでに達した。政局からはずれた家、降嫁が決まった女に用はない」

闇から切り捨てるようにと命令が下る。

甲冑から金属が擦れるような音が漏れ、男が「御意」と深い声で言いながら、忠義に満ちた眼差しを伴って臣下の礼をとった——。

◇◇◇

森の奥深くに、ぼんやりと人影が複数見えた。

その光景に気づいたヨハンは、驚きと共に勢いよく駆け出した。

「とうさま！」

小さな体からは想像もつかないほどの大声で叫ぶ姿に、彼が寂しさを我慢していたことが理解できた。

子供特有の甲高い声は遠くにいた背の高い人物の耳にも届き、その人物は彼のもとへと足を急がせた。その動きは、まるで長い間待ち焦がれていた再会の瞬間を迎えるかのようだった。

しかし、俺は感動の瞬間を目撃することはできなかった。

うれしくも痛い衝撃で地面に倒れ込んだ俺にも、ヨハンのうれしそうな声がはっきりと聞こえた。彼の喜びが心に響き、ヨハンの心からあふれ出る喜びが周囲に広がっていく様子を、はっきりと感じ取ることができた。

「ガウッ！〈ジークベルト、心配した！〉」

「ピッ！〈主！〉」

俺の相棒である白虎の聖獣ハクとベビースライムのスラが、俺の胸の上でぐりぐりと頭や体を押しつけている。

どういう状況かと説明すると、親子の感動的な再会の寸前に、白と青のコンビが空気を読まずにふたりの間を駆け抜けた。そして、後方で油断していた俺のところへ、彼らが飛び込んできて、そのまま地面に倒れたのだ。

感動的な場面を前にして、俺が好き好んで地面に寝転んでいるのではない。

ただ、自業自得でもあるので、こうして受け入れている。

それにしても、ハクとスラの愛が物理的に重いし痛い。特に腰に痛みを感じる。

えっ、この痛みを感じるには、まだ早すぎると思うのだが……。

魔力の無駄遣いだと自覚しているが、特に腰回りに焦点をあてて『聖水』を数回かけたのは内緒だ。

若干一名、俺の行動に気づき、生温かい目で俺を見ていたが、気づかなかったことにした。


しばらく経って、ハクとスラは満足そうに俺の上から降りていった。

その動きを見て、叔父ヴィリバルトの繊細な手が俺を抱き起こす。いつものように俺の頭を数度なでた後、すかさず『洗浄』をかけてくれた。その手際のよさに感心する。

「無事でなによりだよ。それにしても熱烈な歓迎を受けたね」

叔父が端正な顔で微笑みながら言った。

「ご心配をおかけしました」と、俺は恥ずかしさを感じながら頭を下げる。

その態度に叔父がうなずく。

「うん。無事でよかったよ。そこのお嬢さんが説明にあった人物かな？」

叔父が指をさしながら問いかけた。その顔つきは鋭くなり、笑顔は消え去り、視線は俺のうしろにいるシルビアに向けられている。

その視線を受けたシルビアは、腰を引きつつも、青白い顔で俺のマントを握りしめていた。

シルビア、いつの間にうしろにいたんだ。

彼女の不可解な行動に戸惑いつつも、俺はシルビアを守るため、叔父の視線から彼女を遮るように立ち塞がった。

「はい。念話で伝えましたが、記憶が曖昧なようで」

「半魔とは、またすごいのを連れてくるね」

叔父の視線が彼女からはずれ、俺に戻った瞬間、背後から「ふぅ」という安堵の息遣いが聞こえた。それは、シルビアがひと息ついたような音だった。

彼女は俺のマントを握りしめていた手をゆっくりと緩め、俺の背中に寄りかかる。

シルビア、安心するのは、まだ早いよ。

ヴィリー叔父さんは、一筋縄ではいかない人なんだよ。

彼女の行動に対して、俺は心の中で叫びをあげるが、その感情を表情には出さず、目の前の叔父を静かに見つめ、尋ねる。

「アーベル家で保護はできますか？」

「あぁ、兄さんには報告済みだよ。純粋な魔族ではないので、国の保護の対象外だ。安心していいと、ジークに伝えてくれとのことだよ」

「それはよかった。よかったね、シルビア」

叔父の言葉を受けて、俺の緊張は少し和らぎ、背後にいるシルビアに声をかけた。

彼女は青白い顔のまま、コクコクとうなずいている。

その時、俺たちのやり取りを見ていた叔父から、もっともな指摘が入った。

「その子は、話せないのかい？」

「いいえ。普段はよく話します。だけど、突然、無言になるんです。たびたびそのような状況があったので、ヨハン君にも気にしないようにと伝えていました。それに、しばらくすればもとに戻っていますし、個性だと思っています」

俺のなんとも言えない説明に、背後から強烈な訴えを感じ取ったが、無視をする。

これを押し通さないと、今後シルビアの立ち位置が苦しくなるんだよ。

案の定、叔父が困惑した表情をして、戸惑っている。

「それは、なかなかの個性だね」

「そうなんです。本人の自覚はないようですが、記憶をなくしたショックなのか、途中で奇声のような声もあげます」

「!?」

シルビアが、俺のマントを引っ張りながら激しく抗議している。

しかし、俺はそれを無視し、平然と振る舞った。

俺の態度を見て、叔父はこれ以上の追及は無理だと悟ったようだ。

そこで、叔父は話題を変えた。

「記憶は、どこまであるのかな?」

「それが、半魔であった頃の記憶は欠落しているようです。ただ知識は豊富です」

俺がそう答えると、叔父はあきらかに落胆した様子を見せる。

「残念だな。魔族の生態について当事者の体験を聞けるいい機会だと思ったんだけどね。非常に残念だよ」

「そうですね。シルビアにあるのは、おそらく本の知識ぐらいです。本人は半魔であることすら忘れているようなので」

俺は無難に叔父との会話を進めていく。

ここまでの会話の流れは、すべて計画通りだ。

叔父が、シルビアから興味をなくしてくれれば、それだけでいいのだ。

俺たちは叔父たちとの合流前に、シルビアの正体についてどうするか、話し合っていた——。

＊＊＊

「——ということで、ヴィリー叔父さんは、そんなに甘くはいかないよ」

「むぅ。だとすればじゃ、隠し事はせんほうがよい」

叔父がいかに強く偉大な魔術師であるかを、俺からの説明を通じて理解したシルビアは、自身が神獣であることを打ち明けることに同意した。

俺も事実を伝えることで、今後のサポートを叔父から受けようと考えていた。

しかし、ヘルプ機能から待ったがかかる。

《ご主人様、お話し中に失礼します。これはあくまでも、私の意見ですが、駄犬が、神獣であることは伏せておくほうが懸命かと存じます》

「誰が駄犬じゃ！　ぐふぅ⁉」

俺がシルビアの顔面を手で押さえ、物理的に圧を加える。

本人の今後についての話のため、念話は切らず、『遠吠え禁止』も発動していない。少しうるさいが、ヨハンは魔テントの中でお昼寝中のため、教育的な悪影響は心配しなくていい。

シルビアを押さえつつ、『ヘルプ機能、どうして神獣を隠す必要があるの？』と念話で俺は問いかけた。

《駄犬の性格はともかく、神獣はこの世界では、神に等しいものである認識です。その神獣を従えたとなれば、ご主人様は、神格化されます》

『えっ、それは嫌だ』

即座に否定する俺に、シルビアが悲しい表情で俺を見つめる。

今の言い方はよくなかったと思い「ごめん」と、俺がシルビアの頭をなでると彼女はさっと顔を背けた。

《駄犬、なんとうらやましい》

羨望が混じったヘルプ機能の声が聞こえた気がした。

たしかに、ヘルプ機能の指摘は一理ある。

だが、アーベル家だけで情報を管理すれば、外部への漏洩の心配はないと俺は考えている。

その思考自体が甘いのかもしれない。

ハクが希少な聖獣であることは、父上たちはまだ知らない。

それは、ハクが密猟者からの危険やあらゆるトラブルを避けるため、俺が彼の真の姿を家族にさえ秘密にしているからだ。

例外はあるけれど『隠蔽』は、ハクを守るための効果的な手段となっている。

ハクが成長するにつれて、その特異な能力から聖獣であることが露見する可能性がある。

その時がくる前に、父上たちには、ハクが聖獣であることをあきらかにしようと思う。

そして、俺の生まれ持った特性もすべて告白するつもりだ。

今さらだけど、多くの秘密をかかえることはあまりよくないと思う。

いずれ矛盾が生じ、どこかで疑念が生まれるだろう。その前に自分から秘密を打ち明けることに決めている。

だけどそれは今ではないと、俺の『直感』が告げている。

《私からの提案ですが、駄犬は、小人族と魔族の半魔であるとの説明が妥当かと思われます。

駄犬の身体的特徴と年齢、ステータス状況を考えれば、代替え案としては最適かと存じます》

ヘルプ機能からの提案に、シルビアがまんざらでもない顔をしてうなずいている。

この世界の魔族は、絶滅危惧種に該当する。世界各国で保護の対象で、手厚い対応が受けられる。美貌、教養、能力を備えられた優秀な種族の筆頭が、魔族なのだ。

前世の記録の物語などのイメージとは違い、この世界では重宝される種族なのである。

しかし、この世界の魔族も一時期迫害を受け、その数を極端に減らしたという出来事があった。ただし、それは別の話だ。

『半魔とは、ちと気に食わんが、妾の今の姿からすれば致し方ない。妾はそれでいいぞ』

シルビアもヘルプ機能の提案に乗り了承する。

俺の秘密を告白する時期でないことを考えれば、神格化より隠蔽を選ぶべきだ。

俺はヘルプ機能に、詳しい半魔の情報を出すよう指示する。

そして、半魔に興味を示すだろう叔父の対策を考えることにした。

《承知しました。半魔の情報は、のちほど要点をまとめて報告いたします。ヴィリバルトの興味を逸らすには、駄犬が、一部記憶喪失であることが有効であるかと存じます。駄犬は、知識だけはございますので、そのままで、半魔で体験した出来事や過去の記憶だけが、抜け落ちて

いる記憶障害といたしましょう》

『じゃから、妾は駄け――ぐふぅ』

シルビアの口を物理的に塞いで、『それでいこう』と念話で俺の意志を伝える。

シルビア自身が、演技できるとは思えない。

この後、ヘルプ機能と想定される会話を何度も練習した――。

＊＊＊

事前の話し合いの成果が出ている。

俺との会話の中で、シルビアが半魔の記憶を持たないと判断したのか、叔父がすーっと興味をなくしたかのように、シルビアの話題から別の話題へ変えた。

そのわかりやすさに、俺の頬も思わず緩んでしまう。

ほかの時もこんな感じなら、苦労しないんだけどね。

最低限必要な情報をその場で叔父と交換し、ひと息ついたところで、大きな影が俺たちに近づいてきた。

ニコライだった。

彼は次兄テオバルトの冒険者仲間で、俺が三歳の時に初めて魔物討伐に出かけた白の森で出会った。没落した貴族の嫡男で、難病をかかえた妹セラがいる。そのセラは現在、アーベル家の屋敷で療養中だ。

ニコライとは長年にわたる付き合いがあり、今ではエスタニア王国で俺たちの専属護衛、主に俺の護衛を担当している。

俺が消息不明となり、彼に一番迷惑をかけたに違いない。

俺がニコライに謝罪するために一歩近づくと、神妙な顔をした彼と目が合った。そして彼はゆっくりと足を地面に着け、頭を下げて俺に謝罪した。

「ジークベルト、すまない」

「ニコライ様、頭を上げてください！」

突然のニコライの予期せぬ行動に、俺は動揺を隠せずに慌てた。

「護衛として、失格だ」

ニコライの言葉は、自己非難と失望に満ちていた。

それは彼自身への厳しい評価であり、自分の任務に対する献身と誠実さを表している。

それに気づいた俺は、今回の件はニコライが悪いわけではないと懸命に説明する。

「ニコライ様が、頭を下げる必要なんてありません。事前に僕の『巻き込まれ体質』は、お伝えしましたよね。むしろ、僕のほうが皆さんに謝罪しなければなりません。自分自身の影響を顧みず、勝手に行動した結果、多大なるご迷惑をおかけしました。自己の甘さが招いた結果です。ご迷惑をおかけして、誠に申し訳ございません」

俺は誠心誠意を込めて謝罪し、頭を下げた。

しばらく経ってもニコライからの応答がなかったため、俺はそっと視線だけを上げて彼の様子を確認した。そこには、頭を下げたまま微動だにしないニコライの姿が目に入った。

えっ、どういうこと？

なにがあったの、ニコライ！

普段とは違うニコライの行動に戸惑い、俺は頭を上げるタイミングを逃してしまう。

えっ、どうしよう。

ふたりしてこの状況は、非常にまずいと思う。

周囲の心証を考えれば頭を上げるべきだが、俺から先に頭を上げるのはダメな気がする。

どうしよう。どうするー。

俺の心の葛藤が聞こえたのか、お互い譲らない状況に気づいた叔父が機転を利かせて声をかけてきた。

「はいはい。護衛の君もジークベルトも、頭を上げる。永遠にそうしているつもりかい？」

これぞ天の助け！

俺は安堵した顔で頭を上げ、叔父に視線で感謝を伝える。それに気づいた叔父は、優しく微笑んだ。

一方、ニコライは叔父の声かけに渋々応じて、頭を上げるも、ふて腐れたような、納得できないといった顔をしていた。そして無言で、俺を見つめる。

えっ、本当にどうしたの？

ニコライに、なにがあったの？

その無言の圧を受けて、俺の心は盛大に動揺していた。

すると叔父が、冷淡な声でニコライに話しかける。

「以前にも忠告したけれど、今後もそばに控えるつもりなら、周りの状況を見て行動するべきだね。主の意向に反する行動は、主の首を絞める。君の感情なんて関係ないんだよ。君はもう少し勉強するべきだ」

叔父の言葉を受けて、ニコライは俺から視線を叔父に移し、自分自身に言い聞かせるかのようにうなずく。

「少し頭を冷やします」

「そうだね。それがいい。護衛対象者から離れるのは、あまり褒められたものではないが、雇用者として、それを許可しよう。ただし、伯爵家に戻るまでには、頭を整理して、護衛に戻るように」

「ありがとうございます」

ニコライは、叔父に軽く会釈をして、再び俺を見つめると、なにか言いたげな表情を押し込めて、その場を後にした。

その姿に、この数日間でなにかが彼の中で変わったんだと、察しがついた。

それがいいことなのか、悪いことなのか、俺には判断がつかない。

だけど、俺の軽はずみな行動で、ニコライが責任をとるのは理不尽だ。

「ヴィリー叔父さん」

「ジークには、関係のない話だ。彼とアーベル家の雇用契約の問題だからね。口出しは無用だよ」

叔父は、俺を牽制《けんせい》するために、先に注意した。

「はい、わかっています。ですが、僕もアーベル家の者です。今回の件について、ニコライ様の護衛に問題はありませんでした」

俺の真剣な訴えに、叔父は眉尻を下げて諭すように話しだした。

「それはわかっているよ。ジークの巻き込まれ体質は、事前に報告を受けているからね。だけど、それとこれは別問題だ。エスタニア王国での君たちの護衛は、私が兄さんに託されている。ここは大人同士の話し合いが必要なんだ。わかるね」

「はい。わかります。だけど、自分自身への影響を顧みず、行動した僕にも責任はあります」

叔父は俺の意見を肯定しつつも、その行動に釘を刺した。

「そうだね。今回の件で、ジークも自分の影響力の範囲を把握できたね」

「大きすぎます。一貴族の子息を王族が気にかけるなんて、聞いたことがありません」

「ジークは『アーベル家の至宝』だからね」

叔父がその表現を使うのは珍しいことだ。

「僕が望んだものではありません」

俺がそう否定すると、「そうだね」と相づちを打ちながら、叔父はどこか遠くを見ている。

「それに至宝の意味を教えてもらっていません」

叔父は、俺の皮肉めいた言葉を受け取り、頭を横に振りながら、優しく俺の頭をなでた。

「それはまだ早い。もう少し大人になってからだね」

やはり俺の聞きたい答えを返してくれない。

ただ単に、叔父たちが俺を溺愛して称した言葉ではないことは知っている。

ヘルプ機能を使って調査を試みたが、その能力がまったく機能しなかったのだ。

それだけではなく、数日間ヘルプ機能を使用することができなくなった。

俺の力が及ばないほどの強大な力に阻まれているように感じる。

『アーベル家の至宝』がなにを指すのか、その意味を知るのは当分先になるだろう。

ニコライの苦悩

「とうさま！」という子供特有の甲高い声が、森の中に響き渡った。

先頭で指揮をとっていたバルシュミーデ伯爵は、隊列からはずれ、一直線に声の主のほうへと走り始めた。その背中は、まるで闘志に満ちあふれているかのように見えた。

ここ数日の緊張感が消え、親子の再会に人々は喜びに満ちあふれている。

その後方では、ニコライの『生涯の主』になるだろう人物が、白と青の二匹に押しつぶされ、地面に伏せていた。その姿を目の当たりにした瞬間、ニコライは言葉にできないほどの安堵感で胸がいっぱいになった。

ジークベルト・フォン・アーベル。

ニコライの護衛対象であり、バーデン家の恩人だ。

類いまれな才能の持ち主で、本人はそれを隠しているつもりでも、その才能は周囲の人々にはあきらかで、アーベル家の人々が、彼を影から静かに支えている。ジークベルトは、年齢や性別、種族を問わず、人々を引きつける魅力を持っており、その優しい性格から厄介事をたびたび背負っている苦労人だ。

ニコライとジークベルトの出会いは、白の森。

テオバルトの腰にも届かない身長で、必死にテオバルトの歩幅に合わせてヨタヨタと歩く姿は、ヒヨコのようで愛らしく、その姿はニコライの庇護欲をかき立てた。

際立った容姿と特徴的な紫の瞳、銀色の髪が印象的で、幼児とは思えない完璧な挨拶をしたことにより、ニコライは当初の目的を忘れ、興味が湧いたことを鮮明に覚えている。

極めつけが、同行したホワイトラビットとの戦闘だった。

その高い戦闘能力と才能により、ニコライは度肝を抜かれ、生涯勝てないと悟り、戦わずして負けを認めた相手でもある。

ニコライの記憶にジークベルトとの初対面の印象をより深く刻み込んだのは、その後に起こった出来事が大きく関係している。

ジークベルトとの初対面後すぐにテオバルトに呼び出され、警告を受けたのだ。

それはニコライにとって、あまりにも衝撃的な内容だった。

『ニコライ、君のことを信じている。ジークの能力は他言無用だ。もし情報が漏れることがあれば、僕は君を抹殺する。君が僕の敵になることはないと、信じているよ』

人格者であるテオバルトが、殺気を隠さずにニコライに警告という名の脅迫をした。

親友からの抹殺宣言に、ニコライはひどく動揺し、言葉を失って呆然と立ち尽くした。

まさに青天《せいてん》の霹靂《へきれき》とはこのことだった。

その時、ニコライは思ったのだ。

『もし俺がテオと同じ立場であれば、セラを守るために同じ宣言ができるだろうか』

しかし、ニコライはすぐに考えることをやめた。

仮説を立てても、その立場に立たなければ多くのことはわからない。

そう思えば、考えること自体が馬鹿馬鹿しくなったのだ。

この件は『重度のブラコンが起こした過保護な警告だった』と、ニコライは胸の奥底にしまった。


テオバルトの心配をよそに、ジークベルトは自身の能力を発揮した。

ジークベルト本人は一生懸命に隠そうとしているが、そもそも放たれる魔力量の異常さと魔法の威力を本人が自覚していない。

人の苦労も知らずに、鈍感すぎるテオバルトの弟の姿をニコライは苦笑いしながら見守っていた。テオバルトとは暗黙の了解で、ジークベルトを守る方向で行動していた。

おそらくその時には、ニコライの運命が大きく変わり、すべてが好転していたのだと、今になって彼は自覚する。

その後も途切れることなくジークベルトとの関係は続き、彼はニコライの最愛の妹、セラの難病を治療できる唯一の人物となった。

バーデン家に忠実だった侍女のハンナ、その夫のヤンも、ジークベルトには心を許し、セラの治療を任せている。

そしてなによりセラが、ジークベルトへ好意を示していた。

ニコライはその現実を受け入れつつも、ジークベルトを『生涯の主』として仕えるか、迷っていた。

『アーベル家の専属でいい。答えを出す必要はない』

『迷う理由がわからない。答えはただひとつだ。それはすでに君の中にあるはずだ』

ニコライの葛藤を知ったギルベルトは、ニコライに猶予を与えてくれたが、赤の魔術師であるヴィリバルトがそれを許さなかった。

『癪《しゃく》だが、赤の言葉は正しい』

ニコライの主は、契約上はアーベル家当主ギルベルトだが、実質はジークベルトなのだ。

ニコライ自身も肌で感じ取り、心はすでに決まっていた。

しかし、迷いが出た。

『ジークベルトに、俺は必要なのか』

ニコライは、いつもそこで立ち止まる。

なにか問題が起きても、ジークベルトは自力で解決する。

その聡明さと秘めた力で前に進む姿に、ニコライ自身の存在意義を問いなおす。

主に必要とされない護衛など、護衛ではない。

そうではないという確証を彼はただ求めている。

エスタニア王国での護衛がいい機会になると考え、ニコライは気を引き締めた。

迷いを吹き飛ばし、答えを出すと決意した、その矢先に起きた事件だった――。

＊＊＊

「ジークベルト！」

ニコライの叫び声と共に伸ばした手は、虚空を掴んだ。

ジークベルトがいたその場所は、静かにただ砂が舞っていた。

目の前で、ジークベルトが消えたという事実に直面し、ニコライは「くそっ！」と叫びながら、額に手をあてて髪をわし掴みにする。

『細心の注意を払っていたはずが、このざまだ』と、ニコライは自分の考えが甘かったことを心の中で悔やみ、深い絶望と失望に打ちのめされた――。

バルシュミーデ伯爵の申し出により、伯爵家の裏庭で行われたジークベルトと伯爵との親善試合。その一本勝負では、ジークベルトの巧みな技に伯爵は敗れてしまった。

試合結果に激怒した伯爵の子息ヨハンがその場を走り去った。その光景を見て、ジークベルトはすぐさま彼の後を追いかけた。ジークベルトの行動はニコライにとって予想通りのもので、彼も適切な距離を保ちつつふたりを追いかけた。

伯爵家の敷地内で、ニコライは遠目にふたりが会話する様子を確認した。安全が確保された場所で、子供のことは子供に任せるのが最善だという考えが、彼の心にあった。

しかし、その考えはニコライの油断ともなった。

ヨハンの魔力が急激に増加していることにニコライが気づいた時、すでに『魔力暴走』寸前で、なにもできない状態だった。

魔力暴走とは、魔力制御が未熟な子供に起こる症状で、主に精神面の影響を受けやすく、魔力量が多い貴族の子供が発症しやすい。

先ほどの親善試合で父親が敗北した結果、尊敬している父親の敗北をヨハンは受け止められなかったと思われる。

「頭では理解しているが、気持ちが追いつかないってことなんだろう。気持ちはすげぇ、わかるけどな」

ニコライはヨハンに同情の目を向け、そうつぶやいた。

ヨハンと年齢もさほど変わらないジークベルトが、尊敬する父親に勝ったのだ。

『いろんな意味で心情的に複雑なのだろう』と、ニコライはヨハンの気持ちを推測し、これ以上、彼を刺激するのは得策ではないと判断した。

ジークベルトにヨハンを任せ、ふたりとの距離をあけるために、ニコライが後退しようと体を動かした時、ヨハンの手もとにある『移動石』が彼の視界に移った。

「なぜ、ヨハンがそれを持っているんだ！　ジークベルト！」

ニコライが駆け出した時にはすでに遅く、移動石特有の光が辺り一面に広がっていた。


「すまない。護衛として失格だ」

「気に病むことはないよ。あの状況ではしかたがない。私であっても対処はできないからね」

ヴィリバルトが意外にも、ニコライに配慮の言葉を投げかけた。

その配慮に、ニコライの眉間のしわがさらに深まる。なにかを抑え込むように拳を握りしめ、うつむきながら彼は口を開いた。

「だが俺は、ギルベルト様にジークベルトの護衛を頼まれた。護衛対象が目の前で消えるなんて失態、護衛として失格だ」

「君の性格からすれば、納得しないか。面倒なところがあるね、君」

ヴィリバルトがあきれた口調でそう言い、肩をすくめた。

その挑発的な態度に、ニコライの怒りが爆発し、彼は目の前の机を激しく叩いた。

「当り前だろ！　俺は真剣に話をしているんだ！」

「雇主が、不問に付すと言っているんだよ？」

ヴィリバルトは、ニコライの怒りをまったく気にせず、自分の立場をはっきり伝える。

「あぁ、エスタニア王国内での君の雇主は、兄さんではなく、私だからね。ジークの巻き込まれ体質は、本人から事前説明があったので、策はとってあるよ。ジークの命に危険が迫れば、身を守る程度にはね。だから慌てる必要はない」

ヴィリバルトの説明に対して、ニコライはいまだ納得していない様子を見せていた。その姿を確認したヴィリバルトは、静かにため息をつく。

「君も聞いていただろう？『僕の体質でなにかに巻き込まれることがあれば、それはニコライ様の責任ではないので、処分などはしないでください』とね」

「それは……」

事前に説明を受けたジークベルトの巻き込まれ体質を持ち出され、ニコライは言葉に詰まった。

「甘すぎるとしても、これはジークの意志だ。ジークは、君のことを大事にしているし、とても信頼しているよ。憎らしいくらいね」

ヴィリバルトが皮肉たっぷりに言うと、ニコライは驚いて彼の赤い瞳を見つめる。

「まぁ私のほうが、君の数十倍は信頼されているけどね。さぁこの話は終わりだ。しばらくすれば、ジークから『報告』が入るだろう」

ヴィリバルトは、これ以上話すことがないという意志を伝えた後、ニコライを部屋に残してひとりで退室した。

閉じられた扉の前で、ニコライはヴィリバルトの正論に対してひと言も反論できなかった自分の情けなさに、奥歯をギリッと噛みしめた。

「ジークベルトの護衛であるはずの俺は、なにも策を講じなかった。赤は……」

ニコライの拳が小刻みに震える。

ヴィリバルトは、ジークベルトの巻き込まれ体質に対して、事前に対応策を講じていた。それは完璧で、ジークベルトの安全を確保していた。

その事実を前に、ニコライの心は後悔と自責の念でいっぱいになった。

『物理的ではなくても、間接的な対処方法があったはずだ』との思いが、彼をさらに苦しめる。

「なにが、護衛だ！」

バンッという音が響き、机が叩かれた。

その音は部屋中に広がり、彼の怒りと共に虚しさが増していった。

ニコライの頭の中で『護衛失格。護衛失格——』との言葉がリフレインする。

「あぁ、そうだ。チビは、いつも俺の前を走っていく」

ニコライが自虐的な言葉をつぶやいた。

彼の最も避けたかった確証が、徐々に現実となって近づいてきている。

「やはり俺は、ジークベルトには不要なのか――」

彼のその問いかけに、答える者はいなかった。

ジークベルトが姿を消した、その日の深夜。

伯爵家の応接室は、深刻な静寂に包まれていた。その空気は、重要な話が進行中であることを物語っていた。

「――ということです。ジークからの報告はすべてです」

「わかった。ヴィリバルト、エスタニア王国での行動を許可するよ。ただし内密に動いてくれ。派手な動きをされると、フォローができないからね」

「御意。殿下、夜分遅くまでありがとうございます」

ヴィリバルトは報告を終えると、ユリウス王太子殿下に対して深く頭を下げ、感謝の意を示した。それを確認したユリウスは、緊張から解放されるように体の力を抜き、一瞬だけ表情を崩して立ち上がった。

「ジークベルトの無事が確信できてよかったよ」

ユリウスは、安堵の表情を浮かべささやくと、部屋の扉に向かって歩いていく。

そして扉の前に立つと、うしろを振り返り「私は城に戻ることにする。アルベルト、行くよ」と、部屋の片隅で状況を聞いていた青年、ジークベルトを溺愛してやまないアーベル家の長男アルベルトに声をかけた。

アルベルトが「はい」と返事をして、ユリウスの後を追うように動くと、ヴィリバルトがアルベルトの目の前に奇妙な形をした魔道具を差し出した。

「アル、念のためこれを所持しておくように」

「叔父上、これは？」

その魔道具を受け取ったアルベルトは、不安と期待が交錯する目で、戸惑いながらヴィリバルトを見つめた。

「私が作成した魔道具だよ。使い方はそこに記載があるので、熟知しておくように」

ヴィリバルトが微笑みながらそう伝えると、アルベルトは「はい」と静かにうなずき、神妙な表情でユリウスの後を追った。

ジークベルトの安否を確認するために集まった人々も、ひとりずつ部屋を後にしていった。

ハクやスラも、ジークベルトと念話をしたことで、落ち着きを取り戻していた。

一時期、念話が通じないと大騒ぎをして、テオバルトとアルベルトを困らせていたハクとスラだが、今はおとなしくご褒美のオークの肉を食している。

テオバルトが二匹の様子を見守っていると、ニコライが彼に目配せをした。テオバルトはすぐに理解し、ハクとスラを部屋から退室させると、その場はヴィリバルトとニコライのふたりだけになった。

「なにか話があるのかな？」と、ヴィリバルトがニコライに尋ねた。

「俺をジークベルトの護衛からはずしてほしい」

ニコライが緊張した声でそう申し出ると、ヴィリバルトは表情をいっさい崩さず、「なるほどね」と静かにつぶやく。その態度は、まるで何事にも動じない強さと冷静さがあった。

動じないヴィリバルトの態度を見て、ニコライは心の中で『俺の護衛辞退は想定内か』と思った。

「君はアーベル家の教育を受けたはずだよね」

突然の教育についての話に、ニコライは怪訝な表情を浮かべながらも、「あぁ」とうなずく。

「アーベルの至宝、現在は、ジークベルトだ。この意味がわかるね」

あたり前のことを確認するヴィリバルトに、ニコライは不信感を覚える。

アーベル家の教育を受ける前から、ジークベルトが『アーベル家の至宝』であることをニコライは、知っていた。いつそれを知ったのかは忘れたが、それが世界の常識である。

ニコライはふと『なぜそれが常識なんだ』と疑問に思った。

彼の中でひとつの疑問が生じると、次々と常識だと自分が思っていたことが崩れ、矛盾が浮かび上がってくる。

「なぜ、ジークベルトなんだ」

ニコライがその疑問を声に出し、ヴィリバルトに直接問いかけた。

「さぁ、あれは気まぐれだからね。私にも予想はつかないよ」

驚きで赤い瞳を大きく見開いたヴィリバルトは、ニコライを凝視しながら彼の疑問に答えた。

しかし、その声はニコライの耳に届かず、彼の思考に靄《もや》をかける。

『赤はなんて言った。あれは……あれとは？』と、そうニコライが思った瞬間、彼の頭が重くなり、激しい痛みが生じた。そして一瞬、記憶が消えたニコライは、自身の体調不良を認識することもなく、平然とした顔でヴィリバルトに質問を投げかけた。

「害はないと聞いた。いくばくかの恩恵はあるのだろう」

「あれが、気まぐれで与えればね。代々の『至宝』が恩恵を得られたわけでもない。先代の義姉《ねえ》さんは、恩恵もなく亡くなったからね」

「あれが？　つぅ……」

再びニコライの頭に痛みが走り、彼の記憶が一瞬にして消え去った。

その痛みに気づかぬまま、ニコライはヴィリバルトに詰め寄る。

「害があるなんて聞いてないぞ！　ジークベルトが死ぬ可能性があるのか！」

「落ち着きなよ。誰も死ぬとは言っていないよ」

ヴィリバルトがあきれた口調で、ニコライの行動を非難した。それに対して、ニコライは
「すまない」と謝罪し、一歩うしろに下がった。

「勘違いしないでほしい。義姉さんの死因は、『至宝』だったことが直接の原因ではないんだ

よ」

ヴィリバルトはそう補足した後、苛立ちを隠せない様子でつぶやいた。

「まぁそれも含めて、気に入らないのだろう。私が拒否したこともだ」

その怒りはニコライにも伝わり、『誰かに怒っているのだ』と察するも、『その誰かを考えてはいけない』と彼の自己防衛が働く。

ニコライの瞳から光が消えた。

ヴィリバルトはニコライの様子を確認した後、落ち着きを取り戻し、何事もなかったかのように会話を進め始めた。

「『至宝』はただの固有名称さ。ただ世界における影響は大きい。我が国の王太子が、至宝であるジークベルトの行方を案じていたことを見ればわかるよね」

ヴィリバルトの問いかけに、ニコライは無言でうなずく。

「だけどジークベルトは、屋敷でおとなしくしているタイプではない。今後さらに厄介事に首を突っ込み、危険が増えるのは、目に見えている」

ヴィリバルトの指摘に、ニコライは黙って唇を噛んだ。

その仕草に気づいたヴィリバルトは、ニコライを追いつめるように言葉を続ける。

「君がなにを迷っているのかはだいたい想像がつく。護衛をはずしてほしいとの要望もそれだろ。そもそもその考え自体が馬鹿らしいと思わないのかい？」

ヴィリバルトの言葉がニコライの心に深く刺さり、彼の表情はいっそう険しくなる。

「俺は真面目に悩んでいるんだ！」

彼の心の悲鳴が言葉となり、その叫び声が部屋中に響き渡った。それは、ニコライがかかえる深い苦しみと絶望の表れだった。

「だからその悩み自体が、馬鹿らしいと言っているんだよ」

ヴィリバルトが肩をすくめ、ニコライをじっと見つめた。その視線は、ニコライの心をさらに深く傷つける。しかし、ヴィリバルトはそれを気にせず、自分の言葉を続ける。

「ジークベルトは規格外だ。規格外に仕える。その意味は経験したからわかるだろう。君自身なんて、ジークと比べれば、ちっぽけな存在にしかすぎない。一般的な護衛とは違うんだ。そこに君の存在意義を求めるのは、そもそもおかしいんだよ」

ヴィリバルトはいったん言葉を切ると、皮肉たっぷりな表情を浮かべて核心を突いた。

「あとは……そうだね、君自身のプライドが、判断の邪魔をしているとしか思えない」

「そっ、それは……」

ほんの少しあった邪《よこしま》な気持ちをヴィリバルトに暴かれ、ニコライが言葉を失う。

「規格外の護衛に求めることは、常に主の意向に沿って動けること。ただそれだけだ。現に君はできていると思うけどね」

突然のヴィリバルトの肯定に「はっ？」と驚き、ニコライは一瞬、時間が止まったかのような、完全に意表を突かれたという表情を浮かべた。

その反応を見たヴィリバルトは『無意識の行動こそ、真に求めているものだよ。それに気づかないうちはまだまだ……でも困ったことに、彼を嫌いではないんだよね』と思い、ニコライを受け入れつつある自分の心情にあきれた。

そして、深いため息をつきながら、「私も甘いな、今回だけだ」とニコライに向けて言った。

「ハクとスラ、王女とその侍女エマの精神的負荷を緩和させたよね。適切な処置だった。今回はテオも一緒だったけど、一時はどうなるかと心配したよ。それだけでジークの護衛としての役割は果たせているよ」

「それはあたり前の行動だろう。ジークベルトがいなければ、あいつらは騒ぎだすんだ。それを抑える行動を取らないと、後でジークベルトの負担になる。そうなったら、あいつらが悲しむことになるからな」

ニコライが当然のこととして答え終えると、ヴィリバルトは「うん」と、軽くうなずいた。

そして、彼は飄々《ひょうひょう》と言ってのけた。

「君はジークの護衛として適任だよ。私が君をジークの護衛からはずすことはない」

「はぁ?」

ニコライは、早急すぎる話の展開についていけなくて、口を開いたまま固まった。

「主の意向に沿って動けること、それだけだよ。よくよく考えることだね」

ヴィリバルトはそう言って、ニコライの肩を叩く。

「さて、私の話は終わったので帰るよ。これからもジークの専任護衛として頼むよ」

「おいっ！　ちっ、転移しやがった……」

ひとりとなった部屋で、ニコライはヴィリバルトに言われたことを反復する。

「ジークベルトの専任護衛だと……？　俺は護衛の辞退を申し出たはずだ。なぜそうなった」

ニコライは頭をかかえ、その場に大きな体を縮めて座り込んだ。

「あっ？　待て。よく思い出せ。赤が俺に『頼む』なんて言葉を使うはずは……、言ったよな？」

ヴィリバルトの最後の言葉を思い出しながら、ニコライは自問自答を繰り返した。疑心暗鬼に陥りつつ、彼は自分の頬を思いきってつねった。

「いっ、痛ぇ！　夢じゃねぇ！」

その痛みが彼に現実を思い起こさせ、ニコライは再び深く考え込んだ。

「そもそも俺はジークベルトの護衛をはずすよう赤に懇願したはずだ。その話の中で俺は赤に痛いところを突かれて、情けなくも言葉を失った。それで、ジークベルトの護衛に求められるものは、ジークベルトの身を守ることではなく、ジークベルトの意向に沿って動けることだと指摘されたんだ。俺の行動はすでにそれができているので、これからは専任護衛として頼む。はぁ、意味わかんねぇぞ！」

ニコライがひとり部屋で悶々《もんもん》としていると、部屋の扉が唐突に開いた。

エマが部屋に入ってきて、ニコライを見つけると、彼女の顔は一瞬で明るく輝いた。

「ニコライ様！　まだこちらにいらっしゃったのですね！　スラ様がニコライ様をお呼びです」

「スラの奴、また寂しいってか」

ニコライは深く息を吸い込み、肩をすくめてため息をつきながら、ゆっくりと立ち上がった。

ニコライの『しかたねぇなぁ』という動作を見て、エマが微笑み、笑い声を漏らす。

「うふふ。スラ様は、寂しがり屋さんですからね。ジークベルト様がご不在なので、代わりに誰かのそばにいたいのでしょう」

「まぁ、代わりは必要だしな」

「あっ、今のはニコライ様以外でもいいってわけではありませんよ。スラ様はニコライ様をご指定されていますからね！」

エマがニコライに念を押すように顔を近づけ、力強くそれを指摘する。

相手の気持ちを細かく察するエマに、ニコライは自分がジークベルトの役に立っているか聞きたくなった。

「なぁ、エマ。俺は、ジークベルトの役に立っているか？」

「もちろんです！　ジークベルト様がいない時に私たちを支えてくれているじゃないですか！」

即答するエマに、ニコライは戸惑いを隠せずにうつむいた。

自分への信頼に満ちたその表情を見て、『答えはまだ見つからないが、今はそれでいいのかもしれない。護衛失格だが、俺にもできることはある』と、ニコライは自信を少し取り戻せた気がした。

「そうか、ありがとな。スラを待たせると後が怖いな。行くぞ、エマ」

「はい！」

ニコライの呼びかけに対し、エマの元気な返事が部屋全体に響き渡った。

小さな淑女たち

伯爵家の豪華な玄関ロビーには、俺たちの帰宅を心待ちにしている大勢の家人たちが集まっていた。彼らの顔には、俺たちの無事な帰還を祝う喜びの表情が浮かんでいた。

家全体が温かな歓迎の雰囲気で満たされる中、その中心にいた金髪の少女ディアーナが、洗練された動作で俺に近づいてきた。

「ただいま」

俺が声をかけると、彼女は微笑みながら軽く頭を下げた。

「おかえりなさいませ、ジークベルト様。ご無事の帰還、なによりです」

その瞳からは、俺への深い愛情と安堵があふれていた。

彼女のその笑顔は、俺の数日間の疲れを癒《い》やし、帰ってきた安心感をいっそう深めた。

「皆様、おかえりなさいませぇ、うっ、きゃあ」

ディアーナのうしろに控えていたエマが、タイミングを見計らって声をかけようとしたが、なぜか自分の足につまずき、盛大な音を立てて、勢いよく顔から絨毯《じゅうたん》に倒れ込んだ。

その場には、なんとも言えない空気が流れる。

ヨハンの無事を喜んでいた伯爵家の家人たちも、エマのドジっ子ぶりを目の当たりにして言葉を失った。

微妙な空気が漂う中、「クックッ」と笑いを押し殺した声が、俺のうしろから聞こえた。

そういうところだよね。

俺が冷めた目でうしろのシルビアを見つめていると、ディアーナがエマを心配そうに気にかけていた。

「エマ、大丈夫？」

「大丈夫ですぅ。うっ、どうして私は間が悪いのでしょうか」

エマは鼻を赤くして涙を浮かべながら絨毯から顔を上げ、自分のお粗末な行動を口にした。

「エマ、皆様の邪魔になっているわ。反省は後になさい」

ディアーナは言葉では叱咤するも、その表情は心配そうだ。

「はっ、はい。失礼しました」

エマが素早く立ち上がり、衣服の乱れを直すと、彼女は優雅に一同を案内する。

「皆様、おかえりなさいませ。パル様が執務室でお待ちです」

先ほどまでのドジっ子ぶりが一瞬にして消え、見事な動きを見せた彼女に、その運動神経はいったいどこで身につけたのかと疑問に思う。

『エマ七不思議』のひとつで、答えは出ないんだけどね。

俺がエマを見つめすぎたせいか、エマは俺の視線に気づき、首をかしげて尋ねてきた。

「ジークベルト様、私の顔になにかついていますか？」

「帰ってきたなぁと思ってね」

俺がにっこり伝えると、エマは「え？」と、まるでなにも理解できないという困惑した顔を見せた。

「うふふ。よかったわね、エマ」

ディアーナが優しく微笑みながらエマを慰めている。

ふたりの様子を見て、俺は自分が帰ってきたことを強く感じ、安堵の息をついた。

彼女たちとの絆《きずな》が深まっていく中で、心地よい感情が湧き上がってくる。

これはこれで悪くない。

「ジークベルト様、はじまりの森のお話を早く伺いたいですわ」

ディアーナが興味津々の視線を俺に向ける。その期待に満ちた視線に応え、「そうだね」と俺は穏やかに返した。

和やかな雰囲気に包まれた中、空気を読まない駄犬シルビアが、俺のマントを握りながら吠えた。

「ほおぅ。この小娘が兄上の、ぐふぅ⁉」

俺はシルビアの顔面を手で押さえ、彼女の言葉を遮った。

しまった。『遠吠え禁止』を使うのを忘れていた。

叔父たちとの合流の後、なぜか俺のマントから手を離さず、おとなしく静かにしていたので油断した。

笑い声を押し殺していた時点で、対処しておけよ俺！

俺の後悔をよそに、シルビアが大声で叫ぶ。

「なっ、なにをするのじゃ！　おぬし、妾の扱いが雑すぎる！　もっと労《いたわ》るのじゃ！　妾はおぬしより、年上なのじゃぞ！　年配の者には敬意を払うのじゃ！　そっ、それに、おぬしと妾は、仮にもじゃが、夫婦《めおと》の契りを交わした仲、ぐふぅ⁉」

さらに強くシルビアの口を手で押さえ、俺は冷たい目で彼女を見た。

言葉に悪意がないぶん、ストレートで厄介すぎる。

たしかに仮主とはなったけど、夫婦の契りって、いや、子供云々は契約内に組み込まれているが、双方了承の上、不履行になっているのだ。

だからその表現はおかしい。

「誤解を生む発言はやめようか」

「なにが、誤解じゃ？　おぬしと妾は、死が分かつまで離れぬ関係ではないか」

俺がシルビアに発言を注意すると、彼女は俺のマントの裾を掴みながら、上目遣いで首を傾けて訴える。

「いやだから、今ここで話す内容では――」

シルビアが急にしおらしくなったので、俺が彼女の扱いに困っていると、突如として人影が近づいてきた。そして、シルビアと反対側の俺の腕を取った。

「ディ、ディア⁉　近くない？」

ディアーナの思いがけない行動に、俺は驚きで目を見開いた。

「うふふ、なにを驚いていらっしゃるのですか。行方不明の婚約者が帰宅されたのです。そばに寄り添うのは、あたり前の権利ですわ。ところで、ジークベルト様、そちらの方をご紹介いただけますか？」

表面上、ディアーナはにこやかに話しているが、その目は笑っていない。

ここで動揺を見せたら、俺の負けだ。

いやいや、動揺もなにも、俺は成り行きでしかたなく、シルビアの仮主となっただけだ。人の形をとっているが、もとは神獣で、ペットと一緒だ。

ペットを飼うということは、覚悟を決めて一生面倒を見ることが当然の責任だ。

だから俺はなにも悪くない。堂々と説明をすればいいだけだ。

俺は自分に言い聞かせるように心の中で説得し、ひと呼吸置いてから、ディアーナの目を見つめながら説明を始める。

「彼女は、半魔のシルビア。はじまりの森で出会ったんだ。彼女は、一部記憶をなくしていて、ヴィリー叔父さんと話し合った結果、アーベル家で保護することになった」

「まぁ、そうでしたか。私は、新しい候補者の方かと勘違いしてしまいましたわ。うふふ」

ディアーナのとげのある言葉とその笑顔が、俺には怖さを感じさせた。

ジリジリと責められ追い込まれているような感覚に、背中から変な汗が流れる。

察しのいいスラが、俺の肩からハクの背中に移ると、ハクまでも俺との距離を微妙にあけだした。

あっ、俺をひとりにしないで！

俺の心が叫びをあげている最中、ディアーナがシルビアに挨拶を始めた。

「改めまして、シルビア様。私は、ディアーナ・フォン・エスタニアと申します。ジークベルト様の婚約者です。隣に控えるのが、私の侍女のエマです。ご挨拶が遅れ、大変失礼いたしました」

「エマ・グレンジャーです……」

ディアーナの恐ろしいほど完璧な笑顔の下で、エマが頬を引きつらせながらもシルビアに挨拶をした。

すると、シルビアが興味深げにエマを見上げる。

「ほお、グレンジャーじゃと、おもしろい！　おぬしの周りはいつもこんな変わり種が集まるのか！　これからますます楽しみじゃ！」

俺の気持ちとは裏腹に、シルビアは無邪気な笑顔を見せて、俺のマントを引っ張った。

シルビア、そこじゃないんだよ！

お願いだからシルビア、空気を読んでよ！

俺は心の中で叫んだ。

シルビアの発言に対して、ディアーナの口もとがわずかに引きつっているのが見えたのだ。

「うん？　なんじゃ小娘。不服か？」

「いいえ、婚約者のいる前で、不用意に殿方に近づくなんて、どのような神経をされているのかと存じまして。うふふ」

ディアーナの指摘に、シルビアの動きが一瞬止まった。そして彼女はにやりといやらしく口もとをゆがめた。

「ほぉ、小娘が、一人前に牽制とは、妾の美貌に危機感でも抱いたかのぉ」

「うふふ、シルビア様。そのご冗談はおもしろいですね」と、ディアーナが上品に笑い飛ばす。

シルビアの挑発に対して、彼女はじっとシルビアを見つめながら、力強い言葉を口にした。

「そうですね、シルビア様は、お顔立ちがはっきりとされていますけれど、しょせん、お子様ですわ」

「なっ、なんじゃとぉー！」

シルビアが真っ赤な顔をして一歩前に出て、ディアーナに抗議した。それに対して、ディアーナは余裕綽々《よゆうしゃくしゃく》の態度を見せつつも、優雅にシルビアをあしらった。

「私としたことが、とんだ失言を。大変失礼いたしました。私、半魔の方に初めてお会いしましたが、魔族の方は見た目より、年齢がはるかに上とお聞きしたことがあります。見た目が、五歳児ぐらいにしか見えなくても、成人されているのですよね」

「なっ、先ほどから見た目やら、五歳児やらと、失礼にもほどがあるのじゃ！　妾は千二百五十五歳じゃ！　年上を敬うことも知らんのか！」

シルビアの年齢を聞いたディアーナは「あら」と言って、わざとらしく口もとに手をあて、困ったように眉尻を下げた。その仕草は、遠くから見ても、とても上品に映った。

「まぁ、失礼しました。かなりのご年齢を重ねていらっしゃるのですね。私、まだ成人前の若輩者ですので、言葉には気をつけますわ」

「小娘！　妾を軽蔑しておるなっ！」

「いいえ、そのようなことはございません。シルビア様に不快な思いをさせてしまったのなら、平に謝罪いたします。誠に申し訳ございません」

ディアーナがシルビアに優雅に頭を下げると、「なっ、なっ……」と負けを悟ったシルビアが言葉を失い、俺に助けを求めるように見上げる。

いやいや、シルビアの無神経な言動が被害を拡大させたんだからね。

自分の尻拭いは自分でしなさい。

俺のマントを不必要に引っ張るシルビアに視線を向けて、無言で抗議する。

すると、俺の反対側の腕が強く引っ張られた。

俺が顔を向けると、真顔のディアーナがじっと俺を見つめている。

えっ、俺はシルビアをかばおうなんて、思っていません。

俺は黙って頭を横に振り、ディアーナとの距離を少しあけるように一歩下がる。

すると、マントを掴んでいるシルビアも自然と一歩下がる。

その様子を見て、ディアーナの顔がより厳しくなり、圧力が大きくなるのを感じた。

ディアーナ、それは勘違いだ。決してシルビアを庇護しているわけではない。

信じてよ、ディアーナ！

再度、頭を横に振り否定するも、俺の心の叫びは彼女に届くこともなく、この冷戦ともいえる状況が数分続いたのだった。

叔父は甘くない

玄関ロビーで帰宅の挨拶を終えた後、ディアーナたちと別れた俺は叔父たちと一緒に執務室に入った。

「子供だと思っていたけど、立派な淑女なんだね。ジークは、これからも大変だね」

叔父の他人行儀な物言いに、俺は不機嫌そうに唇を突き出しながら抗議する。

「見ていたなら、助けてください」

「あぁいったのは、他者が介入するとますますもめるものだよ。自然の流れに身を任せるのが一番いいんだよ」

わざとらしく肩をすくめ、眉尻を下げて困った表情をする叔父を見て『ああ、おもしろがっている』と察した。

俺は叔父に軽蔑した視線を向けながら、冷ややかに言った。

「至極真っ当な意見を述べていますが、要するに、今後も助けるつもりはないってことですね」

「嫌だなジーク。私がかわいい甥っ子を見捨てるなんてことするはずがないよ。それにジークには、信頼している護衛がいるだろう」

俺の冷たい態度を見て、叔父が目を泳がせながら話をニコライに向けた。

「はぁ？　俺に話を振るなよ！」

突然話を振られたニコライは叔父をすぐに批判した。

ニコライの助けを期待した俺は、すがるような眼差しを彼に向ける。それを見たニコライは、慌てて弁明を始めた。

「チビ、そんな目で俺を見るなっ。俺は無理だぞ。そもそも護衛の範疇を逸脱しているぞ」

「主の意向に添う。その勉強にいい機会だと思うけどね」

「それとこれとは別だろ。ふざけんなよ！」

叔父が俺を援護するようにそう告げると、ニコライが声を荒らげて、叔父に詰め寄った。

ふたりのやり取りを見て、『前よりも仲が深まった』と俺は感じた。

そしてなにより、ニコライの態度が以前のように戻っていることに安堵した。

はじまりの森で再会した時の重苦しさは抜けていて、なにかを吹っきったように思えた。

彼との今後の関係はわからないけれど、このままの関係でいてほしいと俺は願う。

「おいっ、チビ、なにを笑っているんだ。そもそもお前が半魔を拾ってくるからだなぁ」

「えっ？　僕が悪いんですか？」

俺はニコライの言葉に傷ついたように装い、目を潤ませて上目遣いで彼を見る。

「記憶のない半魔をあのまま野放しにしても、ニコライ様は心が痛まないんですか？」

「そっ、それは……。つぅか、話がそれているぞ！」

俺の態度にひるんだニコライに、俺は止めを刺すようにうつむいて、悲しそうな声で言った。

「そもそもニコライ様が振った話題なのに、逃げるんですね。僕のせいにして、そのまま逃げるんですね」

「ニコライ、いい大人が見苦しいよ。親友として悲しくなる」

俺のイタズラに乗ったテオ兄さんがとても悲しそうな雰囲気を醸し出し、俺を援護するような言葉を述べる。

「お前ら兄弟は、ほんといい性格しているよなっ！」

そんな俺たちふたりの様子に気づいたニコライが、あきれたように言い放った。

最近、元気のなかったニコライをからかうのが、俺たち兄弟の日常だった。

ニコライの反応に対して、俺とテオ兄さんは顔を見合わせ、次はどう攻めるかとお互いの意見を視線で交わしていると、「ゴホンッ」と大きな咳払いが聞こえた。

「そろそろ話をしてもよいですかな？」

「「失礼しました。伯爵」」

「パルです。もう引退した身です。テオバルト殿、ジークベルト殿」

「「はい。パル殿」」

俺とテオ兄さんの声や仕草が見事にシンクロする。

その状況が少しおかしくて、俺はテオ兄さんを見る。テオ兄さんも同じように思ったのか、お互いの目が合い笑い合った。

「年が離れていてもそこは兄弟ですな。息がぴったりだ。ふむ。ヨハンにも早く兄弟をつくってやれ」

「父上、話がそれています。調査結果を速やかに報告してください」

俺たちの仲のよさに感化されたエスタニア王国の前バルシュミーデ伯爵、ヨハンの祖父パスカルことパルが、息子のエトムントに話題を振った。しかし、エトムントは無表情でその話題を遮り、パルに報告を促した。

「わかっている。今するとこだ」と、強面《こわもて》のスキンヘッドのおっさんであるパルが、拗ねた口調で言った。

「エトムントはもう少しユーモアをだな、わかっているから、そう睨《にら》むな」

話が脱線しそうなパルに、エトムントの無言の圧がかかった。

それを受けて、パルは「ゴホンッ」と咳払いし、本腰を入れて話し始めた。

「ジークベルト殿からの報告を受け、『移動石』を所持した人物と接触した子供たちに話を聞きに行きました。しかし、誰ひとりとしてその人物と会ったことを覚えている者はおりませんでしたな」

「「「えっ?」」」

俺とテオ兄さん、ニコライが驚きの反応を示すと、パルが大仰にうなずく。

「つまりですな、ヨハン以外は記憶がないということです」

パルがそう言いきると、部屋に静寂が訪れた。

俺が『どういうことだ？』と思考を巡らせている中、テオ兄さんが静かに疑問を投げかける。

「『忘却』ですか？」

「それがね、テオ。おもしろいことに『忘却』を使用された形跡がないんだよ」

「叔父様、それは……」

叔父が愉快そうな表情でそう答えると、テオ兄さんが言葉を詰まらせた。

「そう。術者は相当な使い手だね。これはいろいろとまずいよね」

まずいと言葉で発言しながらも、叔父の表情はとても楽しそうだ。

あぁ、叔父の被害者予備軍に合掌。

生真面目なエトムントが、叔父の表情に気づき指摘する。

「アーベル伯、言葉と顔が合っていません」

「これは失礼。しかし、バルシュミーデ伯、強者ですよ。興味ありませんか？」

叔父がエトムントを煽るような言い方をする。

生真面目なエトムントが、そのような挑発的な言葉に乗るはずがないと俺は思っていたが、
彼は目を見開き、その挑発に乗った。

「アーベル伯、あたり前のことを聞かないでください。ヨハンを危険な目にあわせた相手です。

徹底的につぶすに決まっているでしょ。地獄を味わわせてやりますとも」

「話が合いそうですね」

叔父がにこやかにそう言うと、エトムントが力強くうなずいた。

「えぇ、今回は合いそうです」

そうだった。この人も武人だった。

ヨハンが関わっているのに、素通りをするはずなんてない。

ふたりが意気投合して、固い握手を交わす一方で、ニコライとテオ兄さんがこっそり話し合っている。

その内容は俺にばっちり聞こえていたが、ふたりはそれに気づかずに話し続けていた。

「あれ、まずくねぇか」

「さすがにこれは、アル兄さんに報告を入れておくべきだね」

「俺らも強制参加っぽくねぇか」

「おそらく……」

「ちっ、また厄介事かよ」

「でもニコライ、父様の極秘指令に関係ありそうだ」

「そうか。ならしかたねぇ」

「できれば、ジークたちを切り離したいけど、叔父様はジークを巻き込むつもりのようだ」

「赤が巻き込まなくても、チビが首を突っ込むだろうよ」

「それもそうか。とりあえずプランBで」

「おうっ」

ニコライの地声が意外に大きいことに、テオ兄さんは気づいていないのかな。

今はヴィリー叔父さんたちのほうもかなり盛り上がっていて、テオ兄さんたちの話の内容は聞こえていないようだけど、俺がこれを聞いていいのかな。

父上の極秘指令ってなんだろう？

すごく気になるけど、プランBということは、Aも、いやCなんかもある？

いくつか作戦を練ってきたところを考えると、すごく重要な案件だと思う。

こんなに筒抜けでいいのかな。

あと、これだけは否定しておくよ。

ヴィリー叔父さんが俺を巻き込むのであって、自分からわざわざ厄介事に首を突っ込むなんて馬鹿げたまねするはずないよ。

ただ自然と成り行きで、巻き込まれているだけなんだ。

この称号の『苦労人』のせいでね！

俺が心の中で反論を述べていると、パルの「ゴホンッ」という咳払いが耳に入った。

全員が会話をやめ、パルに注目する。

「話を続けますぞ。まず表沙汰にはしませんが、バルシュミーデ伯爵家嫡子誘拐未遂事件として、国には内々に報告したので、我々は派手に動けます」

パルは一時的に言葉を止め、エトムントをじっと見つめた。彼は黙ってうなずき、パルの言葉に同意する意思を見せた。それを確認したパルは話を再開する。

「犯行の手口から考えて狙いは姫様。裏に反乱軍の首謀者がいるのは確実です。わしも私怨がありますので、独自ルートで調査しておりましたが、なかなか尻尾が掴めませんでした。ですが、はじまりの森への『移動石』、あれは貴重なものでして、ある人物が購入したとの情報を入手しております」

「さすがパル殿。情報が早いですね」

パルの話が終わると、叔父が感心したように褒めた。そして微笑みながら伝える。

「私も殿下から許可を得ましたので、協力は惜しまないですよ」

「それは心強い」とパルは言った。

叔父の言葉を聞いて、彼の表情が明るくなり、力強くうなずいた。

「では、手始めにヨハン殿の記憶を視る許可をお願いしたい」

「記憶を視る？」

叔父の申し出に、パルが一瞬訝《いぶか》しげな表情をするが、その意味をすぐに理解したパルは叔父を称賛した。

「そのようなことが可能なのですか。さすがアーベル殿ですな」

「記憶を視ることにより、ヨハンへの影響はないのですよね？」

これまで黙って一連のやり取りを見ていたエトムントが、真剣な面持ちで叔父に詰め寄った。

「直接的な害はないよ。ただ記憶を視る際に、その人物の考えや感情なども視えてしまうんだ」

叔父は言葉を選びながら、慎重に説明をする。

「ヨハン殿は、まだ幼いので問題はないと思うけどね。もちろん事前に本人の許可はとるよ」

「害がないのであれば、許可しましょう。ヨハンにも協力するよう、私からも伝えておきます」

叔父の説明に納得したエトムントは、晴れやかな顔でそれを容認した。

俺は額の汗をそっと拭う。

緊張した。

エトムントが隠しきれない殺気を放ち、部屋の空気が揺らいでいた。

それを平然と至近距離で受け止める叔父はさすがだった。

「助かるよ。記憶を視ることは、他言無用でお願いするよ。あと長時間拘束するので、部屋の用意と人払いをしてほしい。魔法施行中は、私自身も動けないので、警備の強化を願いたい」

叔父が次々と要望を口にすると、パルが感心したように言った。

「大がかりな魔法ですな」

「それはもちろん。人の記憶を視るからね。それと、ジークとスラも念のため同席を願うよ」

「えっ？　僕とスラですか？」

突然話を振られた俺は、なにがなんだかわからなかった。

記憶を視る系の魔法など、禁忌《きんき》に近いものには手を出していない。

それにスラをどうするつもりなんだ？

俺の困惑した顔をよそに、叔父は笑顔だった。

「そうだよ。詳細は後で伝えるからね」

「わかりました」

俺の返事を聞いた叔父は、パルに視線を戻し、今後の予定を確認する。

「記憶が薄れないうちにヨハン殿を視るとして、本格的な行動、首謀者の一掃は、武道大会の後ということでいいんだよね」

「それが妥当ですな。今は各国の首脳が集まっておるので、わざわざ無用な火種をつけることは避けたほうがよいですな。先方も馬鹿でなければ動かんだろう」

「では、二日後に開催される武道大会を楽しみつつ、各々情報を集めるということで、いいね」

叔父の言葉に、その場にいた全員がうなずいた。

首謀者の一掃という話を、俺の前でするということは、彼らは俺を完全に巻き込むつもりなのだ。

どうせ巻き込まれるのだから、動く時期だけでもわかったことを、よしとしよう。

武道大会は楽しめるようだし、本当によかった。

すごく楽しみにしていたので、めちゃくちゃうれしいよ。

屋台とかもあるのかな。異国の料理もあるのかな。

武道大会に思いを馳せて、俺の顔はニヤつきが止まらなかった。

それを見て、叔父はにっこりと微笑み、突然俺の腕を掴んだ。

「えっ？」

状況がまったく把握できていない俺をよそに、叔父がみんなに告げた。

「私とジークは、これで失礼するよ」

そして、俺は強制転移をさせられた。


「やはり家が一番落ち着くね」

急な強制転移により、叔父の思考が読めず、俺は呆然と立ち尽くしていた。

それをよそに、叔父は優雅にソファに腰を下ろした。

「ヴィリー叔父さん、説明！」

「説明いる？」

俺の要求に応えることはせずに、叔父は首をかしげる。

叔父のそのような態度に、俺は怒りを感じた。

「いるに決まってます！　突然、転移させられたんですよ。転移先がヴィリー叔父さんの屋敷とはいえ、なんの説明もなく突然転移されれば、残された側もおおいに困惑します。それに、僕は、数日行方不明になって今日帰宅したばかりです。ハクやスラ、ディアやエマと、ほんのわずかしか言葉を交わしていません」

俺は肩で息をしながら、思いのたけを込めて怒りを隠さずに主張した。

そんな俺を見て、叔父は少し困ったように微笑んだ。

「ジーク、少し落ち着こうか」

「落ち着いています！」

叔父にそう言われ、俺はすぐに反論した。

俺の態度に、叔父はますます眉尻を下げる。

「困ったなぁ。もうすぐ理由がわかると思うんだけどね」

「どういう意味ですか？」

叔父の不可解ともいえる言動により、興奮していた俺の気持ちが冷める。

冷静に物事を見なおしていると、突然シルビアが俺の前に現れた。

「なっ、なにゆえ、転移するのじゃ？」

「シルビア？」

シルビアはバルシュミーデ伯爵家の客室でくつろいでいたようで、口もとにお菓子の屑をつ

けたまま、ぼんやりと立ち尽くしていた。

あまりにお粗末なその姿に、さすがにかわいそうだと同情する。

「やはりね。君、ジークと契約を交わしたね」

叔父の冷たく響く声が部屋中に広がった。

「半魔だからと油断したよ。君の魔力の波動がジークと同調している。視える者には視えるんだよ。油断したね。無意識なのかい？　それとも意図的にかい？」

「妾は、知らんのじゃ」

叔父の言葉攻めに対して、シルビアは顔を横に向けて反論しようとしたが、すぐに俺のうしろに隠れてマントを引っ張った。

俺はシルビアを背に隠しながら、うつむいた。

叔父は、すべてを把握している。

この人に対して下手な隠蔽をしたのが、そもそもの間違いなのだ。

強制転移の理由は、俺とシルビアの魔契約の確証を得るためだった。俺たちも知らなかったが、俺とシルビアが一定距離離れると、シルビアは強制的に転移する。これも予測していた。

あれ？　ちょっと待て。

叔父は、シルビアが半魔であることを疑ってはいないようだ。

だが俺とシルビアが契約関係にあると踏んだ。

それに感づいたのには、なにかヒントがあったんだ。

魔力の波動、同調、そこから魔契約と転移が結びつくのか？

だとしたら、シルビアの正体が判明したわけではない。

ああ、そうだった。叔父のそばには隠蔽が効かない『真実の眼』を持つ、フラウがいる。

これは覚悟を決めるしかない。

決意を固めて顔を上げたところ、叔父が「ふーん、なるほどね」と意外そうな表情で目を見開いた。

本当に、この人にはかなわない。

一度瞳を閉じて精神を落ち着かせた後、叔父の名を呼んだ。

「ヴィリー叔父さん」

「なんだいジーク？」

優しさの中にも厳しさが混じったその視線を受けながら、俺は告げる。

「シルビアに魔契約を隠すよう命令したのは、僕です」

「ジークは契約内容を承知で、契約したんだね」

厳しい表情をした叔父の強い視線をはずさず、俺は「はい」と答えた。

今さらではあるが、誠意と覚悟を示す必要があった。その行為がどれほどの効力や意味を持つのかはわからないが、視線をはずしてはならない。

「なるほど。では、半魔としての記憶は残っているのだね」

「いいえ。シルビアには、半魔としての記憶はありません。そもそもシルビアは、半魔ですらありません。シルビアには、多くの枷があります」

俺がシルビアの半魔を否定し、彼女の枷を告白した時、叔父は困惑した表情でささやいた。

「半魔ではない？　多くの枷？」

俺の言葉が、叔父の想像を超えたようだ。

俺の頭の中では、必死に訴えるヘルプ機能の声が聞こえる。

今までシャットダウンしていたけど、ヘルプ機能にも説明は必要だ。

「ヴィリー叔父さん、少し時間をくれませんか。話す内容を相談させてください」

「いいだろう。わかった。待つよ」

俺の突拍子もない申し出に、叔父はなにも聞かずにすぐに理解してくれた。

「ありがとうございます」

感謝の意を伝える俺に対し、叔父は向かいのソファに座るように促した。

その気遣いにうなずき、静かに腰を下ろした。

シルビアも俺の隣にぴったりと座り、俺の腕を両手でしっかりと握った。

彼女と視線を合わせて、静かにうなずき合う。

頭に響く《ご主人様、お待ちください》という声を必死に繰り返していたヘルプ機能に、相談という名の説得を始める。

ヘルプ機能、待たせてごめんね。

《ご主人様！　ヴィリバルトに、駄犬の正体を明かすのは、時期尚早かと存じます》

ヘルプ機能の言い分は、もっともだと思うよ。

《では、考えなおしていただけるのですね。半魔ですらないとの発言は、取り消しができませんので、魔族であることにいたしましょう》

ヘルプ機能、おそらくヴィリー叔父さんは『超越者』だよ。

シルビアが常に俺のマントを離さなかった理由、それはヴィリー叔父さんでしょう。

『そうじゃ！　あやつは危険じゃ！』

シルビアが念話で強く主張する。

ほらね。本能でかなわない相手だと感じ取ったんじゃないかな。だから今も、怖さからか、俺のそばを離れないんだよ。

《お待ちください。記録を調べたところ、ヴィリバルトは『強者』です。それがこの八年で『超越者』の領域に入ったと、ご主人様はお考えなのですか》

うん。ヴィリー叔父さんだしね。

《失礼ながら、それはありえません。凡人枠である人間が、自らクラスアップできるとは、聞いたことがございません。しかしながら、ヴィリバルトの当時のスキル取得を考えれば、否定

できないことも事実です》
凡人枠？
《この世界の『生命の理《ことわり》』のひとつです。種族により、ある一定の枠組みがございます》
へぇー。そんなものがあるんだ。
《例えば、人間は、凡人枠です。魔族は、異才枠と、種族により枠がございます。枠組みは、スキル取得や称号、レベルの上限など一定の決まりがございます。例えば、スラは『分離』をスキルとして取得できますが、人間は取得することができません》
なるほど。称号『超越者』にも種族の枠があるんだね。
《称号『超越者』は、主に魔族やハイエルフなどといった異才枠などの枠組みの中で取得が可能です。ただし、クラスアップができれば、凡人枠である人間も『超越者』を取得することは可能です》
ヴィリー叔父さんが、クラスアップした可能性はないの？
《クラスアップは、この世界では、神族の中でも一定の力を持つ者だけが、使える能力であると聞いております。おそらくですが、駄犬のもとの主は、それを使える者です。しかしながら、神族以外が、それを行使したというのは文献でも見あたりません。ご主人様のように、種族は一応人間ですが、裏設定で、スーパーウルトラ超特別枠に属しているのなら納得がいきます》
ねぇ今、さらっと爆弾を入れたよね。

枠組みの概要について詳細にヘルプ機能が知っている理由をはじめ、多くの疑問はあるけど、なによりも、俺がスーパーウルトラ超特別枠という、ほぼ同じ意味の単語を並べて、すごいように見せているとしか思えない枠に、裏設定で入っているのは、どうしてなのかな？

しかも、それをどうしてヘルプ機能は知っているのかな？

《うっ、それは、申し訳ございません。誓約があり、今のご主人様には、お答えができません。私が、ご主人様のヘルプ機能である理由でもございます。時がきましたら、私がご主人様の前に、本当の姿で立つことができれば、必ずお答えします。それをお約束します。それまでお待ちください》

誓約ね。

これまで回答できなかったのは、単に俺の魔力が不足していただけだと思っていたけど、そうではないってことだね。

《ご主人様の魔力が増加することにより、私の制限が徐々に解除されます。最終形態は、ご主人様の前に人型として現れ、許されることにより、すべての制限が解除され、誓約がなくなります》

前からたびたび精霊の森に行きたがっていたけど、その制限を解除するために必要ってことだね。

《はい。詳細をお伝えすることはできませんが、その通りです》

なるほど。

精霊の森は土の大精霊が加護している森。その奥には精霊村があり、多くの精霊たちが大結界の中で守られているんだったよね。

ヘルプ機能には悪いけど、精霊の森に行くのは待ってほしい。

《精霊の森は急ぎません。当初は制限解除のためにと思っておりましたが、すでに、私の制限は半分ほど解除されておりますので、急ぐ必要がございません》

そうなんだ。安心したよ。

俺が自由に動けるようになったら行こう。

《承知しました。余談となりますが、数日前、『超越者』との言葉が出てきたかと存じます。長寿の種族の可能性が高いので、会えるかもしれないと思いましたよね。その通りです。『超越者』を取得した者は寿命が千年以上延びますので、ご主人様は会えるかと存じます。あの時にお伝えできればよかったのですが、神族の圧が強く、お声かけができませんでした》

神殿全体に高度な状態保存の魔法を施した術者のことだね。

あの時、ヘルプ機能から補足が入らなかったから、おかしいとは思っていたんだよ。

情報がないのかとも推測したけど、神族からの圧力がかかっていたんだね。

《はい。不甲斐ないです。現在も一部の機能に制限がかかっています。申し訳ございません》

へぇー。シルビアのもとの飼い主って、相当すごい能力の持ち主なのだろうね。

まぁ、俺とシルビアに自分の加護を与えるぐらいだから、神様の類いなんだろうけど。

『主様のことは、妾は言えんのじゃ』と、シルビアからも補足が入る。

そうだと思ったよ。

どちらにしろ、今はいいよ。答えも出ないと思うしね。

本題に戻ろう。

ヴィリー叔父さんが、どのようにしてクラスアップしたのかは不明だけど、俺の直感はヴィリー叔父さんが、『超越者』だとしている。

ヴィリー叔父さんの現在のステータスは把握していないけれど、俺たちの想像以上だと思う。

それにフラウのことを忘れていない？

精霊は『真実の眼』を所持しているから、シルビアが半魔でないことなんて、すぐバレるよ。

たとえ、フラウを説得できたとしても、ヴィリー叔父さんには漏れちゃうよ。

ハクが聖獣であることも、ヴィリー叔父さんは知っていて、俺はその口止めのために、エスタニア王国の迷宮に同行するんだからね。

《私としたことが、精霊の存在を忘れておりました。記録から抹消できなくとも、不良在庫として別保存していたことがあだとなりました。くっ、不覚》

ヘルプ機能って、フラウのことを相当嫌っているよね。

《嫌いではございません。そもそも嫌いという感情自体が、私にございません》

あっ、そうなんだ。

この件は、そっとしておくとして、シルビアが半魔であるという嘘は、表向きには必要だと思うんだ。

ただ、ヴィリー叔父さんには、隠す必要がないよ。

ヘルプ機能は、俺が神格化されることを懸念しているようだけど、ヴィリー叔父さんに相談すれば、そこも考えてくれるよ。

あとこの機会に、俺の秘密もすべて話すよ。

《ご主人様のおっしゃるすべてとは、ステータス、能力、前世の記憶、前世の黒歴史、前世の女性遍歴、食べ物の好みや現在の女性の好みなどといった、すべてでございますか》

今さらっと挟んだけど、前世の黒歴史や女性遍歴って、ヘルプ機能、君は俺のなにを知っているのかな？

《すべてでございます。ご主人様のことで、私が知らないことはございません》

えっ、こわっ！

ヘルプ機能の言動が、ストーカーじゃないか。

ヘルプ機能は、記録も備わっているので、情報を持っているのはしかたないけど、どうして俺の前世の情報もあるんだ。

あっ、俺が前世の記憶持ちだからか！

《なにか問題がございますか？》

問題あるよ！

ヘルプ機能、今後、俺個人の情報を開示することは禁止する。

《承知しました。私だけが、ご主人様の情報を所持できるのですね》

えっ？　そうなるのか。

ヘルプ機能は俺の能力の一部であり、自我があるとはいえ、個人ではないからいいか。

難しいことはわからないけど、ヘルプ機能以外の他者に俺の情報、特に前世関連の黒歴史が流れなければそれでいい。

なんだか、本筋と違うところで、どっと疲れが出てきた。

とりあえず、ヴィリー叔父さんに、俺が異世界の前世の記憶を持ち、チート能力を授かって生まれてきたことを話すよ。

いずれ話す予定だったことで、そのタイミングが早まっただけだ。

それに、シルビアが神獣であること、そしてエスタニア王国の『王家の真実』について、先祖返りした王族がなぜ王位継承権第一位となるのかという理由も含めて、すべてを偽りなく話すことができる。

いいね、ヘルプ機能。

《承知しました。ご主人様が、お決めになったことです。私は、全力でサポートいたします》

ありがとう。

《補足となりますが、スラを介して念話で、私とヴィリバルトが話すことも可能です。しかしながら、それはお勧めしません。ヴィリバルトは追究者です。私とコンタクトが可能であると判明すれば、ご主人様の負担になるのは、目に見えております。ここは黙っていることが、よろしいかと存じます》

ヘルプ機能、その補足はいらなかった。補足は聞かなかったことにする。

じゃ、戦場という名の場所に戻るね。

《ご武運をお祈り申し上げます》

「――ということです。他言無用でお願いします」

俺は叔父にすべてを打ち明けた。

俺の前世は異世界の人間で、その記憶を持ったままこの世界に転生したこと。前世の不運値が四十倍で、その過程で起きた不運な出来事も。ハクが聖獣であることを隠した経緯、シルビアが神獣であること、そして俺の能力についても、すべてを隠さずに伝えた。

その間、ヴィリー叔父さんはひと言も口を挟むことなく、ただ黙って耳を傾けてくれた。

俺は緊張感から解放され、胸の奥につかえていた負荷も消え去り、心が軽くなった。とても清々しく、いい気分だ。

自己満足に浸りながら、なにげなく隣に座るシルビアを見ると、彼女の顔が硬くなっているのに気づいた。

はっと、無言で座っている叔父のほうへ視線を移した。

叔父の周りに漂う雰囲気が異常であることに気づき、緊張が全身を走った。

今まで叔父を欺いていた事実は消え去ることはない。

築き上げた信頼が崩れ去るかもしれない。

心からの謝罪はしたが、それで叔父に許されるかどうかは別問題だ。

当然のように受け入れてくれると、甘く見ていた。未知の存在として、見放される可能性もある。

俺の思考がネガティブに染まり始めたその時、沈黙していた叔父が、絞り出すように声をあげた。

「ああ、やっと長年の謎が解けたよ。義姉さんが、ジークを産んだ奇跡が……なにもかも、ひとつにつながったよ」

普段の叔父からは想像もつかないほど、動揺した声が聞こえた。その声は、叔父の心が大きく揺れ動いていることを示していた。

「義姉さん、あなたが言ったことは、正しかった……。ジークベルト。アーベル家に、兄さんと義姉さんの子供として、生まれてきてくれたことに感謝する。ありがとう」

叔父の赤い瞳から、ひと筋の涙がこぼれた。

ヴィリー叔父さんが、泣いている。

初めて見た叔父の涙に、俺は驚いて声が出ない。

叔父自身も、自分が涙を流していることに気づいたようで、驚きの表情と共に、素早く片手で目を覆った。

その手は、震えていた。

冗談で感情を表したり、怒りで空気を揺らしたこともあるが、いつもは飄々として掴みどころのない叔父が、これほどまでに感情を乱す姿を見せたのは、衝撃的だった。

突然の事態に、なにがどうなっているのか理解できない。

ただひとつ確かなことは、俺が秘密にしていたあれこれと、母上のかかえていたなにかが関係しているということだ。

俺は無意識に「母上」とつぶやいていた。

今世の記憶は、母上の腕の中から始まった。

温かくも優しい、もう戻ることができない、あの幸せな世界。

母上のことを思い出すと、どうしても感傷的になってしまう。

いまだに俺の記憶を侵食する強烈な後悔の念。

あの時の行動を何度も夢に見て、母上の死を乗り越えられずにいる。

もう戻れないと理解しながらも、心はあの日に置き去りにされたままだ。

母上が言った『前を向きなさい、ジーク』という言葉だけで、俺はずっと前を見続けている。

母上に会いたい。もう一度、あの腕に抱きしめられたい。

「っ、ははうえ……」

感情が爆発しそうになり、涙が込み上げてくるのを唇を噛みしめて必死に抑える。

その瞬間、温かくて大きな腕が俺を包み込んだ。

ああ、この優しさに俺はどれほど救われたことだろう。

しばらくして、俺が叔父の肩から顔を上げると、彼の端正な顔がひどく憔悴《しょうすい》していた。

「ヴィリー叔父さん」

俺が深く気遣いながら声をかけると、叔父はゆっくりと抱きしめていた腕をほどき、膝をついたまま尋ねた。

「大丈夫かい?」

「取り乱しました。すみません」

俺のかすれた声にシルビアが反応して、俺の腕を強く掴んだ。

驚きで、シルビアに顔を向けると、彼女は泣きそうな表情で俺の胸に顔をうずめた。

叔父はシルビアの行動を黙認した後、俺の隣に座り、俺の頭をなで始めた。

えっと……。

叔父の行動に戸惑いつつも、その沈黙に感謝し、シルビアを落ち着かせることに専念する。

シルビアには悪いことをした。

彼女は俺の近くにいればいるほど、俺の強い感情を共感できるのだ。

きっとかなりの負担となったに違いない。

今の俺の感情は、決して明るいものではないからだ。

ごめんね、だけど、ありがとう。

感情を共感してくれる人がそばにいる。それだけでなんて心強いんだ。

謝罪と感謝の意を込めて、優しく何度もシルビアの頭をなでた。

しばらくして、俺の腕の中で「スー、スー、ズッ」と、鼻水交じりの寝息が聞こえてきた。

ここで寝られる神経の図太さが、ヘルプ機能から駄犬と言われるのだと思う。

とても幸せそうな寝顔が、なぜかすごく癪に障ったので、シルビアの鼻をつまんでみた。

「んむぅ。むっ」

シルビアの眉間にしわが寄ったのを見て、俺の頬が緩む。

彼女で遊んでいると、頭上からの視線に気づき、俺は顔を上げた。

「仲がいいようで、なによりだよ」

「そう見えますか？」

俺はシルビアの鼻をつまみながら、叔父に聞いた。

「とても仲がよく見えるよ。ジークが、意地悪をする姿は貴重だね。心を許しているんだね」

「それは心外です」

「そうなのかい」

叔父は肩を上げ、普段通りの表情を浮かべた。

その態度の変化から、母上の話はもう叔父の中で終わったと悟った。

だけど……、聞くべきか、判断に迷う。

きっと、答えてはくれない。

でも、なにもなかったことにする選択肢は、俺にはなかった。

「ヴィリー叔父さん。僕の出生には、なにがあったのですか？」

俺の質問に、叔父は一度視線を俺からはずして天を見上げ、とても気まずそうな顔をした。

「すまないね。ジーク。年を重ねると、涙脆《なみだもろ》くなるようだ。感情が高ぶって失言をしてしまったね。まいったな」

叔父がそう言って、片手で顔を覆った。深く息を吐き出してうなずいた後、その赤い瞳が俺を見つめた。

「私の口からは話せない。ジークが真実を知るその時がきたら、兄さんから話をしてもらう。それまで待ってほしい。大人の勝手な言い分で申し訳ないね」

「わかりました。待ちます。でもひとつだけ答えてください」

深呼吸をして心を落ち着け、叔父の目をじっと見つめた。俺の緊張した様子を察した叔父が、「なんだい？」と優しく問いかけた。

手のひらが汗ばみ、心臓が強く打つ音だけが聞こえる中で、恐怖心を抑え、長年心に抱いていた疑問を口にする。

「母上の死は、僕と関係がありますか？」

「ない。それだけは、はっきりと言えるよ」

叔父はすぐに断言した。その言葉が俺の心を震わすも、『お前さえいなければっ』との憎悪のこもった彼の顔が、俺の脳裏をかすめた。

「そうですか……」

「ジーク、まさか、ゲルトの言葉をずっと気にしていたのかい？」

俺の沈んだ様子を見て、アーベル家の三男、八歳上の兄ゲルトに見当をつけた叔父が驚きの表情で問いかけた。

「いえ、そうでは……」

俺は言葉に詰まり、頭を横に振った。

「いえ、気にしていなかったといえば、嘘になります。僕は、生まれながらにして、人並みはずれた能力がありました。それを母上の治療に使えたのではないかと、ずっとそう思っていたんです。あの時、父上に伝えておけば、母上は助かったかもしれない。そう思って……」

言葉がつながらない。涙がポタポタとこぼれ落ちる。

俺の涙腺が崩壊した。

俺の異変に気づいたシルビアが飛び起き、懸命に両手で涙を拭ってくれるが、追いつかない。

まるで俺の後悔を表すように、涙が服に染みを作っていく。

自分で思っていたよりも、俺の心は悲鳴をあげていた。

叔父の眉も下がり、痛々しげな表情で俺を見つめている。

そんな顔をさせたいわけではないのに、涙は止まらない。

「ジークベルト。はっきりと断言するよ。あの時、君の能力を最大限に生かしても、義姉さんは助からなかった。世界でもトップクラスの魔術師『赤の魔術師』と呼ばれる私が断言しよう。だから君が背負うことは、なにもないんだよ」

叔父の言葉が、胸の中にストンッと落ちた。

とめどなくあふれる涙を気にすることなく、「ヴィリー叔父さん……」と声を振り絞った。

「今まで気づかずに、すまなかったね」

叔父がシルビアごと俺を抱きしめた。

実力がはるかに上の叔父の断言を聞き、『ああ、やっと母上の死から解放された』と思った。

しばらくして、俺の涙が止まり、落ち着きを取り戻した。

その時、俺たちを包んでいた大きな存在が消える。

「このままずっと抱きしめていたいけど、そこは彼女に譲って、私は我慢するよ」

叔父は微笑みながらそう言い、自席に戻った。

しかし、すぐに彼の顔は人の悪そうな表情に変わった。

「それにしても彼女が、神獣とは驚きだね。ぜひとも私の研究に協力してほしいね」

「本人がいいのなら、僕はかまいませんよ」

いつもの叔父とのやり取りに、俺は安堵する。

隣に座っていたシルビアが突然俺の腕を強く引っ張り、口をハクハクと開け閉めしながら、顔を激しく横に振った。

あっ、忘れていた。

『遠吠え禁止』を発動中だったことを思い出した。

ヘルプ機能に提案されてそうしたのだが、シルビアも抵抗することなく受け入れたのだ。

しかも、シルビアは俺と叔父との会話中、自分の存在感を極力抑えて俺たちに配慮していた。

シルビアは、やればできる子だった。

彼女の評価を見直し、『遠吠え禁止』を解除した。

「妾は嫌じゃ！　そやつに協力などできん！　底知れぬ闇を持っておる。近づけばスパッじゃ！」

解除してすぐ、シルビアは大声でわめき騒ぎながら、空中に手を振り、剣を振り下ろす仕草を見せた。

「あっははは。私も嫌われたものだね」

叔父がシルビアの反応を見て、腹をかかえて笑っている。

「シルビア、それは少し言いすぎだよ」

俺がシルビアの発言を注意したら、彼女はひどく驚いた顔をした。

「なっ、なっ、おぬしは、わからんのかえ！」

必死な表情で訴えるシルビアとは対照的に、なにかがツボに入って爆笑している叔父。

叔父の笑いが収まるのには、かなりの時間がかかった。

「久々に笑ったよ。それならジークと一緒の時にでもお願いするよ」

叔父の提案に「はい」と、俺が返事をする。

「うっ、しかたないのじゃ。おぬしと一緒なら、付き合うのじゃ」

シルビアも少しあきらめたような表情で、しかたなく了承した。

それを見た叔父は満足そうにうなずき、俺を見つめながら口にした。

「それにしてもジークが、火・風・土・水・光・闇・無・炎・雷・氷・聖・呪の十二個ある属性をすべて持ち、前世の記憶があるとはね」

「信じてもらえるのですか？」

俺が少し迷いながらそう尋ねると、叔父は不本意そうに眉を上げた。

「信じるもなにも、ジークが言ったことを疑うなんてことしないよ。それとも嘘なのかい？」

「いいえ」と、俺は頭を横に振った。

叔父からの深い信頼を感じて、俺は少し恥ずかしくなった。

「前から不思議だったんだよ。ジークの知識量の多さもだけど、ジーク発案の料理や品物はすごすぎる。兄さんは『天使《ジーク》が天才だった』って褒めていたけどね」

「父上……」

父上が俺を褒める情景が思い浮かび、苦笑いを浮かべながら言葉を失った。

「地球の日本だったね、一度は訪れてみたいね」

叔父の冗談が、なぜか冗談に聞こえない。

『ヴィリー叔父さんなら不可能も可能にするのでは？』と思ってしまうほど、叔父の実力はすごいのだ。

叔父は深くため息をついた。

その表情は真剣で、今後について考えている様子だった。

「ジークの秘密は、私の胸だけにしまっておこうと思う。兄さんにも話をするべきだが、今は時期が悪すぎるんだ。ごめんね」

「いいえ、わかりました。ただ、父上には、僕から話したいです」

俺は少し考えた後、そう返事をした。

「それがいいね。その時は、私も同席しよう」

叔父は微笑みを浮かべて提案した。

「はい。ありがとうございます」

俺は頭を下げ、感謝の意を示した。

この会話が終わった後、俺たちはしばらく無言で座っていた。

それぞれが自分の思考に沈んでいたところで、シルビアが俺の腕を強く引っ張った。

「どうしたの、シルビア？」

俺の問いかけに、シルビアが、口をハクハクと動かしてなにかを伝えようとしている。

あっ、しまった！

シルビアとの会話が終わったので、いつもの調子で『遠吠え禁止』を発動したんだった。

解除すると、シルビアがすごい勢いで主張する。

「妾の扱いが雑すぎるぞ！　仮主として、もう少し丁重に扱えぬのか！」

「ごめん。つい癖で……」

「妾は、神獣なのじゃぞ。そもそも、ぐふぅ」

話が長くなりそうだったので、物理的にシルビアの言葉を止めた。

「で、なに？」

涙目で俺を見上げるシルビアに、笑顔で圧をかける。

要件は簡潔にね。

「おぬしは前世の記憶があり、前世は地球という異世界にいた人物なのか？」

「そうだよ。あれ？　説明していなかった？」

シルビアの質問に対して、俺は首をかしげる。

その反応を見たシルビアは、とても不満そうな顔をした。

「説明されておらん！　しかも話を聞く限り、天界管理者と接触しているではないか」

「天界管理者？」

聞き慣れない言葉に、該当しそうな人物を想定する。

「もしかして生死案内人のこと？　転生する直前に説明を受けただけだよ」

「先ほどの話では、生身の姿でも、接触したのではなかったかえ？」

「前世で死ぬ直前に会っているけど、それがなに？」

俺が肯定すると、シルビアの表情が一気に明るくなった。

「おぬし、すごいのじゃ！　神界の者でも、天界管理者に会うことはできん！」

「そんなに興奮すること？」

俺は淡々と、しかし確固とした調子で述べた。その言葉を聞いたシルビアは驚きのあまり目を見開き、声を張り上げた。

「なにゆえ、そのすごさがわからんのじゃ⁉」

「そう言われても。生死案内人の姿なら迷宮で確認できるよ」

俺は肩をすくめ、深呼吸をひとつしてから、落ち着いた口調で返答した。

シルビアは「なぬぅ！」と声をあげ、目を丸くして驚き、信じられないという表情を浮かべた。

俺たちが生死案内人について話し合っている間、叔父が深刻そうな顔で、その話に耳を傾けていたことに、俺はまったく気づかなかった。


「精霊ごときが妾になにをするのじゃ！」

シルビアは怒りをあらわにし、宙に浮いている人形サイズのフラウを睨みつける。

「なによ。偉そうに！　今のあなたは枷しかない。ただのお荷物じゃない！」

「なっ、レベルがリセットされただけじゃ。レベルが上がれば、妾も役には立つのじゃ！」

フラウの反論に、シルビアは胸を張って自己弁護した。

「あら。お荷物だってことは認めるのね。うふふ」

フラウが微笑みながらシルビアの周囲を飛び交いからかうと、シルビアが力強く主張する。

「むぅ。現状はしかたないのじゃ。じゃが、本来の妾の力は、精霊よりもはるかに上じゃ！」

「ふん。ただの負け惜しみね」

フラウが挑発的に返し、にっこりと笑って肩をすくめる。

「なんじゃとー！」

怒りを燃やしたシルビアは、フラウの言葉に反応し、お互いの額と両手をくっつけて、睨み合った。

シルビアとフラウのやり取りが続く中、叔父との話がなかなか進まない状況に、俺は苛立ちを感じ始めた。

シルビアにだけ『遠吠え禁止』を使用しても、フラウの言葉の攻撃は止まらないだろう。

その事実に、俺はさらに苛立ちを感じた。

うるさく言い争うふたりを前に、俺は叔父と視線を合わせ、叔父の合図に静かにうなずいた。

そして、俺は空間魔法を無詠唱で唱え、部屋の中に俺と叔父だけの『異空間』を作成した。

フラウとシルビアはその変化に気づき、慌てて異空間に入ろうとしたが、彼女たちは外にはじかれてしまった。

この異空間は、俺と叔父以外が中に入ることを防ぐ仕組みで、内外の音声を完全に遮断する設計になっている。

さらに、叔父が気を利かせて結界も張り、異空間は堅牢さを増した。

叔父との息もぴったりだ。

俺たちの連携は完璧で、叔父との強い絆を感じた。

昨日、叔父の屋敷にいた時に、テオ兄さんから救援要請の『報告』が入り、俺たちはいったんバルシュミーデ伯爵家に戻った。

そして今朝早く、シルビアと共に再び叔父の屋敷を訪れたのだ。

シルビアは強制転移の状況下にあったため、しかたなく連れてきたが、フラウと出会った瞬間から口喧嘩《くちげんか》が始まり、それは現在も続いている。

ハクとスラは、かわいそうだけれど、まいた。

昨日の出来事を考えると、ハクとスラを連れてきたいという気持ちは強かった。

ただ、大勢で押しかけてしまうと屋敷の人たちに気づかれる可能性があるため、しかたなくその思いを抑えることにしたのだ。

ニコライ、本当にごめんね。

あとは任せたよ。

昨日の救援要請がハクたちのことだとわかったのは、俺が屋敷に帰宅した時で、それはもう大変なことになっていた。

俺の心の動揺が強すぎて、それがハクやスラにも伝わってしまい、彼らが心配して度を超えると、発狂してしまうことがわかった。

そこから、ハクたちを落ち着かせるのは、ひと苦労だった。

その苦い経験は、俺の心の奥底に深く刻まれ、一生忘れることはない。

俺にとって大きな教訓となり、自分の感情をコントロールすることの重要性を深く認識させられた。

「ふたりには、いい薬となるね。少し反省してもらおう」

フラウとシルビアを見つめながら、叔父がそう言った。

異空間は、半透明ガラスのような壁で区切られており、その向こう側の様子がぼんやりと見える。

フラウとシルビアは初め、壁を必死に叩いていたが、すぐにその行動をやめ、なにやらよからぬ相談をしているように見えた。

「そうだといいんですが……」

「時間があまりなさそうだね」

叔父は俺の言葉を聞き、苦笑いを浮かべた。

「さて昨日は、いろいろとあったけれど、落ち着いたかい」

叔父の発言からは言葉の重みを感じ取れた。

ハクたちが発狂した状況に対して、なんらかの責任を感じているようだ。

「はい。ご迷惑をおかけしました」

俺はあえてそれを指摘せず、謝罪の言葉を述べたところ、一瞬の沈黙が流れた。

叔父は目を閉じ、そしてゆっくりと開いた。

「本題に入ろうか。エスタニア王国の王家の真実をジークは、知っているんだね。それは神獣である彼女が、ジークと契約したことにも関係があるのかな?」

「結論から言いますと、シルビアとの契約は関係ありません。契約には了承しましたが、あの場ではそれしか選択肢はありませんでした。ほぼ強制的に決まったものです。厄介払いもいいところですよ」

シルビアと契約した状況を思い出し、俺は深くため息をつきながら、軽く頭を振った。

「縁《えにし》も人の運命《さだめ》だ」

叔父のつぶやいた言葉の意味が掴めず、俺は首をかしげる。

「彼女がジークと契約したことは、なんらかの理由があるよ」

「どういう理由ですか?」

「それは、私にもわからない」

叔父の謎めいた返答に、俺は『どういう意味だ?』と戸惑いを覚えたが、その混乱を解消する時間すら与えられず、すぐに叔父が話題を変えた。

「次にいこう。ディアーナ様に王家の真実を話すかを迷っているんだったね」

「はい。ディアに話せば、彼女は内戦を止めるためだけに動きます」

「その真実には内戦を止めるだけの効力があり、ディアーナ様が動くと確信があるんだね」

「はい」と俺が肯定すると、叔父の目が妖しく光り、彼の顔が真剣な表情に変わった。

「ではその真実、聞こう」

「僕が知り得たのは――」

叔父に、ヘルプ機能で調べ上げたエスタニア王国の王家の真実を話した。

すると、叔父の顔つきが一変し、彼は深く息を吸った。

それは、事態の深刻さを物語っていた。

「なるほど。先祖返りはそこがルーツか」

「はい」

「となると――」


――ガッシャーン！

結界と異空間の壁が壊れた派手な音がした。

振り返ると、そこには機嫌が悪そうなフラウとシルビアがいた。

俺は叔父との会話に夢中になりすぎて、ふたりの存在を完全に忘れてしまっていた。

「うふふ。最上級の風魔法を使っちゃったわ」

「スキルがなくても、魔法は使用できるのじゃな。おぬしの魔力、ちと使わせてもらったのじゃ」

フラウとシルビアの目は冷たく、色もなく光っている。

放置してしまった時間が長すぎたため、ふたりは頭に血が上っていた。

強力な魔法が使用されたものの、部屋に張られていた結界のおかげで、大惨事は回避された。

ふたりへの対応と後始末について叔父に相談しようと思ったその時には、叔父の姿はもうそこにはなかった。

ヴィリー叔父さん、ひとりで逃げたなっ！

叔父が素早く逃げてしまったことに驚き、呆然としていると、ふたりに肩を強く掴まれた。

もう逃げることはできない。

万事休すとは、このことを言う。

ヴィリバルトの秘密

「ヴィリバルト、大丈夫?」

フラウが心配そうにソファに座るヴィリバルトの周囲を回る。

彼女の動きや声からは、彼に対する深い関心と気遣いが感じられた。

「感情がとても揺らいでいるわ」

「少し動揺してしまってね」

瞑想《めいそう》していたヴィリバルトが、静かにそうつぶやく。

ジークベルトをバルシュミーデ伯爵家へ送り帰した後、発狂したハクとスラの対処に追われた。

すべてが解決すると、ヴィリバルトはアーベル伯爵家の自室に戻っていた。

今夜は、ジークベルトのそばにいることができないと、判断したからだ。

大きく息を吐き、ヴィリバルトは乱れる心を落ち着かせ、ジークベルトを想う。

――ジークベルトは、後悔していた。

義姉さんの死に、深く傷ついていた。

仮主となるのは私だった。

私が拒絶したため、いらぬ神の呪いを受けた――。

ヴィリバルトは懺悔するように顔をしかめ、ぐっと拳を握る。

「責められるのは、私だ」

「リアは後悔していないわ！」

フラウが即座に否定を口にし、その力強い声には確信が込められていた。

フラウは、ヴィリバルトが悔やむ原因を知っている。

そのたびに、彼女は己の未熟さを恨む。

「ヴィリバルトの代わりに至宝となったことを、リアは、あなたの心を守れたと誇りに思っているのよ！　それをあなたが否定したらダメよっ」

フラウは涙を浮かべ、ヴィリバルトに訴える。

ヴィリバルトの澄んだ心を曇らせた存在が、そもそもの原因なのだ。

「もとはといえば、あいつが悪いのよ！　ヴィリバルトの魂に気づいて目を覚ましたと思ったら、ふらふらと出てきて、無防備にヴィリバルトに接触したからっ！」

フラウの体から魔力が漏れ始める。

その魔力が部屋全体に渦巻き、緑の瞳が徐々に光を失っていく。

「あいつ許せないわ！　なにが違うよ！　ヴィリバルトは、ヴィリバルトなのにっ！」

「フラウ」

ヴィリバルトが、フラウの頬を優しくなでる。

自我を忘れて暴走しそうになったフラウは現実に引き戻され、恥ずかしそうにうつむく。

「ちょっとヴィリバルトが嫌がったからって、拗ねちゃって、あいつが油断したのが悪いのよ！　本当に嫌になっちゃう！　神の呪いで、私がリアに近寄れなくなったのも、あいつの心が弱いからよ！」

プクーと頬を膨らませながら、フラウはヴィリバルトの肩にのり、その緑の瞳には頑固さと決意が宿っていた。

神の呪い。

帝国がアーベル家の至宝を狙い義姉リアを呪ったことまでは、ヴィリバルトはわかっている。

人が神の呪いを操ることは不可能に近い。

しかし、それができたこと。

ヴィリバルトとその存在の接触で起きた弊害。

「大丈夫よ！　私が守ってあげる！」

「それは心強いね」

フラウの純粋な宣言に、ヴィリバルトは優しく微笑む。

仮主を拒絶した刹那、ヴィリバルトは神界の影響を受けない体となった。

血塗られた努力と研鑽を経て、ヴィリバルトは種族の壁を超越した。
その瞬間、覚えのない知識と経験が、ヴィリバルトを襲った。
人知を超える力を持ったとしても、すべてを見通すことはできない。
「私は今世でも君を友とは呼ばないよ」
薄れた古い記憶が、ヴィリバルトの脳裏をよぎった。
ヴィリバルトは、運命をはずれた者。
ジークベルトは、運命を導く者。

エスタニア王国［中編］　武道大会と影

「うわぁ━━━━━━━━━━━━━！」

大歓声が会場を包み、勝者の名があがるたび、観客たちの熱気は徐々に上がっていく。

出場選手も、その空気に触発され、実力以上の力を発揮していた。

三年に一度の武道大会は、予選トーナメント中盤を迎え、盛り上がりを見せていた。

「次は、アルベルト様の組のようですね」

左隣に座っているディアーナが、アリーナを見つめながら、俺に教えてくれた。

その声は期待と興奮に満ちており、自国で開催されるこの武道大会が彼女にとって、特別なものであることは間違いない。

「順当にいけば、アル兄さんが勝ち残るよ。だけど、勝負事はなにが起こるかわからないから、緊張するね」

俺がおどけた口調でそう言うと、ディアーナは微笑んで、右隣に座っているシルビアからは「くっくっくっ」と、楽しそうな笑い声が聞こえた。

「おぬしが、緊張してもなにも変わりはせんぞ。それよりもアルベルトの組は手堅いのぉ。賭けの倍率がほぼないではないかっ。うむ。小遣いが増えんではないか！」

シルビアが、大会の予想紙と提示版の倍率を眺めて項垂《うなだ》れていた。

娯楽が少ないこの世界では、武道大会の賭博も大イベントだ。

賭博は普段から行われているが、掛け金が高額のため、その利用者は主に貴族や商家といった富裕層で、平民が気軽に遊べる施設ではない。

だが、武道大会の賭博は別だ。誰でも参加でき、賭け金が銅貨一枚からとなっているため、非常に手軽である。さらに、ホスト国が胴元となっているため、不正などの心配もない。その安心感から、多くの人々が賭けに興じるのだ。

その売上は小国の国家予算をはるかに上回り、武道大会の大きな収入源となっている。

まあ、それだけのお金が動くのだから、当然破産する者もいる。

上級クラスの冒険者が武道大会の賭博で大負けし、多額の借金をかかえて奴隷に落ちたという話は有名だ。

何事もほどほどが一番ということだ。

俺たちも、楽しむ程度に参加している。招待国のため、一度は賭けないとダメなのだ。

率直に言うと、この賭博は『胴元が損失を出すことがない』と言えばわかるだろうか。

世の中うまく回っているのだ。

シルビアがアル兄さんの組と同時に行われる組の勝者を予想し終え、従者に指示を出した。

俺がアル兄さんに金貨十枚を賭けたのを見て、シルビアは不満そうに顔をしかめる。

「なんじゃ、アルベルトの組にしか賭けないのかえ。つまらんのぉ」

「危険な橋は渡らないよ」と俺は冷静に、しかし確信を持って答えた。

「むぅ。おぬしは、もう少し主旨を理解して賭けるべきじゃ。侯爵家の子息が、ケチケチしてどうするのじゃ。のぉ、エマ」

「えっ、えっ、私ですか？　私はアルベルト様にしか賭けていませんが、銀貨五枚では少なすぎましたか。でも私、これでもがんばったんですが……」

突然話を振られたエマは、焦った表情で弁明し、最後は涙目になっていた。

銀貨五枚は、平民のエマにとっては大金だ。

俺は涙目で話すエマを慰めようと手を伸ばしたが、物理的に手が届かず、左隣のディアーナの肩付近で手が止まった。その結果、無意識のうちにディアーナの肩を抱き寄せてしまった。

自分の行動に混乱する俺をよそに、頬を赤く染めたディアーナが、隣のエマを落ち着かせるように話し始めた。

「エマ、大丈夫ですよ。賭博は一度参加すればいいのです。シルビア様のように、毎回毎回賭けるなどといった必要はありません」

その言葉は、シルビアに対する軽い皮肉と、武道大会の賭博の楽しみ方を教えるような意味合いを含んでいた。

「姫様」と、エマが安堵したようにささやいた。

「むぅ。小娘、ジークベルトに肩を抱き寄せられたからと、調子に乗るではないぞ」

「まぁ、シルビア様。嫉妬ですか？」

ディアーナが、シルビアをからかうように笑った。

「なっ、妾は、嫉妬などっ！　妾は、同衾《どうきん》しておるのに、むぐぅ」

俺は反射的にシルビアの口を手で覆ったが、その対応は一瞬遅かった。

左隣から禍々《まがまが》しいオーラが漂ってくる。

その雰囲気をすぐに察したスラが、俺の肩からハクの背中に避難した。

「ジークベルト様、どういうことでしょう」

「あははは、なんのことだろう？」

真顔で俺に迫るディアーナに、俺は笑ってごまかすことにした。

叔父のお願いで、神獣の姿から戻れなくなったシルビアを数日部屋に匿《かくま》ったのだ。

たしかに一緒の布団で寝たけど、あれを同衾というならば、ハクやスラも同じであると俺は主張する。

気づかないうちにハクが、俺の足もとからエマのほうに移動していた。

「シルビア様と同衾されたのですか？」

「同衾というか」

「小娘、嫉妬は見苦しいぞ」

俺の言葉を遮るようにシルビアがディアーナを挑発し、それが口喧嘩の火蓋《ひぶた》を切った。

また始まったよ。

きっかけはどうあれ、このふたりが顔を合わせれば必ず口喧嘩になる。

ディアーナとシルビア、よほど波長が合わないのか、ディアーナがいつもシルビアに突っかかる感じだ。

これ案外長く続くんだよな……。

ディアーナの豊富な語彙力にも圧倒されるが、それを巧みにかわして適切に対応しているシルビアも、なかなかのものだ。

ふたりが満足するまで、永遠に続ければいいけど、常に俺を挟んで口論するのは、本当にやめてほしい。

非常に迷惑です。

「はいはい。ふたりとも口喧嘩するほど仲がいいのは喜ばしいね。だけど今日は、ユリウス殿下もいらっしゃる。くれぐれも、アーベル家の醜聞になる行動はしないようにお願いするよ」

俺が現実から逃避しようとする一歩手前で、テオ兄さんが手をパンパンと叩き、仲裁に入った。

「テオバルト様、私たちは、口喧嘩などしておりませんわ。アーベル家の醜聞になる行動など決していたしませんわ」

「そうじゃ、そうじゃ！」

「はいはい」

ふたりの言い分を適当に流したテオ兄さんは、底知れぬ笑顔で「わかっているよね」と、釘を刺してから、観戦席のうしろに戻っていった。

その圧に、ふたりは黙り込み、ディアーナの隣にいたエマが、かわいそうに流れ弾にあたり青い顔をしながら震えていた。

最近のテオ兄さんは、まとうオーラが、常人と異なることがたびたびある。

称号『日陰人』がいい仕事をしていて、周囲にはそれを気づかせないが、末恐ろしい才能が開花されつつあると、俺も内心ビクビクしている。

これからもテオ兄さんとは、良好な関係を築いていくんだ。


武道大会の観覧席は、一般席とは別に出場各国の団体席が用意されており、非公式な外交の場でもある。

多くの国が集まる機会に、外交官がせわしなく動いている。

ホスト国のエスタニアの王族はもちろんだが、大国である帝国、マンジェスタの王族にも、次々と来賓が挨拶に来ている状況だ。

俺たちの真うしろの席にユリウス殿下がいるので、来賓たちが物珍しそうに俺たちの様子をうかがっていたが、すべて無視した。

噂の王女とその婚約者を確認したかったのだろう。

ユリウス殿下の横では、叔父が、選手の総評という名の酷評をしていた。

「アルの組は、実力差が出ているね。余裕でアルが、決勝トーナメントに進むね。それにしても、魔術団一押しの新人君は、苦戦しているようだ」

「オリヴァー殿ですね。平民出身ですが、魔属性を三個所持している異端児ですよ。たしか……、とある貴族の落胤《らくいん》との噂もありましたね」

席に戻ったテオ兄さんが、叔父の説明に補足を加える。

武道大会でのマンジェスタ王国の代表は、騎士団所属のアル兄さんと、魔術団所属のオリヴァーだ。

オリヴァーは、俺たちにも分け隔てなく話しかけてくれ、気さくな近所のお兄さんって印象を持った。

すぐそばにいた上官は、オリヴァーの態度に大変萎縮していたが、まあ上官のこの態度が普通だ。今の俺たちの立場は、マンジェスタ王国の貴賓なのだ。

そのオリヴァーが、帝国の少年にかなりの劣勢を強いられていた。

「テオ、詳しいね」

「三学年上の先輩ですし、学園では有名な存在でしたからね」

「有名ね。私からすれば、アルやテオのほうが、有能だがね」

「叔父様、それは身内びいきですよ。それにしても、オリヴァー殿を抑えている彼、帝国にあのような人材がいたとは、驚きです」

「彼ねぇ……。魔力の波動が、あまりよくないね」

「ヴィリバルト、脅威になりそうか？」

「いいえ、殿下。脅威にすらならないでしょう。それにもう長くはない。帝国の人体実験の噂は事実のようです。成長期の幼子に、投薬を入れた結果ですね」

「そうか……。それは残念だ」

人体実験？

叔父たちの興味深い話に耳を傾けているうちに、アル兄さんはあっさりと勝ち抜けていた。

攻撃魔法をいっさい使わず、純粋な剣技だけで勝利する戦闘力の高さには、度肝を抜かれた。

稽古を見学していたが、ここまでとは……。

父上の優勝発言も、現実味が出てきた。

アル兄さんの実力を疑ってはいないが、普段の異常なブラコン姿が頭から離れないのだ。

ごめんね。アル兄さん。


『ユリアーナ殿下だ。お美しい』

『公の場にお姿を現すとは、よくトビアス殿下がお許しになられたな』

『大国の妃にとの申し出があるそうだ』

『やはり、あの話は本当なのか』

会場がひとりの人物の登場に色めき立っている。

エスタニア王国の第三王子、正妃の息子で王太子マティアス殿下のそばに寄り、臣下の礼をとる茶髪のご令嬢。その気品あふれる優雅なたたずまいを見て、遠くの席に座る俺たちでも彼女が高貴な人物だと確認できた。

その姿を目の当たりにしたディアーナは、思わず腰を浮かせた。

「ユリアーナお姉様、お元気そうで、よかった」

「前に話してくれた二番目のお姉さん？」

俺が尋ねると、ディアーナは「はい」と答え、その顔には複雑な表情が浮かんでいた。

彼女の返答は短かったものの、そのひと言には多くの感情が込められていた。

たしか、第一側室エレオノーラの二番目の子供で、エスタニア王国の第一王子、王位継承権二位トビアスの姉のひとりだ。

ディアーナとの仲もよく、国民からは『博愛の第二王女』と呼ばれ、慕われている人物だ。

その人気に嫉妬したトビアスが、幽閉に近い束縛をしていると聞いていたが、彼女は自由に行動できるようだ。

マティアス殿下とも談笑している様子を見ると、彼女はもう束縛から解放されたと考えるべきか。

「妃としてではなく、臣下への降嫁が決まったのかもしれません」

ディアーナがそうつぶやくと、彼女の表情は曇り、その金の瞳には深い悲しみが浮かんでいた。

ユリアーナ王女の嫁入り話は、何度か不自然に消滅している。その中には、小国の王太子妃や側妃などの話も浮上したが、トビアスが難癖をつけ断ったようだ。

他国の王家より、自身の派閥に降嫁するほうが利があると考えたようだ。

彼女もまた、政権争いに巻き込まれたひとりだ。

「政略結婚も王族の務めです。政局の緩和、民のため、降嫁を望まれれば従うしかありません」

ディアーナの言葉が重く響き、その場が緊迫した雰囲気に包まれかけていた。その中で、シルビアの手が俺の前を通り過ぎ、ディアーナの頬を思いきり引っ張った。

「つっ、シルビア様、なにをするのです」

ディアーナの声が震え、シルビアの手を振り払う。

「ふむぅ。小娘は難しく考えすぎではないかえ」

シルビアは、はたかれた手を痛々しそうになでながら、疑問を口にする。

「降嫁するのが不幸だと誰が決めたのじゃ？　それに小娘は不幸なのかえ？」

「それはっ！　私の場合は運がよかったのです」

はっとした顔をして、気まずそうに小声で反論するディアーナを見て、シルビアは口角を上げて意地悪そうに微笑んだ。

「先日会った小娘のもうひとりの姉は、伯爵家に降嫁したようじゃが、幸せそうだったの」

「ルリアーナお姉様は、エリーアスお兄様の派閥であるベンケン伯爵家に嫁がれたから」

「中立派閥に降嫁したから、政局に関係ないと考えておるのか。小娘もまだまだじゃ」

シルビアが鼻で笑うと、ディアーナの顔がゆがんで、小さな声でつぶやいた。

「なにも知らないくせに」

このつぶやきは、彼女の心の中に秘められた感情を表していた。

それを受けて、シルビアは冷静に言葉を紡ぎ出し、落ち着いた確かな調子で問いかけた。

「小娘も、なにも知らないのではないか」

その言葉にディアーナは驚き、「なっ」と声をあげた。

シルビアはさらに続ける。

「嫁いだ小娘の姉も政略結婚に間違いないのじゃ。その後のことは、誰にもわからん。今の夫婦の形は、ふたりの絆があるからこそじゃ」

シルビアの深い洞察力に、ディアーナは言葉を失う。

俺もその通りだと思う。

先日、ベンケン伯爵夫人に会った時、彼女が大切にされていることを肌で感じた。

現在の政局で、ディアーナに対面を申し入れたこと、そしてバルシュミーデ伯爵家でのお茶会への参加を許可したベンケン伯爵の寛大さには感服した。

また、ベンケン伯爵がわざわざ迎えに来て、夫婦の愛情を見せつけていたことも印象的だった。おそらく、彼ら自身は意図せず、無意識に行動していたのだと思う。その自然な動作から、夫婦が互いを尊重していることを感じた。

もし、それが演技だったとしたら、俺は世の中のすべての夫婦を疑うよ。

そろそろ介入するとしよう。

「シルビアの言う通りだよ。ユリアーナ王女が降嫁しても、不幸になると決まったわけではないよ。ベンケン伯爵夫人のようにとても大切にされるかもしれないしね」

ディアーナはうつむきながら、「そうですね」と言った。

ディアーナの心情も理解できる。彼女は男尊女卑の思想が根強い国で生まれ育ち、その傾向が強い派閥の長がトビアスであるという事実を背負っている。

その派閥に降嫁する王女の扱いは、きっと厳しいものだと想像できる。ユリアーナ王女の夫となる人が人格者であれば話は別だが、まだ決まっていない降嫁の話で一喜一憂するには、情報が少なすぎるのだ。

「ふむぅ。あの娘からは、強い意志を感じる。じゃが、妾は好かん」

エスタニア王国の王族席に目を向けながら、シルビアが、ディアーナに配慮してか聞こえない程度の小さな声で、そう言った。

競技場の廊下で、俺は足を止めた。

並んで歩いていたハクがそれに気づき、〈どうしたの？〉と声をかけた。ハクの声は心配と驚きが混ざったもので、俺の行動に対する彼の反応を示していた。

「本当に喜ぶのかなってね」

〈アルベルトは、すごく喜ぶ〉

ハクが喜びを感じて尻尾を激しく振り、その目は明るく輝いていた。

「そうだよね」

そのひと言で、俺たちの間に流れる空気はいっそう明るくなった。

ブラコンである兄が大喜びする姿を簡単に想像でき、俺は再び足を進めた。

だが、胸騒ぎともいえるなにかが、俺の中で騒ぎ始めていた。選手控え室に近づくにつれ、その感覚は一段と強くなった。

気持ち悪い。なんだろう、この感覚。

不快な感覚が俺の全身を襲っている。

〈ジークベルト！〉

ハクの切迫した声で、その存在に気づいた。

選手控え室に向かう途中の廊下に、彼はひっそりといた。

壁に寄りかかり、顔は青白く、息も絶え絶えで、今にも気を失いそう。

いや、すでに生気は失われ、彼は死にかけていた。

「医療班は、なにをしているんだ！」

俺は怒りに震えながら叫んだ。その声は廊下に響き渡り、俺の怒りと焦りを伝えていた。

俺の心は憤りでいっぱいで、その感情が言葉となって爆発したのだ。

このような目立つ場所で、一刻を争う状況の選手を放置しているなんて、信じられない！

しかし、彼に近づこうとすると、なにかに阻まれた。それは見えない壁のようなもので、俺を彼から遠ざけた。

「魔道具？」

俺はこの状況を冷静に観察して、すぐにヘルプ機能へ指示を出した。

その時間はとても長く感じられた。

すぐそばで苦しんでいる彼になにもできない自分。焦燥感を抑えながら、ヘルプ機能の調査結果を待った。

俺たちと彼を隔てる壁は、多様な魔法が施された高度な魔道具から作られた守りの壁であることがわかった。

現在その魔道具は、『隠蔽』と『守り』『癒し』が発動している。しかし、『癒し』の効果がほとんど彼に効いていないことが判明した。彼自身が受けた傷が、魔道具作成者の『癒し』より深いのだ。

さらに、高度な『隠蔽』と『守り』が彼の体を覆っているため、一般の人々には発見されず、守りの壁により近づくこともできない。

しかも、彼自身が魔道具を身につけて使用しているため、本人の意志によって解除する必要があった。

この厄介な状況に直面し、俺は一度深く目を閉じた。

そして、決意を固めて、ゆっくりと目を開けた。

「君、大丈夫かい？」

「……っ」

俺の声に反応した彼は若干の意識を持って目を開き、俺の姿を凝視した。

彼はすぐに口を開こうとしたが、途中でやめてしまう。

それは彼がなにかを伝えようとして、言葉にできなかったのかもしれない。

その瞬間、彼の苦しみと無力感が俺の心を打った。

彼のその姿に俺は決断する。

「魔道具を自力で解除するのは、難しそうだね。一刻の猶予もないし、命に関わることなので大目に見てね」

彼からの返答はなかったが、一応許可を得たと考えることにした。

心配そうに俺の行動を見ていたハクのそばで、魔力の循環を高めていく。

彼の胸にある『ひし形のペンダント』が魔道具だ。

そのペンダントを壊す。

魔道具を壊すのは簡単だが、問題は目の前の『守り』の強度がどれほどかということだ。

見誤れば、ペンダントどころか彼ごと壊すことになる。

緊張から嫌な汗が額からじわじわと出てくる。ひどく喉が渇いた。

魔力制御をもっと上げておけばよかったと後悔した。

帰国したら基礎を鍛えなおそうと心に決める。


——数十分後。

彼を囲んでいた『守り』が、音もなく消える。

そして、ペンダントが粉々に割れた。

俺が「はぁ、はぁ」と荒い息を整える間に、ハクが彼のそばに駆け寄り、なにかを訴えるように俺をじっと見つめた。

彼のなにかが、ハクの感情に触れたようだ。

俺は静かにうなずき、「大丈夫だよ」とハクの頭をなでる。

その意味を理解したハクは、うれしそうに尻尾を上げ、俺の手に頭をこすりつけた。

このまま彼を医療班に任せるのは、難しいと考えていたのだ。

躊躇なく聖魔法の『癒し』を無詠唱で彼に施した。

無詠唱の場合、魔力の痕跡がほとんど残らないらしい。特に治癒系の魔法は、当事者同士でしかわからないようだ。

もちろん、叔父クラスの魔術師であれば、無詠唱でもその場の魔力で使用した魔法がわかるようだが、それほどの魔術師がそうそういるとは思えない。


彼は自身の身に起きた奇跡に驚き、自分の体を確認していた。

その驚きは彼の顔にあきらかに表れ、目を見開き、口を開けたまま固まっていた。しばらくして彼の手は自分の体をゆっくりとなで、その変化を確認していた。

それは彼にとって信じられない瞬間で、その驚きと喜びが彼の全身を包んでいた。

俺の聖魔法はレベルは低いが、効果は高いはずだ。

さっきまで呼吸もままならなかったのに、劇的な変化に彼が驚くのもうなずける。

「他言無用でよろしく！　ハク行くよ！」

「ガゥ！〈よかったな！〉」

俺たちは、すぐさま彼の前から立ち去った。

これ以上そばにいて、追及されたら厄介だと思ったからだ。

彼がなにか言葉を発していたが、俺たちに届くことはなかった。

＊＊＊

「ジーク、遅かったね」

俺はギクッと、わかりやすいぐらいに肩を動かし、声のしたほうへ体を動かす。

「アルたちは、もう帰ったよ。ジークの感想を聞けなかったと、アルがひどく落ち込んでいたけどね。それで、今日はなにをしたのかな？」

妖艶に微笑む貴公子な叔父に『あれ？　これ？　結構お怒り？』と、内心冷や汗をかく。

別に悪いことをしたわけではない。命を助けただけだと、伝えればいいのだ。

だけど『今はごまかすんだ』と、頭の中で警報が鳴り響く――。

俺たちは彼を助けた後、選手控え室へ急いだが、すでにアル兄さんの姿はなく、人の姿もまばらで、本日の最終試合も終了していた。

「これはやばい！」と、焦った俺は、慌てて観戦席に戻ったが、あれだけ熱狂していた人々の姿も声もなくなっていた。

魔道具の破壊に時間がかかりすぎたのだ。

唖然と立ち尽くしている俺に声をかけたのが、叔父だった――。


素直に話すべきだと心の中で思っていた。

叔父に隠し事なんてできないんだから……。

だけど、俺の直感は、『今は話すな、ごまかせ』とささやいている。

俺がどうしようと悩んでいるそばで、隣にいたハクが「ガウッ〈ヴィリバルト〉」と、力強く叔父に訴え始めた。

その内容は『ハクの我儘《わがまま》に付き合っていたら、アルベルトを迎えに行くのが遅れた』という、バレバレの嘘だった。

ハクの説明に叔父が「へぇー。ふーん」と、興味津々に相づちを打ちながら答えていた。

ハクの我儘の部分で、叔父の片方の眉毛が上がったのを、俺は見逃さなかった。

「ハクの説明はわかった。我儘を言ったとの認識があるのなら、罰は受けないといけないね」

「ヴィリー叔父さん！」

俺が声をあげ反論しようとしたその時、叔父が俺を静かに制した。

「ジークは、黙っていなさい。これは私とハクの問題だ」

「ガウッ〈そうだ〉」と、叔父を肯定するようにハクが俺を見上げる。

その瞳からハクの強い意志を感じ取れた。

俺はハクの頭に手を置き、『ありがとう』と声に出さない感謝を込めた。

それはハクが俺のために自分を犠牲にしたと理解したからで、その勇気と決意に深く心を打たれた。

「ですが、僕はハクの飼い主です」

俺は叔父に向かって強く主張する。

俺の表情は決意に満ち、ハクを守るという強い意志と責任、彼への愛情が表れていた。

「では、ジーク。当分の間、バルシュミーデ伯爵家で、謹慎をしなさい。もちろんハクも一緒にだ」

叔父が厳しい表情で命じた。

「謹慎？」

「そうだよ。当分とは言わず、期限を切ろう。この武道大会の予選が終わるまでの間にしよう」

叔父の提案に、「なぜですか？」と俺が尋ねた。

「遊びに来たのではないんだよ？　マンジェスタ王国の副団長として、規律を乱す者は、厳しく対応しないとね」

叔父のもっともらしい言葉に、俺を遠ざけたいなにかがあるのだと感じたが、「わかりました」と、ここは素直に返事をした。

ハクの不安げな瞳が、俺を見上げた。

「これでいいんだよ」と、ハクを安心させるように言いながら、その頭をなでた。

そして、俺たちは競技場を後にした。

◇◇◇

「ジークはまだかなぁ」

予選を颯爽と制したアルベルトが、鼻歌交じりのご機嫌な様子で末の弟を待っていた。

「叔父上もわかっているよな。ジークを迎えに寄こしてくれるなんて粋なこと、最高だ！」

ぐっと拳を握り、誰もいない空間に向けてガッツポーズをする。

はたから見れば、予選の勝利を噛みしめているような動きだが、その顔はだらしなく緩んでいた。

「アル兄さん、カッコイイなんて言われるかな。えっへへ」

奇妙な笑い声と妄想で鼻の下を伸ばしきったアルベルトの姿に、健闘を称えようとしたほかの選手たちが一歩引いた。選手控え室が、なんとも居心地の悪い場所となった瞬間だった。

そんな空気が漂う中、本日の予選で一番の激戦だった組の敗者、帝国の少年に敗れたオリヴァーが、アルベルトに声をかける。

「アルベルト殿、我々は殿下のもとに戻ります」

「えへ。んっほん」と咳払いしたアルベルトが緩んだ顔を引き締めて、凛とした表情で答えた。

「殿下には、後で合流すると伝えてくれ」

その豹変ぶりに、「はい」と返事をしたオリヴァーの頬が引きつった。

彼を迎えに来た魔術団の面々もその変わりように、なんとも言えない表情となる。

誰の本音か『これが我が国の代表騎士だなんて……』とのつぶやきが、さらなる微妙な空気へと誘う。

アルベルトの意外な一面に、魔術団員たちの心が少し折れたのだ。

「ん？　どうした？　まさかお前たち、俺とジークの逢瀬《おうせ》を邪魔しようとしているのか！」

さすがのアルベルトもこの微妙な空気を察したようではあったが、その見当違いな発言に『誰が邪魔をするか！　このブラコンめ！』と、魔術団員たちの心が一致した。

「では、我々はこれで」

並々ならぬ殺気を飛ばすアルベルトにオリヴァーが冷静に告げると、魔術団員たちも複雑な表情で後に続く。

「変な奴らだな」

アルベルトがなにげなく魔術団員たちの態度を見てつぶやくと、魔術団員たちはいっせいに顔をアルベルトに向け、心の中で『お前がなっ！』と突っ込んだ。

彼らのぶしつけな視線をアルベルトは気にすることもなく、選手控え室の入り口まで見送る。

「同じ魔術団員でも、叔父上の部下とは違い、にぎやかな奴らだ。ん？」

魔術団員たちを総評して踵を返そうとしたアルベルトの視界に、柱の陰から選手控え室をうかがう気配を消した人物を捉えた。

瞬時にアルベルトのまとう雰囲気が変わり、毅然とした態度で不審人物を注視する。

『陰の者にしては、隠蔽に隙が……』

アルベルトが思考を巡らしているそばで、不審人物が動きだした。

周囲を警戒しながら、徐々にアルベルトに近づいてくる。

『俺に用が？』

隠蔽を解除することもせず、不自然な動きを見せる不審人物に、アルベルトの眉間にしわが寄る。その動きから『手練れではなさそうだ』と、アルベルトは結論づけ、不審人物の全容を把握する。

全身を包むマント。それ自体が魔道具のようだ。

「なるほど」

アルベルトの声が聞こえたのか、マントの人物の肩がわずかに揺れ、その歩みを速めた。

『隠蔽』を看破できる他国の人物との接触が目的のようだ。

テオバルトたちの極秘任務と関連がありそうだと、アルベルト自身もマントの人物に歩み寄ろうと体の向きを変えた。

すると、なぜかマントの人物が後ずさり、焦った様子で逃げ出した。

人は突然逃げられると追いたくなる。

アルベルトも然り、マントの人物を追った——。

「見失ったか……」

競技場内の奥、入り組んだ場所でアルベルトは足を止めた。

常であれば身体強化の魔法を使用して相手を捕獲するが、他国で強行するには無理がある。

状況証拠と証言だけでは足もとを見られる。それを逆手に同様のことを他国にされても言い訳ができない。

アルベルトはひとつ息をつき、外遊の責任者であるヴィリバルトにだけ報告することとした。


来た道を引き返していると、令嬢と魔術師の奇妙な組合せを目撃する。

『こんなところで、逢《あ》い引《び》きか？』

アルベルトの位置からは、彼らの表情は見えない。

しかし遠目からでも令嬢が高貴な身分であることがわかる。彼女が着用しているドレスは、下級貴族では手が出せない逸品であった。魔術師もそのローブから、高位の役職、または貴族であると見受けられた。

お忍びの逢い引きにしては目立つその衣装に、アルベルトは首をかしげる。

アルベルトがふたりに注視していると、魔術師の手もとから禍々しい魔道具が現れた。

「なにをしている！」

危険を感じて思わず駆け寄るアルベルトを目にした魔術師は、令嬢を置き去りにして『移動魔法』で転移した。

その技量と判断力に、アルベルトは、彼を手練れの間者あるいは暗殺者だと予想する。

残された令嬢は青ざめた顔で震えてはいたが、姿勢を正して上品にカーテシーをした。

「危ないところをありがとうございました。私は」と言い始めたが、アルベルトの手が令嬢の前に伸び、その言葉を遮った。

「正式な挨拶は、お互いの立場がありますので」

アルベルトは、詮索をするつもりがないことを暗に伝えた。

「お気遣いありがとうございます」

令嬢は凛としたたたずまいで、頭を軽く下げた。

彼女の顔色からは、まだ恐怖心が残っていることが見受けられた。

『さすが王族。姿絵よりは、ディアーナ嬢に似ているな。瞳の色は同じだな』

アルベルトが弟の婚約者を思い浮かべ、前にいる令嬢と重ねていると、彼女が儚《はかな》く微笑んだ。

「私はユリアーナと申します」

「アルベルトです」

彼女の突然の名乗りに、アルベルトは動揺したが、それをユリアーナに悟られることなく無難に返した。

アルベルトの装いから、ユリアーナは彼がマンジェスタ王国の騎士で出場選手であると予測できたのだろう。

ユリアーナ自身がアルベルトに詮索の隙を与えていた。

なぜ王女が護衛もつけず、この場にいたのか。逃げた魔術師とはどのような関係なのか。疑問はあるが、他国の事柄に関与する時間も労力もアルベルトにはない。

彼女は家名を名乗っていない。あえて逃げ道をつくり、アルベルトの動向を見ていた。

「ユリアーナ嬢、ご家族が心配なさるのでは?」

アルベルトの無難な問いかけに、ユリアーナの長いまつ毛が影を落とし、彼女の瞳は一瞬だけ揺らいだ。そして無表情で、「そうですね……」と彼女が小さな声で答えた。

「では私が、近くまでお送りしましょう」

アルベルトが笑顔で提案した。その言葉は、彼女に対する紳士的な気遣いからきていた。

「はい。あの、アルベルト様……」

ユリアーナがすがるような視線を向けると、アルベルトはすっと腕を差し出し、無表情に前を向いた。その態度は、彼が彼女に対して抱く誠実さの表れだった。それと同時に、彼から発せられる無言の圧力がその場を支配し、空気が凍りつくように感じられた。

しばらくして、ユリアーナはあきらめた表情でアルベルトの腕を取った。

『影がどこに潜んでいるかわからない』

突如として聞こえた声に、ユリアーナは驚きのあまりアルベルトの顔を見上げた。

彼はまっすぐと前を見て口を閉じ、ユリアーナをエスコートしていた。

アルベルトの口は動いていないが、彼の声がユリアーナには聞こえる。

高性能な魔道具の存在に目を見張るユリアーナを尻目に、アルベルトは厄介事に首を突っ込んだと自責する。

しかし、ブラコン愛の強いアルベルトは、彼女のＳＯＳを無視することはできなかった。

彼女がジーク・・・ベルト・・・の婚約者の姉であるという一点だけで行動したのだ。

それは彼の強いブラコンな性格を示すものだった。

『事情は後で』

ユリアーナの金色の瞳が揺らいだ、その中には微かな不安と希望が宿っていた。

◇◇◇

一方その頃、アルベルトが見失った不審者マントの人物は、ならず者と騎士が入り交じったいびつな集団に囲われ、退路を断たれていた。

「おらっ、死ねよ」

「ぐっ、なぜっ」

集団の中でもひときわ体格のいい、左目の上から右頬にかけて大きな傷がある男が、マントの人物に一方的な攻撃をしていた。

マントの人物は、その攻撃を耐え忍んでいたが、傷の男の拳が数度みぞおちに入り、苦しげな声をマントの中から漏らすと、とうとう地面に片膝をついた。

「なぜってか、冥土の土産に教えてやるよっ。おらっ」

「ぐっ」

傷の男がマントの人物の顔面に容赦なく蹴りを食らわせると、マントが宙を舞い、砂埃と共に体が地面を跳ね上がった。

傷の男がマントに手をかけ、フードを掴む。

その顔をマントの人物に近づけると、ニタッと馬鹿にしたような表情で告げる。

「中途半端な『隠蔽』と『願望』があだを成したなあ。『願望』に正道に導くと込めたのになあ」

「なぜ、それを、うっ」

傷の男は、フードから手を離すと、地面に横たわったマントの人物の腹を蹴り続ける。

「なぜだろうなぁ、おらっ」

「ぐっ」

止まらない攻撃。それでもマントの人物は、あがくように立ち上がろうとする。

その姿に傷の男の口角が上がる。

「しぶといねぇ」

「おい、いい加減にしろ」

これからという時に、ひとりの騎士が水を差し、傷の男の肩を引く。傷の男が、イラついた表情で騎士の手を振り払った。

「うっせぇんだよ。てめぇ、俺に指図する気か」

「お前たちと違い、我々は弱っている者をいたぶる趣味はない。さっさと処分しろ」

「けっ、よく言うぜ。お偉い騎士様は自分の手を汚したくねぇだけだろう。そうだ、お前。こっちに来いよ」

傷の男が、水を差した騎士のうしろにいる若い騎士に声をかける。

「ぼっ、僕ですか」と、新人と思われる若い騎士の動揺した声がその場に響く。

「そうだ。お前だよ。せっかくだから、手柄を譲ってやるよ」

そう言って、傷の男は自身の短剣を差し出した。

若い騎士は「えっ」と躊躇しながらも短剣を受け取ると、マントの人物の前に立たされた。

「おらっ、殺せよ」

「殺せ、殺せ」

ならず者たちが、若い騎士を煽る。

異様な空気に包まれる中、ほかの騎士たちは、ならず者たちの野次を止めることもなく静観している。

若い騎士の短剣を持つ手が震え、身動きができないでいると、地面から真っ白な煙が湧き出て、一瞬で辺りを覆った。

白い煙が彼らの視界を隠し、「ちっ、奴はどこだ!」と傷の男の怒号が響く。

男たちの混乱は白い煙が消えるまで、しばらく続いたのだった――。


男が目を開けると、見慣れない天井が広がっていた。

男の記憶は白い煙で途切れてはいたが、助かったのだと自覚する。残虐性の強い傷の男が、このような小綺麗な場所に自身を確保するはずはない。

死を覚悟した傷も手あてされ、手厚い看護を受けている状況を把握した男は安堵したのか、ほっと息を吐く。

「おいっ、大丈夫か?」

男の目覚めに気づいた金髪の青年が、心配げな表情で男を見ていた。

それに応えようと男が体を起こそうとすると、体の痛みを感じたのか顔をしかめる。

「ここは？　くっ」

「動かないほうがいいよ。僕の『聖水』は、折れた骨を完治できるほどの精度はないからね」

別の方向から物腰のやわらかい赤い髪の青年が、男に声をかけた。

男は青年たちを見つめ、ひと呼吸置く。

「あなた方は？」

「名乗ったほうがいいかい」

赤い青年の問いかけに、その意図に気づいた男は口をつぐむと、視線が中空を漂う。

沈黙が部屋を支配する中、男の視線が、椅子の上にあるマントにとまった。

驚いた表情でマントを見た男は、すぐに自身の体を見て、再びマントに目をやる。

そして、期待と不安が入り交じった目を向け、青年たちに頭を下げた。

「命を助けていただきありがとうございます。私は第二王子エリーアス殿下にお仕えするルートヴィヒ・フォン・ベンケンと申します。ルイスとお呼びください」

ルイスはそう名乗ると、懐からエスタニア王家の家紋が入った懐中時計を見せ、その身分を示した。

その覚悟を前に、赤い青年が口を開いた。

「私は、テオバルト・フォン・アーベル。彼は護衛のニコライだ」

「アーベル家の方！　私はなんて運がいい」

ルイスは目に涙を浮かべ、口もとを手で覆った。

そんな彼の様子に、テオバルトとニコライは視線を交え、厄介事に首を突っ込んだと苦笑いした。


「『願望』とはおもしろい魔法だね」

「無属性の魔法です。術者の魔力と熟練度で効力は変わります」

ルイスの事情と説明を受けたテオバルトたちは、ルイスがすぐに身もとを示した理由に納得をする。

今ルイスの手もとにあるマントは魔道具で、『隠蔽』と『願望』が施されている。ルイスいわく、マントの『願望』に一致した人物には『隠蔽』が効かない。またマントを羽織っている本人、もしくは『願望』と一致した人物でしか、マントを脱がすことができないのだという。

すなわち、テオバルトたちは、ルイスたちのお眼鏡《めがね》にかなった人物となる。

「すげぇ魔道具だな。あれだけ争ってもフードが取れないわけだ」

「エリーアス殿下、渾身の魔道具ですから」

ニコライの感想に、ルイスが誇らしげな顔をして、うれしそうに答える。

「そうだとしたら、なぜ彼らにルイス殿の正体がバレたのかな」と、テオバルトが深刻さの滲む声で問いかけた。

「おそらく『隠蔽』を看破する魔道具を所持していたのだと」

ルイスが冷静に分析した。その声は落ち着き払っていて、彼の知識と経験を感じさせた。

「そりゃすげぇな。末端の騎士に与える代物じゃねぇぞ。どうするテオ」

「そうだね。僕たちだけでは大事すぎる。叔父様に相談しよう」

ニコライの問いかけに、テオバルトは真剣な表情で答えた。そして彼らは視線を合わせ、うなずき合った。それはまるで、お互いの気持ちを理解しているかのようなそぶりだった。

そのやり取りを見ていたルイスは、羨望の眼差しをニコライに向けていた。その瞳には、彼らの絆と信頼関係に対する憧れが映っていた。

「ニコライ殿は主に対して、ずいぶんと横柄な態度ですね」

「ルイスは真面目だな。俺とテオは昔なじみで気安い仲だから許されてるんだ」

ルイスの感想に、ニコライが笑顔で返答する。その言葉の端々から、彼の自由奔放さとテオバルトとの友情の深さがうかがえる。

「そうなのですか。私はエリーアス殿下の幼少期からおそばにいますが、一度たりともそのような砕けた会話をしたことがございません」

ルイスが自身の経験を語り、その真剣な態度からエリーアスに対する彼の忠誠心と尊敬がひしひしと伝わってくる。

「おいおい。俺とお前では仕える主の身分が違うだろうよ」

ニコライがルイスをからかうように言った。

「そうなのですが、おふたりの関係が私にとって非常にまぶしいものに見えます」

ルイスが率直な感想を述べた。その言葉からは、彼の純粋さと尊敬が感じ取れた。

テオバルトとニコライはお互いの顔を見合わせる。

「だそうですよ。テオバルト様？」

「冗談がきついよ、ニコライ。それに気持ちが悪いよ」

テオバルトが顔をしかめて不快感をあらわにした。

「ひってえ、言いようだな」

ニコライが楽しそうに笑いながらテオバルトの肩を軽く叩いた。

ニコライの笑顔と行動から、彼のユーモラスさと親しみやすさが伝わり、それを受け取るテオバルトの顔も自然と和らぎ、彼らの間に流れる友情と絆が感じられた。

その様子に、ルイスだけが戸惑っていた。

◇◇◇

「――ということです」

「はあー、君たち兄弟は、本当に面倒事を拾ってくる」

アルベルトの報告を聞いたヴィリバルトが、額に手をあてながら顔を横に振った。

愚痴に近い内容でも、アルベルトはすぐさま反応する。

「ジークかテオに、なにかあったのですか！」

「ないよない。まだない」

ヴィリバルトがあきれた顔で手を横に振って否定するが、興奮したアルベルトはそれを無視して詰め寄った。

「まだとは、それは、近い将来危険があるということですか！」

鬼気迫った顔をするアルベルトを、ヴィリバルトがたしなめる。

「アル、危険があるのは承知の上で、同行を許したのだろう」

指摘を受けたアルベルトが「それは、そうですが」と、勢いをなくしたかのように身を縮めていく。

その姿が主人にかまってもらえない忠犬に見え、ヴィルバルトの頬が緩んだ。

アルベルトがヴィリバルトのかわいい甥であることに変わりはない。

昔のように頭をなでて慰めようと手を伸ばしかけた時、アルベルトが突如顔を上げ、瞳に強い意志を宿して言った。

「弟たちに危険が迫っていると聞いて、はいそうですか。で、終われません！」

「はあー、本当に君はブラコンだね」

やれやれといった表情で、アルベルトとの距離をとるヴィリバルト。彼の態度は、アルベルトに対する困惑と苦笑いを表していた。

なにを勘違いしたのか、アルベルトが満面の笑みでヴィルバルトを見た。

「ありがとうございます」

「褒めてないよ」

アルベルトの感謝を、ヴィリバルトは冷たい視線で一刀両断した。

そのひと言がアルベルトの誤解を明確に否定したにもかかわらず、ヴィリバルトは彼の絶え間ない笑顔を一瞬だけ無視し、次の話題に移ることに決めた。

「アルベルト、私からひとつ質問があるんだ」

「はい、なんでしょうか？」

アルベルトは、背筋を伸ばして緊張した様子で答えた。

ヴィリバルトが愛称で呼ばない時は、彼が怒っているか、あるいはあきれ果てている時だけだと、アルベルトは長年の付き合いで知っていた。それゆえに、彼は少し不安になった。

「かの令嬢を助けようとしたのは、もしかしてジークベルトのためだったのかな？」

その問いかけに、アルベルトの眉間に深いしわが寄った。

『叔父上は、俺を試しているのか』

アルベルトにとっては、それは至極当然のことだった。

そのような質問をされれば、彼は当然困惑する。考えれば考えるほど、ヴィリバルトの考えが読み取れず、裏を読むにも、彼の思考は至らない。

アルベルトの困惑している姿を見て、ヴィリバルトは『また余計なことを考えているんだろう』と推測した。

「もう、わかったからいいよ」

ヴィリバルトは深いため息をついた後、手を振ってアルベルトに退室を指示した。彼の声はとても疲労感に満ちていた。

その指示に対して、アルベルトが反論する。

「叔父上、危険が迫っている状況についての話がまだ残っています」

「しつこいね。わかったよ。危険が迫りそうになったら連絡するよ」

ヴィリバルトの譲歩に、アルベルトは渋々ながらうなずいた。

そして、部屋の扉が静かに閉ざされた――。

ひとりになったヴィリバルトは、ソファに深く腰をかけると瞑想を始めた。

一時間ほどして、精神世界から戻ったヴィリバルトは、小さな友人に念話を送った。

『フラウ聞こえるかい？』

『なに？　ヴィリバルト？』

『少しお願いがあるんだよ』

『ヴィリバルトが、私にお願い！　もちろんよ！』

『実は――お願いできるかい』

ヴィリバルトは手短に伝えた。

『むぅ。あの子に頼るのは、嫌だけど、ヴィリバルトのお願いだから、聞いてあげるわ。だけど、あの子が嫌だと言ったら、ダメよ』

『ありがとう。助かるよ。できれば早めにお願いするよ』

『わかったわ。大急ぎで、あの子を捕まえてみせるわ！』

フラウが元気いっぱいの声で念話を切った。

フラウのやる気満々の姿が目に浮かび、なぜかヴィリバルトは不安になった。

彼女のやる気が空回りして交渉に失敗し、結果としてヴィリバルトに泣きつくフラウの姿が想像できたからだ。

『もしかしたら、人選を見誤ったかもしれない』と、彼は心の中でつぶやいた。

その言葉は、ヴィリバルトの中に深く刻まれた。

フラウがんばる

アーベル伯爵家のある私室で、小さな影が飛び回っていた。

「うふふ。久しぶりのヴィリバルトからのお願い。がんばらなきゃ！」

ヴィリバルトからの久しぶりの『お願い』に、フラウはいつになく気合が入り、グッと両手を上げ叫ぶ。

その声に反応したのは、侯爵家から伯爵家へ臨時派遣されている侍女長のアンナだ。

「フラウ様、もう少し静かにお願いします」

「もぅ、アンナはいつも怒って……ごっ、ごめんなさい。静かにするわ」

アンナの厳しい視線に、精霊であるはずのフラウの背中には悪寒が走った。

「フラウ様の存在は、現時点でほかの者は知りません。ヴィリバルト様のお屋敷であっても、十分にご注意ください」

アンナの警告に、「はーい」とフラウが応答したが、アンナはすぐに彼女を訂正する。

「語尾を流さず、はい、とお答えください」

「はい。気をつけます」とフラウが改めて答え、ピシッと額に手をあて、敬礼のような動作をした。

アンナの指摘を素直に受け入れ、その真剣な様子は彼女の声からも伝わってきた。

フラウに悪意がないことを理解しているアンナは、優しい眼差しを向けながら、これ以上のお小言は言わないことにした。

「アンナ、ヴィリバルトからお願いされたの」

「お願いですか？」

フラウは新緑の瞳を輝かせながら、興奮と期待に満ちた声でそれを伝えると、アンナが好奇心をそそられるように反応した。

「そう、久しぶりのお願いなの」

「よかったですね」

アンナの優しい微笑みが、フラウの心に安堵感を与え、彼女の心は温かさで満たされた。そして、フラウは胸を張って得意げな表情を浮かべて話を続けた。

「そうでしょ。だから、しばらくお屋敷から離れるわ」

突然の宣言にアンナは驚くが、すぐに気を取り戻して、私室の上にある呼び鈴を指した。

「かしこまりました。お帰りになる際は、この鈴を鳴らしてください」

「わかったわ。じゃ、アンナ、行ってくるわ！」

フラウがうれしそうにそう言って扉を開け、玄関方向へと元気よく飛んでいった。

すると、後方からアンナの声が聞こえた。彼女の声は慌てており、少し息が切れていた。

「フラウ様、お姿を隠してください」

「忘れてたわ」

フラウは舌を出して子供のように笑い、一瞬で姿を消した。

そして、フラウは元気な声を残しながら、アーベル伯爵家を出ていったのだった。


「お願いよ」

フラウの声は必死さと真剣さを帯び、そのひと言が辺り全体に響き渡った。

彼女の瞳は決意に満ちており、その視線は目の前の水色の髪をした精霊に向けられていた。

「い・や・よ」

水色の精霊は、冷たくはっきりとフラウに断りを伝えた。

しかし、フラウはめげずに強い信念を持って精霊に頼み続ける。

それは何時間も続く一連のやり取りだった。

彼女たちにとっては、ほんの数分の出来事。だが、フラウの執念深さから、水色の精霊はこのやり取りが終わらないことを悟り、内心でため息をついた。

この無駄なやり取りに終止符を打つため、水色の精霊は語尾を強調し、再び否定の意志を明確に示した。

「何度お願いされても、だ・め・よ」

彼女は力強く言いきった。その言葉からは、彼女がフラウの頼みを断固として拒否する決意が伝わってくる。

「ねぇ、そこをね、お願い」

しかし、フラウもめげずに再び頼み込んだ。

その懇願するような様子が水色の精霊の心を揺らし、彼女は不満げにつぶやいた。

「むぅ。どうして私が、人間のお手伝いをしないといけないの」

「だって、ヴィリバルトが、私にお願いしたのよ。だから手伝って！」

フラウは潤んだ瞳で両手を合わせ、水色の精霊をじっと見つめた。

その懸命さを前に心が動くが、彼女は頭を振り、なにかを強く否定するかのようにフラウの要望を拒否する。

「だっ、ダメよ。ヴィリバルトが、あなたの主でも、私の主ではないから、だ・め・よ」

「ヴィリバルトは、私だけよ。どうして、あなたと契約するの」

フラウの的はずれな問いに、水色の精霊は即座に反論する。

「だれも、契約の話なんてしてないわ」

「でも、主じゃないと手伝ってくれないんでしょ」

フラウの問いつめに、水色の精霊は「そうよ」と短く答えた。そのひと言は、彼女の決意を強く伝えていた。

「ダメよ。ダメ。ヴィリバルトは、私が守るのよ！」

なにかを大きく誤解したのか、フラウが突然叫び始めた。

「ヴィリバルトは、私が守るの。私が――」

彼女はそう言いながら、その緑の瞳が徐々に光を失っていった。その瞬間、フラウを中心に冷たい風が吹き始め、周囲は一気に冷え込んだ。

その風は、彼女の深い悲しみと絶望を象徴するかのようだった。

フラウの変化に気づいた水色の精霊が、「フラウ、落ち着いて！」と必死に叫んだ。その言葉は彼女の心配と不安を如実に表していた。

しかし、その声はフラウに届かず、彼女の表情はますます悲しみに満ちていった。


しばらくすると、フラウと水色の精霊を中心に大きな竜巻が形成された。

その竜巻はゆっくりと動き始め、周囲一帯を巻き込み、瞬く間に木々や草花が消えていく。

「ねぇ、やめてよ。お願いだから、ねぇ」

竜巻の中心で、その様子をただ傍観するしかない水色の精霊は泣きながら、制御不能となったフラウの体を揺らした。

「お願い聞くから！　だからやめてよ。うっ、どうすればいいの」

水色の精霊は、フラウに正気を取り戻させようと必死になり、『聖水』などの精神安定の魔法を使う。だが、それらの魔法はすべてフラウには効果がなかった。

結果、水色の精霊の瞳からも徐々に光が消えていく寸前、周囲一帯を覆っていた竜巻が突如として消え去った。その荒れ地には、赤い髪の男がひとり、困り果てた表情で立っている。

「やれやれ、大丈夫かい」

その声に反応するように、フラウの瞳に光が戻り、「ヴィリバルト！」と声を弾ませ、彼女は赤い髪の男の顔面に抱きついた。

先ほどの様子が嘘のような平穏な光景に、水色の精霊は目を丸くするも、ヴィリバルトのまとうオーラに息を詰め、彼女は狼狽する。

「なっ、なにが、起きたの。あっ、あなた何者なの！」

水色の精霊は驚きの声をあげ、その瞳は恐怖で広がり、体が震えていた。その態度に、ヴィリバルトとの短い逢瀬を堪能していたフラウが、不思議そうな顔で尋ねた。

「どうしたの、あなた。なにをそんなに怯えているの？」

「フラウ、あなた、わからないの」

水色の精霊はフラウの言葉に衝撃を受ける。

その時、ヴィリバルトを取り巻く禍々しいオーラが、『真実の眼』を通して、水色の精霊を脅かした。

それは近づいてはならないもの。

視てはいけないもの。

人知を超えたもの。

そして、理からはずれたものだった。


「水の精霊アクア、あなたにお願いがあるんだ。聞いてくれるかい」

「そっ、それ以上近づかないで！」

アクアが怯えた様子で『守り』の魔法を展開し、ヴィリバルトに対して牽制する。

「あなた、本当にどうしたの？」

フラウが心配した表情を浮かべ、アクアに尋ねた。

「あなたは、怖くないの？」

「怖い？」

アクアの問いかけに、フラウが眉を寄せ首をかしげながら反芻《はんすう》し、少し考えた後、彼女は緑の瞳を明るく輝かせ、口角を上げて微笑みながら否定した。

「ヴィリバルトが怖いの？　そんなことありえないわ」

その時、ヴィリバルトが動き、アクアの『守り』の魔法を簡単に解除した。

アクアとの距離を十分にあけてから、彼はゆっくりと口を開いた。

「怖がらせて悪いね。力を使った後は、どうも制御が難しくてね」

彼の謝罪を前に、アクアは体を震わせながらも、勇気を振り絞って問いかける。

「あなた、何者なの」

「フラウの友人さ」

「そうよ。ヴィリバルトは私が選んだ唯一の人よ」

フラウが胸を張り、誇らしげな表情で言いきった。

彼らの間にあった緊張を物ともせず、空気を読まないフラウの姿に、ヴィリバルトが微笑み、アクアに視線を向けた。

「君の力が必要だと、私の勘が言っているんだ。ほんの少しの間、私に力を貸してくれないかい。手伝ってくれるなら、君の大好きなものをたくさん提供しよう」

彼の話に興味を持ったアクアは、「私の大好きなものをたくさん……」とつぶやいた。

ヴィリバルトは『魔法袋』からあるものを取り出し、アクアの目の前に差し出した。

提示されたものに、アクアは驚きの表情を浮かべた。

その反応に「そうだよ。約束するよ」と、ヴィリバルトがささやいた。

「やっ、約束は、守るものよ。本当に私の大好きなものをたくさんくれるの？」

アクアは問いかけながらも、彼女の目はヴィリバルトから提示されたものへと移り、その存在に心を奪われていた。彼女のヴィリバルトへの恐怖は一瞬で消え、代わりに興奮と期待に満ちた表情が浮かんでいた。

「もちろん。お願いできるかな」

「お願いよ、アクア！」

アクアは、しばらく考え込んだ後、片手を腰にあて、人さし指を顔の前に出しながら、得意そうな顔をして告げる。

「いいわ。た・だ・し、契約はしないわよ。少しだけ、あなたに力を貸してあげる」

「あたり前よ！　ヴィリバルトは私以外と契約しないわ！」

フラウが頬を膨らませ、小さな拳を振りながらアクアに抗議した。

「もちろんだよ、フラウ」

ヴィリバルトがフラウを肯定した後、アクアに向かい、先ほど出したアクアの大好きなものを手渡した。

「前払いだよ」

「交渉成立ね」

アクアは瞳を輝かせ、羽を広げて空に舞い上がった。

その瞬間、ヴィリバルトとアクアの間にほんの少しのつながりができる。

アクアの承諾に対して、ヴィリバルトは敬意を態度と言葉で示した。

「水の精霊アクア。あなたの協力に感謝する」

ジークベルトの謹慎

「できそこないが生き延びた？」

「はい。残念ながら、魔道具は壊れたようです」

「魔道具が壊れた？　あやつに、そのような力は残ってはいない。誰が介入した？　赤か？」

「いいえ。『赤の魔術師』との接触はございません」

「エスタニアの馬鹿どもか？」

「いいえ、動きは掴んでおりますが」

「となれば『至宝』が動いたか……。されど、赤が接触を許すとは思えん。まあよい。我々の手駒が、無傷で戻ってきた。糧となれど、負にはならん。実験を続けろ」

「御意」

「奴との連絡はとれたか？」

「それが……不甲斐なく」

「まあよい。奴は赤にしか興味を持たん。放置でよかろう。この内乱をかき乱せば、よき余興となろう」

「御意」

「神は我が帝国に味方した――。帝国の繁栄すなわち世界の統一」

◇◇◇

謹慎中の俺は、伯爵家の客室で魔術書を読みあさっていた。

その横では、つまらなそうな顔をしたシルビアが、ハクのふわふわの毛を無造作になでていた。その雑な手つきに、思わず指導が入る。

「シルビア、ここは優しく、そこから先は強くするんだ」

「うるさいのぅ。別にどう触ろうと妾の勝手じゃ」

「なでられるハクの気持ちも考えて！　お互い気持ちよくないとダメ」

俺の指摘にシルビアは口を尖らせたが、それでも指示通りに手を動かし始めると、ハクの尻尾がゆらゆらとリズムよく揺れだした。

〈気持ちいい〉

「ふふん。妾とてやればできるのじゃ」

シルビアが得意げな顔をして胸を張った。

その様子を尻目に、ふとした疑問が俺の心に浮かび、口にする。

「そういえば、ディアたちとのお出かけはよかったの？」

俺が尋ねると、シルビアが眉をしかめ、唇を尖らせて不機嫌そうに答えた。

「むぅ。小遣いがなくなったのじゃ。小娘に借りをつくるのは癪じゃ」

「賭け事もほどほどにしないと」

俺の忠告に、シルビアは頬を膨らませながら反論する。

「ぬぅー。あれさえあたっていれば、損失を取り戻せたのじゃ」

「その考え方はダメだよ。自業自得だね」

「むぅー。しかし、あやつの予想では、絶対じゃと」

俺の言葉に、彼女の声はだんだんと小さくなっていき、不満を漏らした。

「世の中に絶対はないよ」

俺が冷静に返すと、シルビアは俺のあきれ口調に拗ね、ハクの毛に頭をうずめ、肩を震わせる。

「妾だってわかっておるのじゃ」

彼女の顔は少し赤くなり、その態度からは頑固さがうかがえた。

ハクの毛に顔をうずめたまま、シルビアはくぐもった声で、ぶつぶつと不満を漏らしている。

そんなシルビアをハク自身は嫌がっておらず、むしろ〈ハクが慰める！〉と、よくわからない使命感を抱いていた。

俺とシルビアは物理的に一〇〇キロ離れると、シルビアが俺のもとに強制転移させられる。

本人もそのような制約があるとはつゆ知らず、叔父が俺をアーベル伯爵家へ連れ立って強制転移させた時に、初めて知ったのだ。

ヘルプ機能が、解決方法をいろいろと調べてくれているが、解決策はいまだ見つかっていない。

現状、不便はないが、今後のことを考えると課題である。

「ジークベルト」

俺を呼ぶ声に顔を上げると、木刀を持ったヨハンが、はにかんだ笑顔で俺を見ていた。

「手習いしよう」

「ヨハン君は、予選を観戦しなくていいの?」

「うん。この前、ヴィリバルト様に頭を見てもらったら、剣の才能があると言われたんだ」

ヨハンが胸を張って伝えるそばで『知っているよ』と、俺は数日前の出来事を思い出した――。

＊＊＊

バルシュミーデ伯爵邸の奥深く、静寂に包まれた部屋の中で、ヨハンがベッドに横たわっていた。

その室内は緊迫感に満ちており、ヨハンは深い眠りに落ちているようで、人が近づいてもいっさいの反応がなかった。彼の胸がゆっくりと上下する様子を見て、彼が息をしていることに俺は安堵した。

「視終わったのですか」

俺はベッドの前で腰をかけている叔父に近づき、問いかけた。

「あぁ、核心部分はね」

叔父が気怠そうな顔で俺を見つめる。

その瞬間、空気が一変した。叔父の色気にあてられ、俺の顔が真っ赤になり、背筋に言いようもないなにかが走った。

それは叔父の独特の魅力と自信、そしてなんとも言えない優雅さが混ざり合ったものだ。その存在感が部屋中にあふれ、誰もが心を奪われ、思わず見とれてしまうほどだ。

無意識に出るものこそが本物の魅力なのだと、俺に強く印象づけた。

頭をかかえたくなる状況だが、叔父にしては余念のない準備と警備体制、人払いの意味に納得した。

ああ、ヴィリー叔父さん、俺が来たことに安堵して、無防備な表情で微笑んでいる。

これは人害、公害レベルだ。絶対に身内以外近づけてはいけないよ。

その事実に気づいた俺は、ハッとして、部屋の扉に目をやり、外の気配をうかがう。

誰もいないことを確認して、再び叔父に目をやる。

それにしても、今の叔父は無防備すぎる。

叔父の周りには、ほぼ枯渇に近い、相当量の魔力が漂っていた。それは彼が大量の魔力を使用したことを物語っていた。

人の記憶を視る魔法は、その危険性から禁忌に近いとされている。

その実行には、魔法の技術や魔力、それに加えて精神力が影響するのだろう。

おそらく使用できるのは、世界でも数人だと理解する。それは、その技術が極めて高度で、一般的な魔法使いには手が出せない領域であることを示唆している。

俺は、再び叔父を見つめ、彼の無防備な姿に心を痛めた。

その姿は、なにもかもさらけ出したかのようで、それがまた心を揺さぶった。

「僕たちは、今からなにをすればいいのですか」

不安と期待が交ざり合う中、俺は次の行動を求めた。

「もう一度、彼を視る。その時に土魔法で人物をつくってほしい」

その言葉は断片的で、叔父らしくないほどに曖昧だった。

俺は頭をかしげ、すぐにいくつかの疑問を叔父に投げかけた。

「もう一度って、魔力は大丈夫なのですか。それに土魔法を使用するのはいいですが、僕に視ることはできません。どうするんですか」

「彼とはまだ切れていないからね。核心部分の記憶の箇所はわかっているので、その部分だけを視せるよ」

俺の不安をよそに、叔父の言葉には確信が込められていた。

「視せるとはどのようにして？」

俺の疑問に、叔父はゆっくりと俺の肩にいるスラを指さした。

「スラできるよね」

叔父の端的な説明に対して、スラが「ピッ！〈肉！〉」と反応し、俺の肩から下りて叔父の膝の上に移動し、そこで交渉を始めた。

「オークキングの肉でどうかな」

「ピッ！〈もう一声！〉」

「追加でオークの肉を五」

「ピッ！〈もう一声！〉」

「わかったよ。難しいことをお願いしているからね。オークキングの肉とオークの肉二十。これ以上はさすがにダメだよ」

「ピッ！〈のった！〉」

スラのうれしそうな声が響き、叔父との交渉が終わったことがわかった。

彼は誇らしげに体をぷるんと揺らし、自分の定位置である俺の肩に戻った。

俺の心の中で一抹の不安がよぎる。

「安請け合いして、大丈夫なの、スラ？」と、心配そうに尋ねた。

「ピッ〈なんとかする〉」

スラは自信満々に返答すると、その体を揺らした。

「なんとかできるものなの」

俺は疑問を抱きながらも、スラの言葉を信じることにした。


その後、俺が心配するのをよそに、スラは見事に期待に応える。

叔父の頭部をスラが包み込むと、念話を介して俺に情報を視覚的に伝えることができた。

脳に直接送られる情景に、最初俺は戸惑いを隠せず狼狽したが、すぐに気を取り戻し、その情景をもとに土魔法の『形成』を使って再現した。

精巧に作られたそれは、子供たちの記憶を消した人物を鮮明な形で作り出した。

「ピッ〈がんばった〉」

叔父の頭部からスラの声が聞こえる。

その間抜けな姿に、不謹慎ながら笑いをこらえるのに苦労した。

あんな姿の叔父を目の当たりにすることは滅多にないので、それは俺にとって貴重な経験だった。

そして、叔父が俺の作製した像を見て、ひとつうなずいたのだった――。

＊＊＊

ヨハンとの手習いを終え、屋敷内に入ったところで、アル兄さんと出くわした。

なんと、アル兄さんがひとりで叔父に会いに来ていたのだ。

その出会いは思いがけないもので、心臓がどきりと跳ねた。

「俺のかわいいジーク！」

いつもと同じ調子で、感極まったアル兄さんは俺を抱き上げた。

隣にいたヨハンがあきれたようにその様子を見て「ジークベルトも大変なんだな」とひと言。

四歳児とは思えない達観した発言に、伯爵家の執事が誇らしげにうなずくと「ヨハン様、歴史の先生がいらしています」と、その場から遠ざけた。

叔父の準備ができたとの執事の知らせを受けるまで、俺はアル兄さんにされるがままにかわいがられた。

その間、伯爵家に仕える者たちからは温かい眼差しを受け続けたのは言うまでもない。

くたくたに疲れ果てた様子で客室に戻った俺を見て、シルビアが意外そうな顔で尋ねてきた。

「ヨハンとの手習いは、そのようにこたえるものなのかえ」

「いや、玄関でアル兄さん――」

「なんじゃ、アルベルトの来襲か」

俺の言葉を途中で遮り、シルビアは興味を失ったかのように、ハクの毛をそっとなで始めた。

その急激な態度の変化に、俺は困ったような苦笑いを浮かべた。

「そろそろ小娘たちも、戻ってくる頃じゃ」

ふと思い出したようにシルビアがつぶやいた。


一時間後、バルシュミーデ伯爵家の応接室では、買い物から帰宅したディアーナたちがお土産を配っていた。

「ジークベルト様にはこちらを」

「あっ、ありがとう」

ディアーナから手渡されたお土産を、俺は硬直した顔で受け取った。

「お揃いでつけましょう」と期待に満ちた視線を送られ、俺は断ることはできずに静かにうなずく。

俺の手のひらに収まる美しい紫色のリボン。紐状の織物だが、それでもやはりリボンだ。

リボンの扱いに困っている俺のそばで、ハクはチョーカー風にリボンを巧みにつけてもらい、とてもご機嫌だ。

ディアーナたちの護衛に指名されたスラも紫色のリボンをつけ、ご褒美のオークの肉を頬張っていた。

「小娘、妾だけなぜ色が違うのじゃ！」

「シルビア様は、私と同じ色がよかったのですか？」

突然不満を口にしたシルビアの声と、困惑したディアーナの声が俺の耳に響いた。

視線を移すと、金糸のリボンを片手に持ち、ディアーナに詰め寄るシルビアの姿が目に入った。

「ぬぅ、違う！　わかっておろう！　エマは銀糸じゃ」

「はい。私とエマは銀糸。シルビア様は金糸にしましたが」

ディアーナがとぼけた様子で首をかしげ、その言葉に反応した。

それを見たシルビアが涙を浮かべ、半泣きで叫び始める。

「わざとじゃな。ひどいのじゃ」

シルビアの声が部屋中に響き渡り、その悲しみが空気を震わせた。

シルビアの動揺に、ディアーナは困った表情を浮かべる。

彼女は瞼《まぶた》を忙しげに動かした後、手もとにある銀糸のリボンをシルビアのほうへ差し出す仕草をした。

すると、その横から大きな手が伸びてきて、ディアーナの手もとに別の銀糸のリボンを渡した。

「姫さん、セラ用のこれ」

「ですが」と、言いかけるディアーナに、ニコライが優しい目をして諭した。

「あとで、俺が同じ店で購入しておく。わざとじゃねぇんだろ」

その言葉に、本格的に泣きだしていたシルビアが突然静まり、ディアーナの答えを待った。

「はい。紫糸と銀糸は三本しかなくて、シルビア様の髪の色から金糸のほうが映えるかと、いささか考えが足りませんでした。申し訳ございません」

ディアーナが、ニコライにそう説明すると、シルビアに向かって頭を下げた。

「なんじゃ、わざとじゃないならそう言え！」

ごしごしと乱暴に涙の痕を拭い、シルビアが金糸を大事そうに懐に入れると、ディアーナの手にある銀糸を手にする。

そして、ニコライに目を向け、「ニコライ、妾は紫糸を所望する」と言いきった。

「なぜ俺が」

ニコライはシルビアの手にある銀糸のリボンを見て、あきれたように言った。

「同じ店で購入するのじゃろ。であれば妾は紫糸も所望する」

シルビアはニコライの顔をじっと見つめて、強気に言い返した。

「お前、ちゃっかり二本手にしただろ」

「むぅ。金糸は小娘が妾に似合うと購入したものじゃ。銀糸は小娘たちとお揃いじゃ」

ニコライはシルビアの言い訳に苦笑しながら、リボンの値段を教えた。

「あのなぁ、このリボンは質がいいんだ。ほいほい買えるものじゃねぇ」

「ケチじゃのう」

シルビアが不服そうな顔をするとニコライの眉が上がる。

ふたりの言い合いが始まると、そばにいたエマのあたふたする姿が見え、ディアーナが涼しげな顔でソファに腰をかけ、ほっとしたようにため息をついた。

俺は少し離れた場所にいたテオ兄さんの横に静かに身を寄せ、謹慎中の疑問を口にした。

「ここ最近、兄さんたちは忙しそうですね」

俺の含みのある言い方に、テオ兄さんが「そうだね」と遠い目をした。

あっ、この質問はよくなかったと、テオ兄さんの反応を見て察したが、一度口にした質問を取り消すことは難しく、重たい沈黙が流れる。

それはまるで時間が止まったかのような、息をのむような静けさだった――。

テオ兄さんたちは、ディアーナたちが帰宅する数十分前に、深刻そうな表情でバルシュミーデ伯爵家へ帰宅した。ディアーナたちを出迎えるために、玄関に近い応接室に移動していたところ、俺はその姿を目撃した。

『叔父様に取次ぎを』

『アーベル伯爵は、ただ今、アルベルト様とご歓談中でございます』

『アル兄さんが、なぜ』

『おい、テオ』

執事からその話を聞いたテオ兄さんは、疑問を口にした後、ニコライと真剣な顔で話し合っていた。その様子を見て、俺はなにか問題が起きているのだろうと感じ、応接室に入った。

ここ最近の兄たちの様子から、なにかが起こったのだと察知した。

それからしばらくして、テオ兄さんたちは何事もなかったかのように応接室に現れたのだ――。

遠い目をしながら、数十分前の出来事を思い返していたところ、疲れた様子のアル兄さんが応接室に入ってきた。

俺を見つけると、なにか言いたそうに何度も口を開き、視線を逸らしながら「叔父上が呼んでいる」と告げた。

挙動がおかしいアル兄さんを不審に思いながら、俺はみんなの輪から一歩引いた。

俺はハクを横に、スラを肩にのせて、叔父のいる客室に入った。

客室に入るとすぐに叔父が「ジークにお願いがあるんだ」と、茶目っ気のある目でウインクした。

警戒しながらも、それに答える。

「なんでしょうか」

「じつは――」

◇◇◇

「アルベルトが、護衛を離れる？」

「はい、殿下。アーベル伯より、先ほど連絡を受けました」

「ふーん。アルベルトが不在の間の護衛に支障は？　ヴィリバルト製の魔道具の発動は？」

「それがその。アーベル伯から、アルベルト殿と魔道具に代わって、この魔物をお付きにするようにとのご命令がございました」

近衛騎士が、戸惑った様子で自身の手のひらを見せる。そこには、ぷるぷると揺れる水色の生き物がいた。

「ピッ〈よろしく〉」

「これは、おもしろいことになりそうだ。くっくく」

ユリウスは目を輝かせて腹に手をあて、大爆笑した。

水色の魔物の首には紫糸のリボンがあり、それが静かに揺れていた。

交差するそれぞれの想い

「アルベルト様、こちらです」

暗闇に包まれた建物の物陰から、可憐な女性の声が静かに響いた。

アルベルトは、その声に導かれるように視線を向けると、お忍び用のドレスを身にまとったユリアーナが、落ち着いた様子で立っていた。

周囲の気配をうかがいながら、アルベルトはユリアーナに近づくと、「ユリアーナ嬢」と小さく声をかけた。その声は、彼女に対する敬意と好意が混ざり合ったものだった。

「このような場所にお呼び出しして、申し訳ございません。城内ではお話ができませんので」

ユリアーナの声は、初対面の時と変わらない儚げな印象を持っていたが、その中には王族独特の凛とした芯の強さを感じることができた。

『ずいぶんと雰囲気が違う。やはり、護衛はつけていない』と、アルベルトは心の中で思った。


あの日は、彼女の事情を聴くことはできなかった——。

エスタニア王国の貴賓室へと向かう途中、ユリアーナをエスコートしていたアルベルトは、周囲の騒然とした雰囲気に気づいた。侍女と騎士たちが慌ただしく動き回り、なにか重大な事態が起きていると感じ取った。

彼女もまた、その異変を察知したようだった。アルベルトの腕に置いた彼女の手からは、微かな緊張が伝わってきた。そして、彼女は大変困った様子でアルベルトを見上げた。

その仕草にアルベルトは疑問を感じた。

『護衛をつけず消えれば、どうなるか予想できる状況である』と、『ユリアーナ王女は、そういった判断ができない浅慮な人なのか』と、アルベルトにそう強く印象づける仕草だった。

ユリアーナを見つけた騎士が、獰猛な形相でアルベルトたちのほうへ急速に近づいてきた。

アルベルトは、瞬時に状況を把握し、彼女に連絡用の使い捨ての魔道具を手渡した。その使い方を素早く、しかし丁寧に説明して、騎士に問いつめられる前に、彼はユリアーナの前から姿を消した。

あとは彼女がうまく説明をするだろうと、先ほどまで彼女を浅慮だと感じていたのに、なぜかアルベルトはそう思った。

そのちぐはぐな判断に、アルベルトは強い不信感を覚えた。

彼の心の中には、自己への疑問と不安が渦巻いていた。

その後すぐに、アルベルトはヴィリバルトへ報告した。やはり、自分自身への不快感が残っていた。

そしてすぐにその答えがわかる。

『かの令嬢には、高度な〝守り〟が展開されている』

『彼女の地位であれば、高性能な魔道具を入手することはたやすいのでは？』

アルベルトがそう返すと、ヴィリバルトは怪しげに微笑み、自身の目を指した。

『私のこれでも視れなかった』

それに驚き、『なっ』と、アルベルトは言葉を失った。

ヴィリバルトが所持している『鑑定眼』は、『鑑定』の上位スキルであり、その能力は非常に高い。

人物の『鑑定』ができないことは多々あるが、その主な理由は、高度な『守り』の魔道具が術者のスキルより上のものであったり、単純に術者のレベルが低かったりするからだ。

しかし、そのどちらにもあてはまらないであろう『赤の魔術師』ヴィリバルトの『鑑定眼』でさえ、視ることができないとは、驚きである。

その事実は、アルベルトの背筋に寒気を走らせた。

言葉を失ったアルベルトに対して、ヴィリバルトが追加の説明を始めた。

『可能性があるとしたら、古代魔道具。もしくは、精霊か、――が関わっている』

『叔父上、申し訳ありません。精霊の後が聞き取れませんでした』

アルベルトがそう尋ねると、ヴィリバルトは一瞬とぼけた表情を浮かべた。

『ん？　精霊が関わっている可能性があると言ったんだよ。古代魔道具は我々魔術団が所持する『移動門』もあるし、エスタニア王国がなんらかの古代魔道具を所持している可能性もある。だけど、かの令嬢だけなんだよね』

ヴィリバルトは言葉を切ると、妖艶に微笑みながら『視れないの』と、再び目を指した。

アルベルトが息をのみ、自身が大変面倒なことに首を突っ込んでしまった事実を確認した。

『まぁ、しかたないさ。いずれにしても関わることだったのだろう。ジークの件もあるし、うやむやにはできない』

『叔父上、ジークを危険な目には』

ヴィリバルトを牽制するように、アルベルトが強く言った。

『あわせないよ。予選が終わるまでには決着をつけよう。そのぶんアルには存分に働いてもらうよ』

アルベルトが『はい』と了承の旨を伝えると、ヴィリバルトは満足そうにうなずき『アル、君には――』と、いくつかの指示と彼女に接触する際の注意点などを伝えた。

その注意点の中に、アルベルトの不快感の答えはあった。

『ユリアーナ王女は、〝魅了〟を所持している可能性が高い』とのヴィリバルトの指摘だった――。

ユリアーナの案内に従い、アルベルトは堂々と建物の中に足を踏み入れた。

アルベルトは、気合を入れるように自身の片腕を力強く叩いた。その腕には、赤いリボンが静かに揺れていた。

◇◇◇

「テオバルト殿、ニコライ殿、こちらです」

腕を大きく振り上げ、顔を破顔一笑させてテオバルトたちを呼ぶルイス。

その行動は、彼の明るさと活力を象徴していた。

大変目立つ行動に、テオバルトたちは顔を見合わせ、あきらめにも似たため息を漏らす。

少しでも注目される時間を減らしたいと思った彼らは、素早くルイスのそばに集まった。

「ルイス殿」

「おふたりとも、動きに隙がない。さすがですね」

テオバルトのとがめた物言いを前にしても、ルイスにはまったく効果がないようだった。

ルイスは、感心した様子でふたりを褒め称え、そのまま城のはずれの庭園へと案内した。その庭園は、王族たちのプライベート空間で、一般の人々が足を踏み入れることは許されない場所だった。

その特別な扱いに、テオバルトの眉間にはしわが寄り、彼の顔には困惑が浮かんでいた。

ヴィリバルトに相談した結果、エリーアスの思惑を探るよう指示されていた。

表向きは友好的に彼らに協力する姿勢を見せなければならない。しかし、彼らの隠しもしないあまりにも堂々とした対応に、テオバルトは早まったのではないかと思い始めた。

「ようこそ。アーベル侯爵のご子息テオバルト殿。ニコライ殿」

庭園の中央で、黒髪に眼鏡をかけた落ち着いた雰囲気の男が、テオバルトたちに声をかけた。

その男の優雅なたたずまいから、彼がエリーアス殿下であると瞬時に判断したテオバルトたちは、頭を深く下げ、失礼がないように挨拶を交わした。

「お初にお目にかかります。私はテオバルト・フォン・アーベルです」

「ニコライ・フォン・バーデンです」

「エリーアス・フォン・エスタニアだよ。エリーとでも呼んでくれ」

エリーアスが、その場の空気を和ませるかのように冗談めいた口調でそう言った。

テオバルトが顔を上げると、眼鏡の奥にある深い緑の瞳と視線が合った。その瞬間、なぜか不思議な違和感を感じた。それは、彼がこれまで経験したことのない新たな感覚だった。

「堅苦しい挨拶はその辺で、ついてきてくれ」

エリーアスは軽やかに言い、足早に庭園の奥へと進んでいった。

テオバルトたちもその後に続いた――。

エリーアスの私的空間である部屋の中で、テオバルトの感嘆とした声が響いた。

「素晴らしい作品の数々ですね」

「テオバルト殿は、わかる人だね」

エリーアスは満足げに微笑み、テオバルトは謙虚に応える。

「ええ、僭越《せんえつ》ながら、とても興味を注がれます」

「理解してくれる人がいてうれしいよ。残念なことにルイスは、この点についての理解は乏しいんだ」

エリーアスは苦笑いを浮かべながら、そう述べた。

その言葉に反応したルイスが、神妙な顔で謝罪する。

「殿下の趣味は高尚ですので、凡人の私には理解ができず、申し訳ございません」

「ルイスは、堅苦しすぎる」

ルイスの頑なな態度を見て、エリーアスはため息をつき、微妙なあきれの色を浮かべた。

「申し訳ございません」

ルイスが再度謝罪すると、エリーアスは彼に対して冷たい視線を送り、同時にテオバルトには別の工芸作品を勧める。

ルイスの視線がエリーアスを追いかける様子を見て、見かねたニコライが、ルイスの肩に手を置いた。

「なぁ、ルイス」

「なんでしょう。ニコライ殿」

「殿下はお前が望んでいるような……テオが見ているのって、ただの流木だよな」

ニコライは彼のあまりにも悲観したあきらめの表情を見て、途中で話題を変えた。

何年もの間に築き上げられた関係を、突然現れた者が指摘したところで、その関係性を変えることは難しい。

行動を起こせるほどの意志が当人にあるかどうか。それに、それぞれの事情がある。『俺とアーベル家のように』と、ニコライは思った。

「そうですよね！　ただの流木にしか見えませんよね！」

ニコライの言葉に、ルイスがうれしそうに同意する。

その目には、同士を得た喜びに満ちており、ニコライは『それでよく従者を務められるな』と、表情豊かなルイスに目を細めた。

ルイスの相手をニコライがしているのを横目で確認したテオバルトは、エリーアスが流木の魅力を語っているのを聞きながら、そろそろ本題に入るべきだと注意を促した。

「殿下は、なにをお求めで」

テオバルトの問いに、流木から視線をテオバルトに移したエリーアスは、少し困った表情を浮かべた。

「そんなに警戒しないでくれ。私は味方だよ。ディア、いや、ディアーナのね」

エリーアスは、彼らの味方であることを強調した。その声には誠実さと信頼を求める切実さが滲んでいた。

テオバルトがエリーアスの『味方』発言の意味を思惑していると、エリーアスは緊張した面持ちで口にした。

「エスタニアの闇を取り除く手伝いをしてくれないかい」

その言葉が口をついた瞬間、ふたりの間の空気は一気に凍りついた。

エリーアスの発言は、聞く者によっては内乱の予兆とも取れるものだった。

その現実に直面し、テオバルトの眉間に深いしわが刻まれた。その表情を見て、エリーアスは一度目を閉じ、自分を落ち着かせる。そして、強い視線をテオバルトに向けた。

彼の目は、決意と不安が混ざり合った複雑な感情を映していた。

「他国の者に願うことではないのは、承知だよ。しかし、我々では、もうどうにもならない。マティ、うおふぉん、マティアスが動いてはいるが、しょせん子供の知恵。大人たちの思惑に太刀打ちはできない」

エリーアスの言葉は、彼らが直面している困難な状況と、それに対する彼自身の無力感をあきらかにしていた。

その深い影がエリーアスの顔に落ちていた。

「私は継承権を放棄するつもりだった。しかし、運命は動いてしまった――」

彼の言葉からは、心の奥底に秘められた深い決意と葛藤を感じられ、彼がかかえる重荷の大きさを物語っていた。

エリーアスの決意に対し、テオバルトはどう答えればいいか判断に迷った。

テオバルトの首もとにある赤いリボンは微動だにせず、ただ時間だけが静かに流れていった。

◇◇◇

「スラ。ジークがとても心配していたよ」

「ピッ？　ピッ！〈主が？　うれしい！〉」

スラがユリウスの肩の上で飛び跳ねる。

「殿下。とてもお似合いですよ」

喜ぶスラの様子を横目に、ヴィリバルトはにっこりと笑いながらユリウスに伝えた。

「ヴィリバルト。思うことは多々あるが、これが思いのほか役に立つ」

「ピッ〈がんばった〉」

スラがユリウスの肩から離れ、ヴィリバルトの腕に飛び乗ると催促するように鳴いた。ヴィリバルトが腰にある『魔法袋』から出来立てのオークの肉の柚子胡椒《ゆずこしょう》和えを取り出した。

「ピッ！〈肉！〉」

スラがそれに飛びつくと、室内は柚子胡椒の爽やかでスパイシーな香りに包まれ、緊迫した空気が一気に和らいだ。

ユリウスがうれしそうに肉を頬張るスラを眺めながら言う。

「それで、いつまでこの状況が続く」

「決勝トーナメントまでには、状況を把握するつもりですが」

ヴィリバルトが落ち着いた口調で答えた。

その答えに対して、ユリウスの眉が上がり、「つもりとは」と問いつめる。

「ひとつ、厄介なことがあります。私の勘が確かなら、精霊を敵に回す可能性があります」

ヴィリバルトが淡々と述べると、ユリウスが肩を大袈裟《おおげさ》にすくめた。その動作からは、驚きと皮肉が感じられた。

「それは、なんとも恐ろしい勘だな」

「万にひとつの可能性です。ただいまアルベルトが、その調査を始めています」

ユリウスはしばらく沈黙した後、ヴィリバルトの赤い瞳を見つめ、決意と自信に満ちた表情で断言した。

「我々マンジェスタ王国は、他国の内乱に首を突っ込む気はない。アーベル侯爵家の独断で動くのであれば、関与はしない」

「ありがとうございます」

感謝の言葉を述べたヴィリバルトは、胸に手をあてて深く頭を下げた。

その姿からは、ユリウスの英断に対する彼の深い敬意が伝わってきた。


ユリウスの私室から、ヴィリバルトが退室するのを待って、近衛騎士が室内に入ってきた。

ヴィリバルトの命令により、人払いされていた部屋は静寂から人の気配に包まれた。その変化は、部屋の雰囲気を一変させ、新たな緊張感を生み出した。

近衛騎士のひとりが、バルコニーに立つユリウスに敬意と忠誠心を込めて声をかけた。

「殿下」

「武道大会終了後、直ちにマンジェスタ王国に戻る。いかなることがあっても、この決定に変更はない。ただし、アーベル侯爵家はその限りではない」

ユリウスの決定に、近衛騎士のひとりが室内から消えた。その動きは、まるで影が動くように静かで、なめらかだった。

マンジェスタ王国の者たちにユリウスの決定を伝えに行ったのだ。

「内乱か、無関係な民が苦しむな」

ユリウスのつぶやきが静かな部屋に響く。その言葉から、彼の心の中にある憂慮と同情が伝わってきた。

発言を許されない近衛騎士たちは、その重苦しい雰囲気に、息をのんだ。彼らの沈黙は、その緊張感を高めていた。

アーベル侯爵家が除外された意味を彼らは熟知している。

「お前はどう思う」

突然、ユリウスが肩にいるスラに問いかけた。その声には、スラへの信頼と期待が込められていた。

「ピッ〈主がなんとかする〉」

スラの返事は短く、しかし確信に満ちていた。

「ふっ。お前たちのジークベルトへの信頼の厚さはすごいものだな。しかし、事は簡単ではない」

ユリウスは苦笑いしながらそう言った。彼の言葉からは、スラたちの信念への敬意と、同時に現実の厳しさへの認識が感じ取れた。

「ピッ！〈主をみくびるな！〉」

スラはユリウスの肩で飛び跳ね、強く反論した。その姿はまるで小さな戦士のようだった。

「では、お手並みを拝見するか」

「ピッ！〈まかせろ！〉」

力強いスラの返事に、ユリウスは無意識のうちに、微笑んでいだ。

『アーベル家の至宝であるジークベルトなら、被害を最小限にとどめるのではないか』と、ユリウスはひそかに思ったのだ。

そんな淡い期待を胸に宿したことを、自嘲気味に笑った。

◇◇◇

ギルベルトが侯爵家の執務室に入ると、ソファで優雅に紅茶を楽しむヴィリバルトがいた。

その様子は、まるでなにもない日常のひとコマのようだった。

「ジークに秘密を打ち明けられました」

ヴィリバルトが紅茶の香りを堪能しながら、なにげない表情で言った。

その言葉がギルベルトの耳に静かに響き、部屋の空気が微妙に変わった。

少しの沈黙の後、「そうか」とギルベルトが淡々と答えた。そのひと言から、彼の底知れない理解と受け入れの深さが感じられた。

「聞かないのですか」

「ジークベルトが、お前を信用し打ち明けたのなら、私は待つだけだ」

ギルベルトの言葉は、彼の落ち着きと余裕、そしてジークベルトとヴィリバルトへの深い信頼を表していた。

「ふっ、本当に兄さんにはかなわないな」

ヴィリバルトは苦笑いしながら言った。彼は一瞬、視線を落とし、深く息を吸った。その瞳には、兄への尊敬と敬意があふれ、兄弟の強い絆がそこにあった。

「ジークには、今は時期が悪く、私だけの胸にしまっておくと伝えています。ジークも、自分の口から兄さんに伝えたいと言っていましたよ」

ヴィリバルトは再びギルベルトを見上げ、うなずきながらジークベルトの思いを誇らしげに語った。

ギルベルトはその様子を静かに見つめ、目を細めた。そして、彼の口角が上がり、「そうか」と微笑んだ。

「その際は、私も同席しますので、よろしくお願いしますね」

ヴィリバルトの同席発言に、ギルベルトは眉をひそめ「なぜだ」と少し驚いたように問い返した。

「ジークに同席すると言ったからですよ」

「むっ、それならしかたない」

ヴィリバルトの返答は、彼のジークベルトへの深い愛情を感じさせ、その答えにギルベルトは納得のうなずきを見せた。

「あと、アーベル家の影を動かす許可をください」

ヴィリバルトは軽い調子で言ったが、その表情は真剣そのものだった。その真剣さがギルベルトには、はっきりと伝わった。

「わかった」

「いや兄さん、理由を聞いてくださいよ」

ギルベルトがあっさりと許可を出したことに、ヴィリバルトは少し驚いた。ギルベルトの決断があまりにも早すぎたため、彼は少し戸惑っていた。

「お前を信用している。お前が必要だと判断したのなら、理由は聞かずともいい」

ギルベルトは静かにそう言った。

その言葉から、彼がヴィリバルトをどれだけ信頼しているかが伝わってくる。

「ヴィリバルト、照れているのか？」

ギルベルトはからかうようにそう言った。彼はヴィリバルトの顔が少し赤くなったことを見逃さなかった。

その指摘で、ヴィリバルトの頬はさらに赤くなり、口もとに手をあて目を逸らした。

「あなたは本当に」

ヴィリバルトは、少し困惑しながらも苦笑いした。その表情は、照れくささと共に、兄への深い愛情を感じさせた。

部屋の空気が少し和んだ。それは、兄弟の絆を感じさせるひと幕だった。

しばらくの間、エスタニア王国での活動を報告していると突然、ヴィリバルトが思い出したかのように言った。

「あぁ、そうだ。テオへの極秘指令も取り下げてください」

彼の口調は軽快だったが、その背後には隠れた真剣さが潜んでいた。

その申し出にギルベルトは目を見開き、強い興味を持って尋ねた。

「見つかったのか」

「えぇ、なかなか尻尾を出さず、苦労しましたよ」

ヴィリバルトはうなずき、その表情からは困難を乗り越えた後の充実感が滲み出ていた。

ギルベルトは満足そうに、「よくやった」と言った。そして、彼は深い考えにふけりながら、言葉を続けた。

「ダンジョンへの直接転移が可能になれば、冒険者たちの死亡率は減少し、治安維持にも寄与するだろう。孤児の数も減るはずだ」

ギルベルトの言葉ひとつひとつから、彼が人々の生活を改善しようとする強い意志を感じさせた。

その一方で、ヴィリバルトの雰囲気が突如として一変した。

彼の顔色は暗くなり、その目はなにかを深く考え込んでいるように見えた。

「義姉さんの件にも、関わりがあるかもしれません」

ヴィリバルトの言葉が耳に入った途端、ギルベルトの目に暗い影が生まれた。

「リアの……」と、つぶやいた後、ギルベルトは深く息を吸い込み、その場に静寂をもたらした——。

◇◇◇

「姉上と接触した者は誰か掴めたのか」

「申し訳ございません。今」

騎士の姿をした男が言いかけた瞬間、ダンッという大きな音が響き渡り、机を叩く音が男の声を遮った。

その瞬間、部屋の中には驚きと緊張が広がり、一瞬の静寂が訪れた。

「すでに数日経った。貴様らはなにをしている？」

男が怒りを込めて言った。その言葉が部屋に響き渡ると、男の指がトントンと机を叩き、その音が男の苛立ちを物語っていた。

「トビアス殿下、落ち着いてください。私どもは随時報告を」

騎士の言葉はトビアスの怒りを鎮めるどころか、逆に火に油を注いだ。

「報告？　情報もなにもなく、なにが報告だ」

トビアスは激しく反論した。その圧倒的な存在感と怒りに、騎士は混乱し、「もっ、申し訳ございません」と、ただただ謝罪するしかなかった。

その後、トビアスの怒気に圧倒された騎士が、膝をつき深く頭を下げた。その様子を見て、トビアスの怒りは少しずつ収まっていった。

トビアスは、机に片肘をつきその上に顔を置いた。そして、床に頭を下げたままの騎士に問いかけた。

「エリーアスはどうしている？」

「はい。エリーアス様は、アーベル家の者を私室に」

「アーベル家だと！」

トビアスが真っ赤な顔して騎士の言葉を遮ると、椅子を蹴り飛ばし、怒りに顔をゆがませたまま騎士の前に立った。

「なぜ、報告が遅い。お前は無能かっ」

「申し訳ございません。しかし、殿下、ぐっ」

トビアスが怒鳴りつけると、騎士が弁解を試みた。しかし、その言葉が口から出る前に、トビアスが男の顔を蹴り上げた。

「言い訳はいいんだよ。お前が無能で、役立たずであることがわかった」

トビアスは騎士の頭を無慈悲に踏みつけ、その言葉を冷たく吐き捨てた。彼の目は怒りで燃え上がり、その顎の動きで扉の前に待機している護衛に合図を送った。

そして、声に感情をいっさい込めずに厳しく命じた。

「処分しろ」

「でっ、殿下。お待ちを、私はっ」

騎士が絶望的な表情を浮かべて、必死に訴えたが、トビアスは無情な目でそれを一蹴した。

『無駄だ』と彼の目が冷酷に語っていた。

騎士の男が室内から姿を消すと、トビアスは乱暴にソファに腰を下ろした。

彼の顔は激しい怒りと失望で引き締まり、その目は鋭く光っていた。

トビアスは、目の前に座っている年配の男に冷たく言い放った。

「お前の紹介は、役に立たん」

「それは申し訳なく」

年配の男が軽くトビアスに謝罪した。

その男は落ち着いてお茶を飲み、一連の騒動を静かに見守っていた。彼の目は、トビアスの怒りを理解しつつも冷静に見つめていた。

従者がお茶のおかわりをそっと注ぐ。お茶が杯に注がれる音が、部屋の空気を穏やかな波紋のように優しく揺らし、その揺らぎが緊張を解きほぐす。

だが、トビアスの目はいまだに怒りに燃えていた。

「ビーガー、お前はどう思う」

「そうですね。今までエリーアス様は中立の立場を固持してきました。しかし、連日の動きから見て王太子派であるのは明確」

ビーガーと呼ばれた男、エスタニア王国の侯爵、トビアスの腰巾着である彼は、無表情にそう答えると新しいお茶に口をつけた。

「継承権を主張して第三派となることはないか」

「アーベル家と接触したことで、その線は消えたかと」

ビーガーは落ち着いて分析を述べた。その言葉が部屋に広がり、トビアスの怒りが少し鎮まった。

トビアスが一瞬黙って考え込み、その後ゆっくりと口を開いた。

「ディアーナか。あれは見目だけはいい。あと数年すれば利用しがいがある」

トビアスがにたりと狡猾な笑みを浮かべながらそう言うと、部屋の中に再び重苦しい緊張感が広がった。

ビーガーはその緊張を感じ取り、警告するように言った。

「殿下。アーベル家を敵に回すのはあまり得策ではないかと」

「たかが、一国の侯爵家。なにを恐れる？」

トビアスが挑発するようにビーガーに問いかけると、ビーガーは沈黙したまま、頭を横に振った。その動作は、トビアスの考えに対する異議の表明だった。

その態度に、苦笑いを浮かべたトビアスが、ほんの一瞬だけ視線を落とし、遠くを見つめるような表情を浮かべ、その後、口もとがゆっくりと緩んだ。

「マンジェスタの王太子に毒をくれてやったが、すぐに見破られた。おもしろみもない」

「殿下、お戯れはほどほどに」

トビアスの予測不能な行動に、ビーガーは目を見開くと眉間にしわを寄せ、憂慮と警告を含んだ声で深刻な苦言を伝える。

予想と違うビーガーの反応に、トビアスが驚きのあまり一瞬沈黙した。その後、彼の顔は驚きと困惑でゆがみ、まるで予想外の事態に直面したかのようだった。

重苦しい静寂が室内を包み込み、ビーガーの表情がいっそう引き締まる。彼はいつもとは違う、緊迫した面持ちでトビアスを見つめていた。

その目は、深刻な問題を解決するための不屈の闘志に満ちあふれていた。

「殿下、例のものを入手しました」

その報告を受けて、トビアスが期待と不安が交錯するような声色で問いかける。

「そうか。間に合うか？」

「すでに配下の者に命じ、手配させております」

ビーガーの即答は、揺るぎない確信と自信に満ちていた。

ビーガーの報告を聞き、トビアスの顔色が一変した。彼の顔は安堵と喜びで一瞬にして明るくなり、口もとがゆっくりと緩んで高笑いをする。

「やっと、馬鹿どもに誰が王にふさわしいか、わからせられる。フハハハハハ」

彼の圧倒的な勝利感と自己満足感に満ちた声が響いていた。

その様子をビーガーは、目を細めながら慈愛に似た眼差しで見つめていた。

しばらくの間、トビアスの高笑いが続いたが、折を見たビーガーが静かに問いかける。

「エレオノーラ様にお伝えはなさいますか」

「よい。母上には、正式に王太子となった時に報告する」と、トビアスが冷静に答える。

「殿下のお心のままに」

ビーガーが深くうなずき、胸に手をあてて尊敬と忠誠を込めた臣下の礼をとった。

突然、不安げな表情を浮かべたトビアスが、部屋を退室するビーガーへ問いかけた。

「なぁ、ビーガー。姉上を自由にしたのは間違いだったたか」

その問いかけは、彼の心の中に潜む不安と疑念をあらわにしていた。そのことに気づいたビーガーは、トビアスの不安を和らげるかのように優しく微笑んだ。

「ユリアーナ様は、殿下を裏切ることはございませんよ」

「そうだな。いらぬ心配をした。姉上のすべては俺のものだ」

トビアスが安堵の笑みを浮かべ、うれしそうにそう言った。

告発

「アルベルト様、こちらです」

深夜の闇に紛れるように、黒い影が、アルベルトをそこへ導く。

「これで、八個」

時限装置付きの小型の魔道具が、天井裏の隠れたスペースにあった。

その存在は、一見気づかないほど小さいものだった。

アルベルトは、ヴィリバルトから預かった一流の魔道具作りの職人ボフール製作の魔道具を手早く起動する。

キラキラと白い粉が舞い、小型の魔道具を包み、その機能を停止させた。

瞬時に凍らせる威力から、ヴィリバルトが魔法を提供したのだと確信する。

その力は、彼の期待をはるかに超えていた。

何度見ても幻想的な景色に感嘆の声をあげそうになるが、アルベルトは我慢した。

彼の心は、任務遂行に集中していた。

「時間がない。すぐに次を探せ」

「御意」

黒い影たちが、アルベルトの指示に従い、競技場の方々へ消えていく。

彼らの動きは、闇夜に溶け込むように静かで、速かった。

アーベル家の影。精鋭部隊が、その鼻を利かせ『武道大会爆破テロ』の阻止にあたっていた。

彼らの存在は、この危機を乗り越えるための最後の砦《とりで》だった。

ユリウス王太子殿下の容認をとったヴィリバルトが、ギルベルトに依頼したのだ。

その決断は、国家の安全を守るための必要な手段だった。

アーベル家の影が、他国で動く。

その意味は計り知れない。それは、彼らの影響力と能力を示していた。

アーベル家当主の決断に、否はない。

その決断は、家族の名誉と責任を背負っている。

アルベルトは、凍った小型の魔道具を見つめ、あの日、ユリアーナの告発を思い出した。

その記憶は、彼の心を痛くさせ、同時に彼の決意を固めた――。

＊＊＊

ユリアーナに案内された場所は、寂れた礼拝堂だった。

以前は孤児院として使われていたが、亜人の子供を保護していたことがわかり、閉院に追い込まれ、廃墟となった。

「私が訪問しなければ……」

ユリアーナは目を伏せ、言葉を詰まらせた。

その瞳は深い悲しみと後悔に満ち、肩は微かに震え、今にも倒れそうなほど弱々しく見えた。

庇護欲をかき立てる彼女の姿に、アルベルトは片腕に結ばれた赤いリボンを無意識に掴んだ。

「アルベルト様?」

沈黙するアルベルトに気づいたユリアーナが、声をかけた。

「すまない。なんでもない」

アルベルトは首を振り、一瞬だけ彼女の目を見つめた後、手を軽く振ってユリアーナに話を続けるよう催促する。

「ユリアーナ嬢、あまり長居はできない。本題に入ってほしい」

「あっ、はい」

ユリアーナは返事をするも、次の言葉をなかなか出せないでいる。

彼女の心は、混乱と不安でいっぱいだった。

すると、アルベルトが礼拝堂の椅子にゆっくりと腰をかけると、腕を組み目を閉じた。

彼の落ち着いた姿は、ユリアーナの心の混乱を鎮め、安定感を与える。

その行動に、ユリアーナは表情を隠すこともなく、涙ぐみながらも微笑んだ。

アルベルトの心意気が態度でわかったからだ。

彼の思いやりと理解が、彼女の心を優しく温めた。

ユリアーナの葛藤を理解し、心の整理ができるまで、急かすことなく、待つことを選択したアルベルトの厚意に感謝した。

ユリアーナは、祭壇前に膝をつくと祈りだした。

彼女の祈りは、彼女自身の心の平和と、アルベルトへの感謝を込めたものだった。


ユリアーナが祈り始めたことを察知したアルベルトは、別の問題について考え始めた。

彼はその新たな問題に全神経を集中していた。

それは時折、ユリアーナから発せられる微量の『魅了』に気づいたからだ。その『魅了』は、彼女の存在そのものから自然に発せられているものだった。

アルベルトは、彼女の行動から無意識に『魅了』を振りまいているように思えた。

ユリアーナの『魅了』は悪意がなく、感情がそのまま『魅了』に感化され、垂れ流されているようだ。

『まるで訓練されていない赤子のようだ』と、アルベルトは感じた。

ひとつの可能性を思い出す。その可能性は、彼の心の奥底に沈んでいた。

『本人が自覚していない可能性もある』と、ヴィリバルトが言っていたのだ。

しかしその可能性は、ほぼないとしてアルベルトたちは却下した。

それは、彼らの現実的な判断だった。

『ステータス』がある限り、外的要因で他者から干渉されたり、能力そのものが封印されていなければ、自身の能力を把握できないことはありえない。それは、『ステータス』が個々の能力を明確に示すからだ。

万が一、王族のユリアーナが他者の干渉を受けているとすれば、その犯人は王族しかいない。

その理由は、王族だけが彼女に接近する機会を持ち、長期間にわたる干渉が可能だからだ。

彼女の過去の背景から、弟のトビアスが怪しくも思えるが、ユリアーナの物心がつく前と考えれば、彼女の母親である側妃エレオノーラとの可能性が高くなる。

その推測は、彼女の生い立ちと家族の関係性から導き出された。

アルベルトは唇を強く噛みしめ、拳を固く握った。

このまま自覚しなければ、将来ユリアーナは精神が崩壊し、自身の能力にのみ込まれてしまうだろう。

その事実は、アルベルトの心を深く打ち、彼を動揺させた。

『魅了』などの精神干渉系のスキルは、幼少期から徹底的にコントロールを叩き込まれる。

徐々に汚染されていく精神との闘い。それこそが精神干渉系の能力の本質だ。その闘いは、自我を保つための避けられない試練だ。

だから、幼少期から力をコントロールして、能力にのみ込まれないようにするのだ。その訓練は、能力を持つ者にとって必須のものだった。

ユリアーナの年齢から考えれば、すでに汚染が進行している状況だろう。

この状況は、彼女の未来に対する深刻な懸念を引き起こすことが容易に想像できた。

『早急に叔父上へ相談しなければ……』

そう結論づけたアルベルトは、祈りを捧《ささ》げるユリアーナの姿を見つめた。

片腕にある赤いリボンが、静かに揺れていたことにアルベルトが気づくことはなかった。

祈りを終えたユリアーナは、ゆっくりと息を吸い込み、静かに吐き出した。そして、彼女はゆっくりと立ち上がり、アルベルトのほうへと向きなおった。

彼女の瞳は、祈りの間にさらなる決意に満ちていた。その視線は、アルベルトを直視し、彼の全注意を引きつけた。


「武道大会の爆破計画ですか」

「はい。そう耳にしました」

ユリアーナは淡々とその事実を口にした。その表情から静謐《せいひつ》な雰囲気が漂っている。

「目的は、マティアスの失態を他国の貴賓たちに見せ、継承権の剥奪を狙っているようです」

「なんて浅はかな……。失礼」

「いいえ。私も愚かなことだと思います」

ユリアーナはアルベルトを見つめ、彼の発言を肯定する。その姿勢から、彼女の感情が彼と同じであると読み取ることができた。

彼女はいったん言葉を切ると、「だけど、私はトビアスを守りたいのです」と、自嘲気味に言った。その言葉は、彼女の心の深い部分をあきらかにした。

強い意志を感じる金の瞳に、アルベルトは吸い込まれそうになるが、己を律するように、かわいいジークベルトの姿を思い浮かべ、踏みとどまる。

アルベルトは、彼女の強さと決意に深い感銘を受けていた。彼の片腕につけられた赤いリボンが静かに揺れている。

そのリボンは、彼女の心情を静かに映し出していた。

ユリアーナの告発は、あらゆる面でアルベルトを翻弄《ほんろう》した。

ヴィリバルトへの定期的な報告と指示。アーベル家が関与することの責任と重圧。それらは、彼の肩に重い負担としてのしかかっていた。

そしてなによりも、ユリアーナとの密会に心が躍る自身の心境の変化に戸惑いと共に、あきらめに似た感情が芽生え、アルベルトはそれをゆっくりと受け入れていく。

彼は新たな感情とその受け入れによって、混乱と同時に成長を遂げていた。

そんなアルベルトの様子に、ジークベルトを含めた家族が、とても心配していたことに本人は気づかないでいた。

「ご協力に感謝をいたします」

徐々に計画の全貌があきらかとなり、阻止に向けて動いていたアルベルトへ、ユリアーナが最後の情報を伝え、謝辞を述べる。彼女の言葉は、彼の努力と協力に対する深い感謝の意を示していた。

彼女の姿に見入りながら、アルベルトは『叔父上の懸念はない』と、安堵したように表情を緩める。ひとつの問題が解決した安堵感で、彼の心は満たされていた。

ヴィリバルトのもうひとつの懸念。精霊の関与については、ユリアーナとの幾度かの密会を通じて、アルベルトはないと結論づけた。

その結論は、アルベルトの緻密《ちみつ》な観察と分析にもとづいていた。

ヴィリバルトの『鑑定眼』でも視ることのできないユリアーナ。その特異性と謎は彼女に神秘的なオーラをまとわせていた。

古代魔道具や精霊の関与が考えられたが、ユリアーナの周囲には精霊の反応がなく、また彼女から奴隷術を施した精霊用の魔道具の感知もなかった。

それらの事実は、精霊の関与を否定する強力な証拠となった。

彼女を守っている魔法は、古代魔道具、もしくは、我々が知らない新しく作製された魔道具の可能性が高い。

それが彼女を守っているのだと、アルベルトは確信した。

ユリアーナは相変わらず、微量の『魅了』を振りまいているが、彼女の精神汚染は進行していないと、ヴィリバルトは断言した。

その断言は、アルベルトの心に平穏をもたらし、彼女の精神状態に対する安堵と希望を湧き上がらせた。


「実行日は、決勝戦当日だと言ったのですね」

「はい。マティアスの失脚を考えるには、絶好の機会だと話していました」

ユリアーナがアルベルトに向けて送るその眼差しには、アルベルトへの揺るぎない信頼がうかがい知れる。

「絶対に阻止してみせます」と、アルベルトは力強く返事をした。

「アルベルト様、どうかトビアスをよろしくお願いします」

ユリアーナは深く頭を下げた。

その一瞬の行動は、彼女の王族としての尊厳を超え、弟への深い愛情が垣間見えた。

ユリアーナの弟への思いに、アルベルトは心から共感していた。

ふとアルベルトの脳裏に、ゲルトの姿が鮮明に思い浮かんだ。

その思い出は、アルベルトの心を大きく揺さぶり、苦々しい感情が彼の心を駆け巡った。

思わず顔をしかめたその表情は、彼の内心の葛藤と苦悩をあらわにしていた。

「アルベルト様？」

アルベルトの様子が変わったことに気づいたユリアーナは、心配そうに彼の名前を呼んだ。

「いえ、私もユリアーナ嬢のように動けていればと、昔のことを思い出したのです」

アルベルトは、ゲルトの暴挙を止められなかった自身に対し、嫌悪感と後悔があった。

その後悔は、アルベルトの心の奥底に深く根差し、彼を苦しめていた。

ゲルトがジークベルトを見る目つきが尋常ではないことに、アルベルトは気づいていた。

その異常さは彼を不安にさせたが、家族だからという理由で、それを見逃してしまった。

その結果、ジークベルトに大きな心の傷を負わせ、ゲルトはアーベル家を離れてしまう。

その事実は、アルベルトの心に深い悲しみをもたらし、罪悪感を残した。

「アルベルト様は、後悔しているの？」

ユリアーナの問いかけに、アルベルトは頭を横に振り、強く否定する。

「いいえ。あの時の父上や叔父上の判断は間違っていなかった。私がそれに気づき動いたとしても、防ぎようがなかった。あの出来事は、起きるべくして起きたことだったと、理解しています」

アルベルトは力強く語り、その瞳からは彼の揺るぎない意志が伝わってきた。

その強さに、ユリアーナは思わず視線を逸らし、うつむいた。

彼の強さが彼女にとってはまぶしすぎて、一瞬だけ戸惑いを感じた。

「私は、それでも、トビアスを助けたいと願ってしまう」

ユリアーナはうつむきながら、小さな声でそうつぶやく。

「我々がどこまでできるかはわかりません。しかし、彼の悪行を止めることで、彼の延命につながる可能性はあります。あきらめずに、まずは阻止に注視しましょう。必ず成功させます」

アルベルトの力強い宣言に、ユリアーナは顔を上げる。

彼の言葉は、彼女の心に新たな希望の光を灯した。

「はい。アルベルト様を信じます」

金色の瞳が赤を映し、ユリアーナの手がアルベルトへ伸び、ふたりの手が重なった。

興味本位の果て

決勝トーナメントが始まった。

予選はバトルロワイアル式だったが、決勝は一対一の対戦方式となる。

六十四名が決勝トーナメントへの出場権を獲得し、六回戦へ勝ち進んだ者が勝者となる。

まずは四日間かけて三十二試合が行われ、そこで半数が敗退し、次に二日間で十六試合、続けて一日で八試合が行われる。その後は、中一日空けて準々決勝、準決勝、決勝の運びとなる。

全日程約二週間のスケジュールだ。


「あの子は棄権したのかな」

「ガウッ〈残念〉」

決勝トーナメント三日目、勝者の一覧に、控室の廊下で倒れていた彼の姿はなかった。

アルベルトたちと同日に開催された予選の組と考えれば、明日出場することはない。

治療後、すぐに俺たちは姿を消したので、彼の体の状態が気になっていた。

効果が高い『癒し』を施したが、いつも使用している『聖水』のほうが、効果があったのではないかと、彼が棄権したことも含め、とても気になった。

「ガウッ〈怪我治ったの、ハク見た。大丈夫〉」

肩を落とした俺に、ハクがそっと慰めの言葉をかけてくれた。

ハクの気遣いに、俺は「ハク」と言って、その体を抱きしめる。

隣で観戦しているディアーナは微笑みながら、シルビアは冷めた目で俺たちを見ていた。

「アル兄さんの試合は見事だったね」

ひと通り感情を整理した俺は、先ほど行われていたアル兄さんの試合について感想を述べた。

すると、方々から堰《せき》を切ったように、剣技の美しさ、火魔法の精密さ、それらをうまく活用する戦術の素晴らしさを称賛する声が届く。

そんな周囲の反応を、俺は当然の評価だと思う。

俺の前では、かなり癖の強いブラコンのアル兄さんだが、外に出れば、若手の有望株筆頭の第一騎士団の隊長で、冷静沈着、頭脳明晰、魔法と剣術に優れた超エリートなのだ。

今回同行したマンジェスタの面々には、そのイメージが、俺との接触で壊れてしまったようだが、決して俺のせいではない。

《多少はご主人様の責任でもあるかと存じますが?》

ヘルプ機能から辛辣なツッコミが入る。

そんなはずは……。

《ご主人様が公の場での態度を強く指摘すれば、アルベルトは控えたと考えられます。マン

ジェスタの団員に、これほど周知されることはなかったと存じます》
ぐっ。痛いところを突いてくる。
俺だって、アル兄さんに注意はしたんだよ。
だけどさ、あの、なんとも表現しがたい、絶望した表情を目の前でされたら、撤回するしかないだろ。
《ご主人様は優しすぎます。心を鬼にすることも時には必要です》
その場だけの妥協はよくないってことを、今回で学んだよ。
それで、調査は終わったのかな。
《はい。ある意味、ご主人様も、相当なブラコンですけどね》
うっ、だってしかたないだろ。
あの状態のアル兄さんを見たら、やはり心配するものだろ。
《たしかに、先日のアルベルトの言動は、いささか驚くものでした》
そうだろう。あのアル兄さんが、女性への贈り物をディアーナたちに聞くなんてね。
俺も目を疑ったし、たまたまそばにいたテオ兄さんが、『アル兄さん、なにか悪いものを口にしましたか』と、本気で心配していたんだ。
《ご主人様も、気が動転してアルベルトの発熱を疑ったり、『鑑定眼』を用いて状態異常を確認したり、最後は私に『これが現実であるか』と問われました》

あっ、その行動は忘れて。

動揺したんだよ。最も色恋に縁遠いと思っていたアル兄さんが、異国の地で親しくなった女性がいるなんて、どう考えても怪しいじゃないか。

俺は弟として、アル兄さんの心配をしただけ。まあ多少は、興味本位だったことも認めるよ。

《では、本題に移ります》

そこは無視するんだ。

《まず、ご主人様に謝罪をいたします。やはり私の能力が制限されているようで、全貌を把握することは難しく、不甲斐ない報告となります。申し訳ございません》

うん。気を落とさないで、ヘルプ機能。すべてを網羅できるとは思っていないよ。

ヘルプ機能は、『はじまりの森』で神界の干渉を受けてから、一部の能力に制限がかかっている。

シルビアいわく、『主様のイタズラじゃな。時が経てば解除されるじゃろ』と言っていた。

《お気遣いありがとうございます。では、報告を始めます。ユリアーナ・フォン・エスタニアについて》

ちょっと待て。

えっ!? アル兄さんのお相手って、ディアーナのお姉さんなの！

《調査した結果、アルベルトが、逢瀬を重ねている相手はユリアーナ・フォン・エスタニアで

した》

アル兄さん、またややこしい相手を……。

《ユリアーナの人柄などを調査しました。ユリアーナは、『博愛の第二王女』と国民に慕われ――》

俺の動揺を無視して、淡々とヘルプ機能の報告が始まった。

「複雑怪奇すぎる！」

「ジークベルト様？」

「なんじゃ、おぬし。突然声を出してびっくりするのじゃ！」

「ブッフ」

「ガウッ〈どうしたの？〉」

俺の突然の叫びに、武道大会を観戦していたディアーナ、シルビア、エマ、ハクが、それぞれ声をあげた。

観戦中であったことを忘れ、ヘルプ機能との会話に集中していた俺は、みんなの反応で現実に引き戻される。

「さっきの試合の魔術師の繰り出した無属性の魔法――」

適当な理由をあげてその場をしのぐと、両隣から、かわいそうな視線を浴びる。

「そっ、そうでしたか？」

「おぬし、頭は大丈夫かえ」

「すっ、すぐに拭くものを……あれ？　綺麗になっています」

「ガウッ！〈ジークベルトにはハクがついてる！〉」

俺の意見を肯定も否定もしない、いわば模範回答を返したディアーナに対して、訝しむシルビア。彼女とは、話し合いが必要のようだ。

「なんじゃ、悪寒がするえ」

隣から、悲観した声が聞こえる。

エマは、間が悪いことに、俺の声に驚いて口に含んだ飲み物をこぼしていた。

その後始末の途中に、俺が無詠唱の『洗浄』で、綺麗にした。

なんかごめんね。エマ。

ハクは、まあ、かわいいからよしとする。

各々の反応を見て、「そうかな」と、俺は苦笑いしながら、ごまかした。

そして、本日最後の試合に目を向け、押し黙った。

俺がそうすれば、自然と彼女たちも、試合に目を向け始める。

俺は奥底にあるもやもやとした気持ちを払拭するように、半ば、放心状態で試合を観戦した。

伯爵家に帰宅すると、俺は久しぶりの観戦で疲れたと言い、そうそうに客室でハクとふたりきりになる。

ハクは試合を見て、狩猟本能を刺激されたのか〈狩りに行きたい！〉と、俺の周囲を回り猛アピールしている。

そんな様子のハクに「大会が終わったらね」と頭をなでると、納得したのか、尻尾をピンと上げてご機嫌な様子で、お気に入りのソファに横になった。

ああ、ほんと、かわいくて、癒やされる。

ハクは俺の癒やしだ。

ベッドに上がる前に『洗浄』で体を清め、リネンに顔をうずめると、清潔感のある香りに、心が落ち着く。

「はあ、このままなにも考えたくない」

つい弱音が出るほど、課題が山積みなのだ。

体を回転して、無心で天井を見る。

「どうしたら、誰も傷つかないのかな」

答えのない輪の中に、迷い込んだようだ。

ヘルプ機能がもたらしたユリアーナ王女の情報は、俺には衝撃すぎて、頭を悩ませる。

もう情報過多で、頭の整理がつかない。

なにが正しくて、なにが悪いのか。

『ユリアーナの背景にはいくつもの疑問が生じます』

『ある時期を境にユリアーナは、国民から慕われるようになります』

『ユリアーナは魅了持ちであると考えられます』

『精霊の加護付きのリボンが、〝魅了〟を遮断しています』

『アルベルトは正常です』

『トビアスのユリアーナへの依存、いえ執着は病的なものと考えるべきです』

『ユリアーナは、婚約をしていません』

『トビアスに手を貸しているのは、帝国で間違いありません』

『帝国の者の中に、ハクを傷つけた魔法色の者がいる可能性が見受けられます』

『アーベル家の影がエスタニア王国に入っています』

『マンジェスタ王国は、他国の問題にアーベル家が介入することを黙認したと考えます』

さっき聞いたヘルプ機能の報告が、頭を駆け巡る。

ユリアーナ殿下が魅了持ちであることと、国民感情は偶然だとしても、トビアスの干渉が強くなった時期が気になる。

トビアスの暴挙の裏には、帝国がいる。自信の表れは、大きなうしろ盾があるからとも思えるが、なにか引っかかるんだ。

希少種で保護対象の聖獣であるハクを密猟しようとした魔術師が、手を貸している可能性も出てきたけど、そのわりには、俺たちへの接触がいっさいない。

すでに三年経ち、ハクのことはあきらめたと考えるべきか……。

それに、叔父が、それを知らないはずがない。

俺たちへそれとなく忠告をするはずだし、自由に行動を許可することも辻褄が合わない。

先日の謹慎は、必然ではなく、偶然だった。

「ああ、わからない！」

〈ジークベルト、大丈夫？〉

俺の叫びに、ソファでくつろいでいたハクが、心配そうに顔を覗き込んでいた。

その首もとに揺れる紫のリボンに、これも叔父の計らいだったことを思い出す。

俺の胸にも装飾のように鎮座している紫のリボン。

＊＊＊＊＊＊＊＊＊＊＊＊＊＊＊＊＊＊
精霊の加護付きリボン
効果：結界
説明：水の精霊アクアの加護がついたリボン。あらゆる状態異常から身を守る。物理攻撃にも多少の軽減作用がある。
＊＊＊＊＊＊＊＊＊＊＊＊＊＊＊＊＊＊

ディアーナのお土産を見た叔父が『これは好都合だね』と口にして、リボンを回収した翌日には各々にリボンの着用を厳命した。

不思議に思って、こっそりと鑑定したら、精霊の加護付きだった。

しかも、フラウ以外の精霊の加護付きに少し驚きもしたけど、ヴィリー叔父さんだからと、あの場は疑問には思わなかった。

どう考えてもこれは、ユリアーナ殿下への対処だと考えられる。

あの時点で叔父は、ユリアーナ殿下が魅了持ちであることを知っていたことになる。

競技場で、ユリアーナ殿下が登場した時に、『鑑定眼』を使用したのだと考えれば、納得がいくのだけど。

どうしても、なにかが引っかかるんだ。

俺の提供情報から、アーベル家が内乱に関与することは予想できた。

俺のために、父上たちは、他国の内乱を阻止する気でいるのだ。

どのような犠牲や結末をたどろうとも、ただ俺のために動いてくれる。

胸が苦しくなり、そばにいてくれるハクの胸に顔をうずめる。

どうしたら、どうしたら、誰も傷つかないで済むのか……。

そんな俺の甘い気持ちをあざ笑うかのように、時間だけが無情にも過ぎていく。

因縁

エスタニア王国の貴賓室の一室。

「設置した小型魔道具の反応が徐々に消えていると」

「はい」

「捨て置け」

「よろしいのですか」

「ああ。我々は依頼通りに魔道具を作り、設置を完了した。その後のことまで、責任はない」

マントの男はそう言うと、『収納』から魔約書を取り出し、報告した男に手渡した。

「見てみろ。魔約書は完了している」

効能をなくした魔約書。つまり契約は完了したことになる。

「失礼しました」

男が頭を下げると、魔約書をマントの男に返した。

「問題があれば、指示があるだろ。その指示に、俺が動くかどうかは別だがな」

「それは、どういう」

男の問いを遮るように、魔約書とは別の誓約魔書を手渡される。

男がはっとしたように、誓約魔書を『鑑定』すると、肩を震わせた。

「やっと、自由に。フリード様」

フリードと呼ばれたマントの男は、声を殺しながら泣く男を気にする様子もなく、淡々と問う。

「赤の動きはどうだ」

「動きはほとんどございません」

「ほとんどか」

「はい。数度、エスタニア王国から気配が消えました。おそらくマンジェスタ王国に帰国したのだと思われますが、足取りは掴めていません」

「時期尚早と考えるべきか」

フリードは、マントの中でブツブツとなにかをつぶやきながら、部屋の中を歩き回りだした。

しばらくして、彼の動きが止まると、男がフリードに尋ねた。

「どうなさいますか」

「いったん、傍観する。この国がどうなるか見るのも悪くない。武道大会からも手を引く。奴らに勝利をやる理由はもうない」

「かしこまりました。すぐに申し伝えます」

「あと、ユリアーナ王女から連絡があれば、取り次げ」

「ユリアーナ王女ですか」

フリードの指示に男が、首をかしげる。

すると、フリードの口もとが緩む。

「ああ、おもしろい女だ。使えるものは使う」

「かしこまりました」

フリードは男を下がらせると、ひとり漏らす。

「移動魔法を多用できるほどの魔力はないか。いまだ赤を鑑定することはできない。しかし、俺にはこれがある」

その言葉に反応するように、フリードの腕輪から、禍々しい魔力があふれ、暗闇が辺りを覆った。

貴賓室から、人の気配が消えた。

余波

そのニュースは、驚きと共に、各国に伝わった。

三年前の武道大会で優勝した帝国の選手エイが、決勝トーナメント二戦目に姿を現さず、試合は棄権と見なされ敗戦した。

帝国は、審議を申し入れたが、大会側はそれを受け入れず、敗戦を決定する。

帝国関係者は、陰謀や誘拐、犯罪などの関連性を強く主張した。

混迷を極めるかと思われたが、大会本部宛にエイ選手本人の『魔手紙』が届き、本人の意思のもと、棄権するとの連絡が入る。

帝国関係者は怒り狂い、特級魔術師を派遣してエイ選手を捜したが、いまだ彼の痕跡は掴めていないという。

武道大会において、帝国は上位常連だったため、その歴史に泥を塗ったことになる。

暗闇の中で、「ざまぁ、ないな」との男の声が、静かに聞こえた。

◇◇◇

「殿下、お疲れのようですね」

「とんだ番狂わせのせいで、我が国の関与が疑われたよ」

ユリウス殿下の肩にのっていたスラが、机に飛び降りると、殿下のお菓子に手をつけだした。

その姿に俺はぎょっとして手を伸ばし、机からスラを剥がす。

「ピィ〈クッキー〉」

「少し、我慢しようね。スラ」

俺の真剣な表情を見て、空気を読んだスラは、おとなしく俺の膝の上にのった。

「アルベルトは、どうした?」

「所用で出ています」

ユリウス殿下は叔父の説明に「そうか」と、いったん言葉を切ると、「ある噂が私の耳に入った」と言った。

続けて、「先方の了承を得ているので、相手にせず無視をしたが、はたから見ても狂気だ。本気なのか?」と、無表情で叔父に尋ねた。

叔父が「わかりません」と、首を振る。

殿下は、真意を探るように俺たちを見つめ、小さくため息をつくと、「アーベル家が受け入れるなら、口出しはしない」と、叔父に告げた。

その堂々たる振る舞いに、上に立つ者の風格が見え、俺は圧倒された。

「心遣いありがたく」

「口出しはしないが、報告はするようにと伝えてくれ」

叔父がかしこまった返事をすると、ユリウス殿下が早口でまくし立てた。

その主張に叔父が半笑いで答える。

「わかりました。殿下がとても心配していると伝えておきますよ」

「別に、心配などしていない。報告をしろと言っているんだ」

表情は変わらないが、語尾を強めて主張する殿下に先ほどの風格はない。

ユリウス殿下って、まさかのツンデレさんですか。

空気が変わったことに、いち早く気づいた殿下は、咳払いをすると本題に入った。

「明日より、連戦が行われることになった。アルベルトには、十分に気をつけるよう伝えてくれ」

「連戦とは、また、無茶をしますね」

「私は反対したが、主催国のひとりの主賓がやけに日程にこだわった。まるでその日が決勝戦でなくてはならない、そんな様子だった」

殿下は叔父をじっと見つめ、「まぁ、私には関係ないが」と言って、スラが口にしたクッキーに手を伸ばした。

俺は思わず「あっ」と、言葉が漏れてしまう。すると、ユリウス殿下が怪訝そうな顔で俺を見た。

「ジークも食べたいのかい」

「えっと、その、殿下のクッキーは、スラが口にしたもので、よければこれをどうぞ」

叔父の助け舟に、俺は慌てて状況を説明すると、魔法袋から新しいクッキーを出して、ユリウス殿下の前に置いた。

「ふっ。ジークベルトは、まだ子供だな」

「？」

ユリウス殿下の表情が緩むと、俺の出したクッキーに手をつけた。

殿下の行動に近衛騎士が、息をのんだのがわかる。

俺が周りの反応に戸惑っている中、隣にいるテオ兄さんが、そっとその理由を教えてくれた。

王族、特に大国の王太子は、必ず毒見をするのがあたり前で、俺の出したクッキーをそのまま食したことは、本来ならありえない行動だったようだ。

ちなみに、スラはその役目を買って出たそうで、ユリウス殿下の食事の際は、スラが毒見をしているようだ。

そういえば、アンナのスパルタマナー教室で、貴族は直接プレゼントをもらわない。侍女を経由するなんて、話があったと思い出した。

「ユリウス殿下、申し訳ありません」

真っ青な顔をして謝る俺に、ユリウス殿下は「気にするな。安心した」と言った。

えっ、それは、どういう意味。

困惑している俺に、叔父の手が伸び、俺の頭をなでる。

「堅苦しいルールだから、ジークが気にすることはないよ」

「叔父様、それはジークの教育上あまりよくないと――」

叔父の慰めに、テオ兄さんが反応すると、苦言を呈し始めた。

その間も、ユリウス殿下は食べる手を止めず、俺の膝の上にいたスラが、我慢できずに
「ピッ〈クッキー〉」と、殿下のもとに飛んでいった。

すごくカオスな状況に頭を悩ませる俺。あげくの果てには、「ジークベルト、このクッキー
はまだあるか?」と、ユリウス殿下が、俺に尋ねてきた。


しばらくして、ユリウス殿下が懐から書簡を出した。

「ヴィリバルト、陛下からだ」

叔父が殿下から書簡を受け取ると、その場で開き、書簡に目を通す。そして、納得したよう
にうなずきながら、書簡を『収納』に収めた。

「しかと、お受けしました。王家に感謝します」

ユリウス殿下は、それにうなずくと、淡々と述べる。

「我々はアルベルトの優勝を見届けた後、すべての予定をキャンセルし、直ちにマンジェスタ王国に戻る。それに伴い、任を解く。これは陛下からの勅命だ」

「御意」

叔父の返事と共に、俺とテオ兄さんも、頭を下げる。

「長居をしすぎた。王城に戻るとしよう」

ユリウス殿下は、そう言って席を立つと、俺に視線を向けた。

「ジークベルト、君の魔物をあと数日借りるよ」

俺が「はい」と返事をすると、机の上でまだクッキーを食べているスラに、「帰るぞ」と声をかけ、スラを肩にのせて歩きだした。

「ピッ〈主、また〉」

スラの甲高い声が部屋に響き、ユリウス殿下が部屋を後にした。


「叔父様、陛下の書簡にはなんと」

テオ兄さんが硬い表情をして、叔父に尋ねた。

「テオ、顔が怖いよ。ジークが怯えているじゃないか」

「ごまかさないでください。表面下で叔父様が動いているのを私もジークも知っているのです」

テオ兄さんの圧に、叔父は目を丸くするも、その成長を喜ぶかのように微笑んだ。

「まぁ、簡単に言えば、アーベル家の他国介入について、自国はいっさい関与しないってことだよ」

「そうですか」

叔父の回答に納得したのか、テオ兄さんの圧が弱まる。

俺は「ふぅ」と、そっと息を吐いた。間に挟まれている俺は、気が気でなかった。

テオ兄さんが本気で切れたら、大変なんだからね。気をつけてほしいよ。

俺の心配をよそに、叔父がテオ兄さんにぶっ込んだ。

「それで、極秘で兄さんから依頼されていた『ザムカイト』の件は、目星がついたのかな」

「叔父様！」

テオ兄さんが叔父をとがめるように非難する声を出した後、急いで俺の様子をうかがった。

あっ、俺に聞かれたらまずいやつ。作戦Aとか B とか言ってたあの件ですね。

それにしても、『ザムカイト』って、変な名称だな。

《ザムカイトとは、世界的にも有名な裏組織です》

あっ、そうなんだ。

裏組織って、なんか危険なにおいがするけど。

《ザムカイトは血族で構成され、高い技術と能力で世界各地で活動しています。主な活動は、秘密裏での依頼が多く、その半数が暗殺や密猟など、犯罪と関連があります》

そうなんだ。だから、父上たちが、俺を遠ざけようとしていたんだね。

俺はヘルプ機能から情報を得つつ、気の毒そうにテオ兄さんを見た。

叔父の突然の発言に、なにかを察したテオ兄さんが、口調を強めて叔父に尋ねた。

「なにをしたのですか」

「少しね、懐かしい魔法色を見つけてね」

イタズラ心に満ちた表情で答える叔父に、テオ兄さんが深刻な顔で片手を額にあて、再度語尾を強めて尋ねた。

「なにをしたのですか」

「彼らが作成した魔道具を壊して、あっ、これはアルがね。私の周囲を探る者がいたから、ちょっとしたまじないをかけたんだ」

悪気なく話しだした叔父が、途中でなにかを思い出したのか、言葉を切る。

そして、あらぬ方向を見ながら、「それが、ちょっと失敗してね。関連する誓約魔書を切ったみたい」と、気まずそうに告げた。

「なにをしているんですか！」

テオ兄さんの怒声が、部屋中に響いた。

「国際問題となったらどうするのです！　まさかっ！」

「その、まさかだね。私も今気づいたよ」

叔父には珍しく、歯切れが悪い。

「どうするのです。現にもう各国を巻き込んでいますよ」

「いや、でも彼らにとっては、帝国の鎖から抜け出せてよかったのでは。現に行方をくらましたようだし」

えっ、おいおい。

それってさっき、殿下が報告しに来た帝国の選手のことじゃ。

「もともとザムカイトと帝国は、つながりがあったからね。それが密となり表立ったのが三年前。まさか帝国の代表として、ザムカイトの者が出場するとは思いもしなかったよ」

当時の様子を思い出すかのように叔父が告げ、「おそらく、誓約魔書が切れたことで自由になったんだろうね」と言った。

「だからといって、他国の誓約魔書に関与するなんて……。父様にはこのことは」

「それとなく」

「してないんですね。すぐに私が報告をします。ほかに隠していることは？」

「ありすぎて、わからないなぁ」

あっ、テオ兄さんの顔が能面となった。

「叔父様とは、じっくり話し合う機会が必要なようですね」

「テオは、怖いね、ジーク」

えっ、そこで俺を巻き込まないでください。

二次被害にあう前に、俺の心情を伝える。

「俺もヴィリー叔父さんが、悪いと思います」

「だそうですよ。叔父様」

テオ兄さんが、妖艶に微笑んだ。

ジリジリと迫る圧に、ふたりの間にいる俺は気づいた。

心情を伝える前に、席をはずすのが正解だった。そう後悔したが、すでに遅し。

切れたテオ兄さんを遮ることはできず、叔父と一緒に、報連相の重要性を説かれ、解放されたのは数時間後となった。

準々決勝

「皆様、大変お待たせしました。準々決勝、第四戦を開始します」

競技場内に、アナウンスが流れると、人々が、競い合うように我先に席へ戻っていく。

満席の観客席から、拍手が起こり、出場選手の登場を今か今かと心待ちにしている。

「マンジェスタ王国の若き貴公子。彼の有名なアーベル家の嫡男アルベルト・フォン・アーベル。対するは、魔法都市国家リンネの刺客。氷使いのスヴェン」

出場選手のコールに、会場内の熱気は高まり、歓声で空気が揺れた。

「氷と火、どちらが優勢なんだろう」

「ふむ。甲乙つけがたいが、術者の技量で決まるかのぉ」

ジークベルトの疑問に、シルビアが顎に手を置きながら思惑する。

「なるほど、力比べか」

シルビアの答えに、ジークベルトは納得するようにうなずいた。

「見応えのある試合となりそうですね」

「そうだね」

ディアーナが、期待に満ちた目を向けて、試合会場に上がる出場選手ふたりを見た。

序盤からリンネ産の魔道具を使用し、試合を己の有利な展開へ持っていったスヴェンは、試合会場全体を氷で覆った後、アルベルトの鈍い動きを見て勝機を確信する。

「アーベル家も、しょせんはこんなものか」

スヴェンが嘲るように、体の半分が凍ったアルベルトを見る。

アーベル家。

世界の国々が恐れ、敬う。唯一の家。

その配下は、数千にも及び、世界を動かしているという。

「やはり噂は信憑性にかける——」

『業炎』

次の言葉をつなぐことはなく、スヴェンは炎に包まれた。

それは一瞬の出来事だった。

炎が舞うと、凍ったはずの試合会場の地面が割れ、ところどころに水蒸気が漏れ、会場全体の気温を押し上げた。

そして、先ほどまで無傷で立っていたスヴェンが、意識をなくし倒れている。

「審判。彼の容態を早く確認したほうがいい。適切に処置しなければ、後々、後遺症が残る危険性がある」

静まり返る会場で、アルベルトの声に反応した審判が、すぐに医療班を呼ぶ。

「勝者、アルベルト・フォン・アーベル」

そして、アルベルトの勝利を宣言した。

運び出されるスヴェンを前に「申し訳ない。加減を間違えた」と、アルベルトは申し訳なさそうな表情で発した。

その後、すぐに背を向け反対側の出口へ足を向けるアルベルトに、観客たちから盛大な歓声が送られた。


「ふむ。なかなかやるではないかえ」

「圧倒的な強さでしたね」

「一瞬でした！」

「ガルッ！〈すごい！〉」

各々が感想を述べる中、ジークベルトが発言していないことに気づいたディアーナが、

「ジークベルト様？」と、彼の様子をうかがった。

ジークベルトのその顔は、大きな紫の瞳を丸くして輝かせ、あきらかに興奮した様子が見て取れた。

そしてすぐ感情を爆発させるように、ジークベルトは立ち上がり叫んだ。

「すっ、すごく、かっこよかった！」

「ジークベルト様⁉」

「なんじゃ⁉」

「ほぇ」

突然立ち上がり大声で試合の感想を述べ始めたジークベルトに、三人は困惑する。

「ねぇ、見た。炎魔法だよ。いつの間にアル兄さんは、習得したのかな。前に見学したテオ兄さんとの模擬戦は、火魔法が主流だったんだよ。匠の技でしのいでいたけど、今回は力技でねじ伏せた感じだよね。まだ未完成なのかな。制御がうまくいっていないのかな。それでもあの威力はすごいよね」

「ガルッ！〈すごい！〉」

ハクがジークベルトに便乗すると、さらにジークベルトが熱演する。

「だよね、ハク。氷が一瞬で消えたんだよ。会場の気温も上げて、氷と炎は対極的なものだけど、ここまで圧倒的な力の差を見せられると、アル兄さんの本気は底が知れないよね。どんな訓練をしたのかな。成長途中の俺の体でも耐えられる修練かな。大会が終わったら、手合わせしたいよね」

「おぬし、落ち着くのじゃ」

シルビアが会話の隙をついて、ジークベルトに声をかけるも、興奮状態のジークベルトを止めることはできない。

「えっ、えっ、落ち着いてるよ。俺にもできるかな。修練したらできるかな」

「ガウッ！〈ハクも！〉」

「そうだね。もっと鍛えて、強い魔法を使えるようになりたいね。それにね――」

ハクと会話を続けるジークベルトの姿を呆然と見続ける三人娘。

シルビアが、そっとディアーナに声をかける。

「のぉ、小娘」

「なんでしょう。シルビア様」

「あやつは、戦闘狂なのかえ」

「私もあのように興奮したお姿を見るのは初めてで……」

「ふむ。エマはどうじゃ」

「わっ、私も、姫様と同じく初めて拝見します」

「ヘルプ機能はどう思う」

「『ヘルプ機能？』」

「む。なんでもないのじゃ」

《駄犬》

「なんじゃと、喧嘩なら、ぐふぅ」

《ご主人様から、駄犬の『遠吠え禁止』の許可権限をいただいて幸いでした。興奮状態にあるご主人様の姿も素晴らしい。記録に残さねばなりません。時間が経った後、冷静になり、黒歴史に頭を悩ませるご主人様もまた然り》

急に口をハクハクさせ、話さなくなったシルビアに、ディアーナとエマは顔を見合わせると、『いつものことね』とアイコンタクトで笑い合う。

そして目の前ではしゃぐジークベルトの意外な一面に、『ジークベルト様も男の子なのだわ』と、ふたりの意見が合致した。

次の試合が始まるまで、その光景は続き、周囲からの生暖かい目でジークベルトが冷静になった後、彼の顔が赤く染まり、頭をかかえて「黒歴史」とつぶやいている姿が目撃される。

アルベルトの準々決勝は、彼の圧倒的な強さを他国に見せつけた試合となり、末弟の黒歴史を更新させる試合となった。

罠

試合を終えたアルベルトは、選手控室に向けて歩いていた。

頭の中でリフレクションを繰り返し、実戦で初めて使用した炎魔力や試合展開など、反省点と課題をあげていた。

炎魔法の制御が甘く、発動までに時間を要した点は、修練を積むしかない。

しかし、序盤の試合展開は、事前に防げていた。しかも、対戦相手の肩書に踊らされた感がある。

アルベルトは、選手控室の扉の前で立ち止まり、納得するように一度うなずく。

事前の情報が不十分だったと反省し、情報収集能力を高める必要があると判断する。

ふと、腕にある赤いリボンが激しく揺れていることに、アルベルトは気づいた。

「これはっ」

とっさに赤いリボンを掴み、周囲を警戒する。

アルベルトに渡された赤いリボンには、もうひとつ、効果が付与されていた。

その効果は『同調』。水の精霊アクアが施した精霊魔法を感知できる魔法だ。

控室の扉の前で、どうするべきかとアルベルトは悩む。

『罠にみすみすはまるのも一興か。膠着状態を打破するきっかけになるかもしれない。しかし……』

告発後、アルベルトは、『武道大会爆破テロ』の阻止に全力を注いだ。

その行動もあって、競技場内に設置された小型魔道具は、ほぼ撤去された。

今はアーベル家の影が、小型魔道具が残っていないか、ほかに怪しい魔道具が設置されていないか、競技場内を再捜索中だ。

撤去した小型魔道具は百を超え、首謀者が本気で競技場を爆破させる計画だったと、アルベルトたちは確信している。

告発がもう少し遅ければ、アーベル家の影が動かなければ、ボフール製作の魔道具がなければ、少なからず被害があったといえる。

しかし、疑問もある。これほどまでに大がかりな計画を立て、実行しているのに、第三者からの妨害は想定していなかったのか、小型魔道具を撤去しても相手側に動きがなかった。

ちぐはぐな印象に、大きななにかを見落としているのではないかという切羽詰まった思いがアルベルトにはあった。

「アルベルト様、どうなさいました？」

背後から突然声をかけられたアルベルトは、とっさに身構え、警戒態勢に入る。

「ユリアーナ嬢。どうしてこちらに？」

「トビアスが動いたようで……」

周囲を気にしながら話すユリアーナに、警戒心を緩めたアルベルトは、すぐ彼女へ警告する。

「すぐにお戻りください。ここは危険です」

「なにかあるのですね」

聡いユリアーナが、選手控室を見て、アルベルトに目配せする。

それにアルベルトはうなずいて答えると、彼女は音を立てずに後退し始め、一度も振り向くこともなくその場を去った。

腕の赤いリボンが、いまだ激しく揺れているのを見て、『彼女はやはり無関係のようだ』と安堵したアルベルトは、再び控室の前で静止した。

すると、アーベル家の黒い影が姿を現す。

「アルベルト様、彼の配下の者たちが控室に入り、しばらくしてから出ていきました」

ユリアーナが言っていた、『トビアスが動いた』に関係しているのだろうと、アルベルトは思った。

「中の様子は？」

「いえ、確認できておりません」

影の回答に、アルベルトが怪訝そうに影を見る。

「配下の者と入れ違いに、ひとりの女性が中に、アルベルト様！」

影の言葉を遮り、アルベルトが緊迫した顔で控室の中に入っていった。

思わず影が、アルベルトの名前を呼び、静止を促したが、その歩みを止めることはなかった。

控室の奥まった場所で、女性が気を失って倒れているのを発見したアルベルトは、躊躇なく駆け寄る。すぐさま彼女の脈や呼吸を確認し、息があることに安堵した。

その間も、腕の赤いリボンは激しく揺れ続け、敵の罠にまんまとはまった自身に苦笑いする。

『敵は、俺の性格を熟知しているようだ』

そう思いながら、魔法袋から『回復薬』を出し、女性の口もとにあてる。

すると、女性から光があふれ出し、アルベルトもろとも光に包み込まれた。

「アルベルト様！」

影が取り乱した口調で、アルベルトの名を呼び、そのそばへ寄ろうとすると、強圧的な声がそれを止める。

「近づくな。俺は大丈夫だ。なにか羽織るものを持ってこい。叔父上に報告を」

「すぐに」

アルベルトの指示に、すぐさま影たちが動きだす。

全身を覆う光に「『回復薬』が、起爆剤だったか」と、自嘲気味な声を出す。

腕の赤いリボンは、役目を終えたように静止していた。

準決勝

「ジーク、元気がないね」

「うっ、ヴィリー叔父さん、わかっていて聞いているんでしょ」

昨日の醜態を思い出し、俺は赤くなった顔で、叔父を睨みつける。

大人たちの生暖かい目を思い出し、なんとも言えないむずがゆい気持ちになる。

「大人びていたかわいい甥が、まだまだ子供だってことに喜んでいるんだよ」

「うっ、なんとでも言ってください」

叔父が、俺の頭を優しくなでる。

そんなふうに優しくされても、俺の心は簡単になびかないんだからね。

「それより、準決勝前に呼び出した理由はなんでしょう」

観客席に着いた途端に、『報告』で俺を呼び出した叔父は、以前作製した『異空間』をつくるよう指示した。

昨日、叔父の気配が、伯爵家になかったことも含め、なにか緊急の用ができたのだと想像できる。

「うん。ちょっと厄介なことになりそうなんでね」

叔父の緩んでいた頬が引き締まり、空間内の雰囲気が変わったのを俺は肌で感じる。

「厄介なことですか」

「うん。昨日、アルが襲われた」

「えっ⁉」

告げられた内容に、俺は目を丸くして驚いた。

いやだって、昨日のアル兄さんはいつもと変わらず、俺が『試合すごくかっこよかった』

『今度一緒に修練したい』と話したら、上機嫌で何度も俺を抱き上げては回転させ、一向に離そうとしなかった。

今日の朝食の席でも、にやけた表情で俺を見つめていて、普段と変わらなかったと思う。

「襲われたといっても、怪我はなかったしね」

俺は「よかった」と、ほっと胸をなで下す。

「ただね、精霊が関与しているっぽいんだよね」

「えっ⁉」

叔父の爆弾発言に、思考が停止した。

この人、今なんて言いました？　精霊が関与しているなんて、言いませんでしたか？

《はい。ヴィリバルトは、精霊の関与をほのめかしましたが、断言はしていません。しかしながら、この発言は関与が非常に高いと確信があるようです》

ヘルプ機能が、俺の心の声に答えてくれる。

ありがたいことだけど、ねぇ、ヘルプ機能。なんで昨日は、俺を止めてくれなかったのかな。

《………。黒歴史、万歳》

なるほど。身内に敵がいたのか。

「精霊の意思なのか、従わされてやっているのか、そこがわからないから問題だよね」

「ヴィリー叔父さん。それって精霊を隷属しているってことですか」

「その可能性が高いと私は思っているよ」

叔父の目が細くなり、口角が上がる。その赤い目から、怒りが滲み出ていることに、俺は気づく。

精霊を奴隷にすることは、世界で禁止されている行為だ。

約八十年前、奴隷術を用いて横行した精霊狩り。人々の欲望によって精霊たちは傷つけられ、怒り狂い、その膨大な力で世界中の国々に天変地異を引き起こした。

人々と精霊の間に生じた大きな亀裂は、世界の過ちとされており、子供たちは幼い頃からそれを教訓として学ぶのだ。

「準決勝に出場した国は、帝国の属国が二か国。あとはディライア王国と我が国だ」

「ディライア王国って、数日前突然伯爵家を訪問してきたサンドラ王妃の国ですよね」

「そうだね」

叔父の頬が引きつったのを俺は見逃さない。

サンドラ王妃、元マンジェスタ王国の第一王女で、叔父の親衛隊『赤貴公子会』の初代会長でもある人だ。

武道大会がエイ選手の棄権で中断されている間、先ぶれもなく突然彼女が、バルシュミーデ伯爵家を訪問し、叔父に突撃していった。

叔父が物理的な圧力に負けて、たじたじになっているさまは、はたから見るとおもしろかったが、矛先が俺に変わった時は、心底怖かった。

ディアーナたちの鉄壁の守りで、俺は難を逃れたけどね。

生命力にあふれたとてもパワフルな人物だったが、知らせを聞いたユリウス殿下が、サンドラ王妃の首根っこを掴んで連れ帰ったのも、とても印象的だった。

「ディライア王国の関与はかなり薄いけど、帝国の属国が気にはなるね」

叔父の意見に俺は賛同する。

サンドラ王妃が率いているディライア王国の関与はないと思う。

あの人柄では暗躍できそうにないし、もし側近が悪事に手を染めていたなら、速攻で締め上げそうだしね。

「精霊を隷属させるには、奴隷術が必要になる。闇の魔術師で呪魔法が使用できる者となると、おそらく『ザムカイト』の者が関与している」

「それはなぜですか」

「闇の魔道具が、裏で頻繁に出回っていたんだ。その出所は、ほぼ帝国を経由していた。帝国の魔術師で、闇魔法を得意としている者は少ない。その中で、呪魔法を習得できる者がいるとは考えづらい。闇魔法を得意とするザムカイトが、関与していたと考えていいだろう」

「なるほど」

叔父の説明に俺は納得する。

魔道具の供給がザムカイトを介していたのならば、精霊を隷属する闇の魔道具を手に入れることもたやすい。

「しかし彼らは、帝国から姿を消した。その後に、アルが襲われているんだよね」

叔父は深刻な表情で、言葉を切り出した。

その表情から、なにか重要なことがあるのだと感じ取った俺は、叔父に説明を促すように見つめ、口を開く。

「術者がいなくても、魔道具が壊れなければ、精霊を隷属できるのでは」

「そこはね。アルの襲撃で使用された魔法が、精霊魔法と闇魔法なんだよ」

「闇魔法ですか」

「そうなんだよ。私の把握では、武道大会の関係者で、高度な闇魔法を使えるのは、ジークとザムカイトの者だけだ」

叔父の断言に「それは……」と、俺は言葉を失った。

要するに、叔父の把握していない第三の人物がいるということだ。

「今のところ、実質的な被害はアルだけだから、術者を特定するのが難しい」

「実質的な被害って、どういうことですか」と、俺が問いかけると、叔父がとても軽い調子で言った。

「あぁ、自業自得とはいえ、アルは火魔法と炎魔法を一時的に使用できなくなっちゃったんだよ」

「えっ!? それ大問題じゃないですか!」

「まぁ、アルだし、大丈夫だよ」

俺がひとりで混乱している中、叔父の視線の先には、試合会場に足を踏み入れたアル兄さんの姿があった。

準決勝が、始まろうとしていた。

◇◇◇

アルベルトは対戦相手を前に、昨日のヴィリバルトとの会話を思い出していた——。

『火魔法と炎魔法が、一時的に使用できなくなっているね』

『そうですか』

ヴィリバルトの診断に、アルベルトは気にした様子がなかった。

『それより、女性は無事でしたか』

『詳しく聞かないでいいのかい』

『叔父上が、あまり問題視していないようなので、後遺症もないと判断しましたが、なにかあるのでしょうか』

アルベルトは、さもありなんといった態度で、疑問を口にした。

その態度に、ヴィリバルトは苦笑いをこぼした。

『君は本当に子供と女性に弱い』

『母上の教えでもありますから、自分より弱い者に手を差し伸べることは、上に立つ者としてあたり前です』

胸を張って堂々と答えるアルベルトを、ヴィリバルトは、まるでまぶしい者を見るように目を細めると、小さなため息をついた。

『はぁ、義姉さんの教育の賜物だよ。彼女の体には異常がないよ。拘束はさせてもらったけどね』

『それはしかたありません』

ヴィリバルトの処置に、アルベルトは大きくうなずいた。そして、安堵したかのように、肩の力を抜いた。

アルベルトを襲った光は、精霊魔法と闇魔法が混在している『混合魔法』と呼ばれるもので、一般の魔術師で繰り出せる代物ではない。

他者の能力に干渉し、その能力を封印する力は、聖魔法、呪魔法といった上級魔法だ。精霊を隷属していることから、術者は、相当な腕前の闇魔術師で、光の精霊が隷属されていると考えるのが妥当だ。

加害者の女性は、ただ単に駒として使われた被害者であり、そこに彼女の意思はなかったと思われる。なぜなら、彼女の胸もと付近には、奴隷紋が刻まれていたからだ。

痩せた体や、皮膚の状態から判断しても、日常的に暴力を振るわれていたことがわかる。

アルベルトが、回復薬を彼女に飲ませたのも、体の負担を考えての優しさからだ。

回復薬を体に摂取することで、魔法を起動させる。

敵はアルベルトが回復薬を彼女に飲ませることを想定した上で、計画を立てていた。

アルベルトの性格を熟知している。敵の情報収集力は、アルベルトたちが考えるより長けているようだ。

『アル、明日の試合はどうする』

『あまり得意ではありませんが、土魔法で距離を縮め、接近戦に持ち込みます』

『うん。それがいいね。遠隔戦だと相手の魔術師が優位に立つ。その前に討つことが望ましいね。長期戦に持ち込み、相手の魔力切れを狙うのも戦略的にはありだけど、今日の炎魔法で相手が短期戦を見越し、全力で攻撃してくる可能性もある。アル、気をつけるんだよ』
『はい』

――手で血を拭いながら、『叔父上の予想が的中したな』と、アルベルトは思う。

序盤から怒涛の魔法攻撃を浴び、土魔法の『土壁』で防御していたアルベルトだが、とうとう対戦相手フランク・ノイラートの風魔法、『狂風』が防御壁を壊した。

アルベルトの頬から、うっすらと血が滲む。


フランク・ノイラート、帝国の属国ヴィンフォルクの代表選手で、予選から準々決勝まで危なげなく勝ち進んできた。

魔属性は風のみ。洗練された風魔法と技量、風魔法のスペシャリストと称していいだろう。

幾度かアルベルトが、接近を試みるも、ノイラートがそれを読み『飛行』で、空へ逃避する。

隙をついた攻撃もかわされ、ノイラートが、戦い慣れていることがわかる。

「アルベルト・フォン・アーベル！　なぜ火魔法を使わない」

上空から、ノイラートの怒声が聞こえる。

その声に反応して、アルベルトが顔を上げると、いくつもの『疾風』が舞い降りアルベルトめがけて飛んでくる。

それを剣でいなしながら、次の攻撃へ備えるアルベルトの姿にノイラートは、さらに声を荒らげた。

「火魔法を使えと言っている！」

彼は額に筋を浮かべながら、アルベルトを睨みつけた。

ノイラートが、怒るのもしかたがない。対戦相手が得意とする火魔法を出し惜しみしているのだ。

アルベルトが、ノイラートの立場なら、同じく憤慨するだろう。

「そうか、俺との試合は全力を出す気にはならないと」

火魔法を使う気配がないアルベルトに、ノイラートは落胆した様子を見せ、アルベルトを軽蔑する。

本来の実力を出せないアルベルトは、それを否定することができないため、沈黙する。

その後、ノイラートの風魔法をアルベルトが防ぐ、攻防戦が続き、戦いは平行線をたどる。

すでに一時間以上、試合時間が経過していた。

アルベルトもノイラートも、魔力が底をつき始め、接近戦に入るも、ノイラートの卓越した戦闘能力が全面に出た。

彼は槍の使い手でもあった。剣を槍で押さえる様子は、鬼気迫るものがあり、ノイラートの実力を証していた。

アルベルトは、難敵を前に、思わず笑みがこぼれる。

「なにがおかしい！」

アルベルトの笑みに、ノイラートが反応する。

「家族以外の相手で、本気の剣を交えるとは……なんて楽しいんだ」

アルベルトはそう言うと、全身の力を抜く。

一見無防備に見える構えだが、どこを突いても隙がない。動けば確実に反撃にあうことが予想でき、ノイラートは動けなくなった。

大量の汗が、ノイラートの額から流れる。

それを拭うことも許されない緊迫した状況の中で「化け物め」と、ノイラートが苦し紛れに発した。

何度イメージしても、アルベルトの間合いに入れば、負ける。そのイメージを払拭できないノイラートは、自身の負けを悟るしかない。

しかし、ここでなにもせずに負けるのは、己の仁義に反する。

ノイラートは、アルベルトへ向け、渾身の一撃で、槍を突いた。

「見事だ」

ノイラートが、地面に倒れた。

「勝者、アルベルト・フォン・アーベル！」

競技場内に、勝者の名前が告げられる。

満身創痍の姿で立っているアルベルトは、拳を握りしめ勝利を掴んだことを喜んだ。

アルベルトの準決勝が終わった。

◇◇◇

手に汗を握る熱戦を制したアル兄さんが、会場の出口付近でふらついた。

「アル兄さん！」

目ざとくそれに気づいた俺は声をあげる。

もうそれだけで、俺は居ても立ってても居られなくなり、観客席から走りだした。

「ジークベルト様！」

「おぬし、どこへ行くのじゃ」

「えっ、え、え」

「ガウッ〈ハクも〉」

三人の戸惑う声を背に、ハクを連れて選手控室に急ぐ。

アル兄さんが、火魔法を一時的に使えなくなったのを、俺は叔父から聞いていた。

それは試合直前であったが、叔父が俺に話すタイミングはもっと早くてもよかったはずだ。

叔父は、意図して俺に話さなかった。

それは俺が、家族に俺の秘密を隠しているからだ。きっと俺ならアル兄さんにかけられた魔法を解除できたはずだ。

俺はまた判断を間違えてしまった。

大切な人をなくすことを、後悔しないと誓ったはずなのに。

「ガゥ？〈大丈夫？〉」

突然足を止めた俺に、ハクが寄り添うように俺を見上げる。

俺の頬を涙がとめどなく流れる。感情が揺れ動いて、平常心を保つことができない。

「どうして俺はこんなにも弱いのだろう」と、ぐっと唇を噛みながら、俺はつぶやく。

すると「そんなことはないよ」と、慣れ親しんだ声が聞こえ、うしろから優しく抱きしめられた。

「ジークは優しすぎるんだよ。でもそれでいいんだよ」

「テオ兄さん」

俺をいつも肯定してくれるテオ兄さん。その包容力が、うれしい反面、俺を苦しめる。

「ジークのタイミングでいいんだよ」

俺の心の葛藤に気づいたテオ兄さんが、優しく諭した。

その言葉に、俺は全身の力が抜ける。

あぁ、俺がなにかを隠しているのは、家族も気づいているんだ。

今までの家族の態度が腑に落ちて、心の重荷が少し軽くなった。

「ピーッ〈主、スラきた。もう大丈夫〉」

「ガウッ！〈ハクも！〉」

テオ兄さんの肩の上からスラが降りてきて、俺の頭の上で存在を主張し、ハクが尻尾を俺の足に絡ませる。

俺が泣き笑いしながら、「ふふふ、そうだね。ありがとう」と、テオ兄さんの腕をぎゅっと掴んだ。

「スラは、ユリウス殿下のもとを離れて大丈夫なの」

「ピッ〈ヴィリバルトがそばにいる〉」

「スラが急に騒ぎだして、大変だったんだよ。叔父様がね、ジークが泣いているかもしれないって言ってね」

「ヴィリー叔父さんが……」

俺は頬がサッと赤くなるのを感じた。

叔父は、俺の思考と行動をよく理解している。

本当にかなわない人である。

「僕もつい本気で、『倍速』を使って追いついたんだ」

「えっ⁉」

「まぁ、ほんのわずかな時間だし、バレてないと思う」

テオ兄さんが、あっけらかんとした様子で、まるで何事もなかったかのように告げる。

競技場内で、魔法を施行するのは御法度で、正当な理由がなければ、相当重い罰が下される。

俺が少年に施した『癒し』のように、わからないように隠蔽しているのだろう。

俺は家族に愛されているなぁと、改めて実感する。彼らの優しさや支えがあるからこそ、今の自分がいるのだと感じた。

テオ兄さんとたわいない話をしている間に目的の選手控室に着いた。選手控室を覗くも、アル兄さんの姿はなく、テオ兄さんと共に救護室へ向かう。

「MP回復薬の所持を怠るなんて、アル兄さんにも少なからず動揺があったってことかな」

「テオ兄さんは、いつ知ったのですか」

「昨日の夜だね。アル兄さんに突然土魔法を教えてくれって、懇願されてね。夜遅くまで、土魔法の修練に付き合わされたよ。俺もニコライも」

「そうなんですね」

目に見えて落胆する俺を見て、テオ兄さんは優しい微笑みを浮かべる。

「アル兄さんは、自分の弱いところをジークに見せたくなかったんだよ。アル兄さんの土魔法はね、火魔法と比べて、まったくといっても過言ではないぐらいダメでね」

「そうなのですか」

「うん。ジークのほうが上手だよ。たった一日でよくさまになったものだよ。本当に」

テオ兄さんの言葉を遮るように、突然ハクとスラが声をあげた。

「ピッ！〈アルベルト！〉」

「ガウッ！〈アルベルト！〉」

視線を前に向けると、柱の影にアル兄さんのうしろ姿を見つけた。

俺が「アル兄さん！」とたまらず呼びかけると、アル兄さんは驚いたような表情で振り返り、その後うれしそうに笑顔を見せる。

「ジークにテオも、どうしたんだ」

元気そうな姿のアル兄さんを見て、俺は安堵のあまり全身の力が抜けてしまう。

そんな俺の様子に気づいたテオ兄さんが、そっと俺の肩に手を置いた。

「はじめまして、皆様」

アル兄さんのうしろから、やわらかくも凛とした声が聞こえた。

そこにいたのは、お忍び姿のユリアーナ殿下だった。

初めてユリアーナ殿下と対面した俺は、言いようもない嫌悪感に襲われた。

ユリアーナ殿下が近づいてくると、それに反応するように、ハクとスラが、彼女に対して警戒心を強め、身構えるような態度を見せた。

「ガルゥ！〈近づくな！〉」

「ピッ！〈危険！〉」

彼女の無意識な『魅了』が、防衛本能を刺激したのだと思う。

ハクたちの反応に、アル兄さんが戸惑った表情で、「どうしたんだ、ハク、スラ」と近づくも、彼らが警戒を解く様子はない。

「嫌われてしまったのかしら」

ユリアーナ殿下は心配そうな表情で、不安げにつぶやく。その声には寂しさと残念さが混じっていた。

「申し訳ありません。人と関わることがあまりなく、初対面で動揺したのだと思います」

テオ兄さんが、ハクたちの行動をフォローした。

しかし、このままハクたちを近くに置くのは危険だと判断したのだろう。

「ジーク、そろそろ行かないと次の試合に間に合わないよ」と、俺を急かした。

俺はテオ兄さんの言葉に従い、アル兄さんたちに別れを告げると、足早にその場を去った。

俺たちがアル兄さんたちから離れて、彼らの姿が見えなくなると、ハクとスラは警戒心を解いてリラックスした様子になる。

「『魅了』に反応したようだね」

「はい。とても気持ち悪い感じがしました」

「ガルゥ〈気持ち悪い〉」

「ピッ！〈嫌！〉」

「わかるんだね。ハクもスラも、とても敏感なようだね。これは困ったね」

テオ兄さんが、眉間にしわを寄せて困ったようになった。

そのすぐそばで俺は、別のうなり声をあげる。

【鑑定がレジストされました】

ユリアーナ殿下を鑑定した結果が、これだった。

鑑定が無効化されたこの事実をどう受け止めたらいいのか。彼女にいったい、なにが起こっているのだ。

俺は途方もない迷路に迷い込んだ感覚に陥る。

問題は蓄積されていく一方だ。

表と裏

アーベル家、エスタニア王国内某拠点に、赤い髪をしたふたりの人物が姿を現した。

ヴィリバルトとテオバルトだ。

彼らの雰囲気は普段の温かさや親しみやすさがなく、鋭い目つきと冷たい態度で周囲を圧倒するような印象を与えた。

影が、ふたりを一室へ案内する。

彼らが部屋に入ると、窓際にあるベッドの上に痩せこけた女性が静かに座っていた。

「気分はどうだい」

「……」

ヴィリバルトが女性に声をかけたが、彼女は無言のまま、なんの反応も示さない。

「目覚めてから、この状態のようです」

テオバルトが、影からの情報を伝える。

「精神を完全に壊されているね。生きてはいるが、感情のない人形だね」

女性は口を半開きにして、まっすぐ一点を見つめているも、目の焦点は合っていない。

「新薬の実験台になったようだね。初めから捨て駒だったか、とても残念だよ」

ヴィリバルトは女性に向かって、感情のこもらない冷たい目で見つめ、意味深な言葉を発した。

その言葉に、テオバルトが反応する。

「知り合いですか」

「少しね。アルの善意で体は回復したけど、心が壊れていてはね。存外、残酷なことをしたね」

ヴィリバルトの言葉の端々から、女性に対する嫌悪が感じられる。

テオバルトは、女性がヴィリバルトの逆鱗に触れたのだと想像した。

「叔父様、どうしますか」

テオバルトの問いかけの意味を正しく理解したヴィリバルトは、遠回しに言葉をつなぎ、思案したかのように答える。

「彼女に話を聞くにもこの状態ではね。記憶を覗いても、肝心な部分は視れないだろうし……。エリーアス殿下に、彼女の処遇を決めてもらおう」

「エリーアス殿下にですか？」

ヴィリバルトの判断に、テオバルトが目を見開き驚いた。

「彼なら、適切な判断をするだろう」

「では、すぐに連絡をとります」

テオバルトは、ヴィリバルトの真意をくみ取る。

エリーアスが導くのにふさわしい人物かを、アーベル家に牙をむくものかどうかを、試しているのだ。

「テオ、頼むよ。あと、アルには秘密にね」

「わかっています」

当然という態度を示したテオバルトに、ヴィリバルトが感心する。

「テオは、覚悟ができたようだね」

それに答えることを、テオバルトはしない。

アルベルトは表を、テオバルトは裏を引き継ぐ。生まれた時より決まっていたことに、不服はない。

アーベル家のために。今は、ジークベルトのために。

テオバルトは無言のまま、先に部屋を後にした。


部屋の中で女性とふたりになったヴィリバルトは、深い闇に包まれた瞳で、彼女をじっと見つめ続けた。

その視線は、彼女の心の奥底まで届いているかのようだ。

「ジークベルトなら、きっと君を助けるだろう。残念ながら私は慈悲深くなくてね」

ヴィリバルトの冷たく、無機質な声が部屋中に響き渡り、女性の名前を呼ぶ。

「人の欲は身を滅ぼす。自業自得だよ。ダニエラ・マイヤー。優しい夢の中で、生涯を終えるがいい」

女性騎士ダニエラが、それに答えることはない。

動きだした闇

「エリーアス殿下！　テオバルト殿から、至急面会の連絡が入りました」

夕食を終え、就寝の用意を始めていた矢先、侍従のルートヴィヒことルイスが喜色満面《きしょくまんめん》で寝室へ入ってきた。

その内容に表情を変えることなく、エリーアスは「そうか」と答えた。

主人の反応にルイスは、おやと眉をひそめる。

エリーアスはお忍び用の服を用意するよう指示し、椅子に腰を掛けたまま目を閉じた。


エリーアスがテオバルトに協力を求めてから、かなりの時間が経過していた。

その間、彼からの接触はもちろん、連絡さえいっさいなかった。テオバルトはエリーアスに、なんの返事もしなかったのだ。

エリーアスは、『アーベル家に不要と判断され、見限られた』と思っていた。

しかしここにきて、テオバルトから緊急の要請が届いた。

武道大会の決勝を明日へと控えた夜に、わざわざコンタクトをとってきた意図をエリーアスは考える。

『本日の試合で、アーベル家の嫡男が、なぜか火魔法を使用しなかったが、そこに起因するなにかがあるのだろうか』

『それとも、マティアスの王位継承権を脅かすなにかが起きたのか』

『ただ単に私の協力の回答を伝えに来た。今さら？』

『相手の思惑が見えない。これで立志に協力とは、誰も従わないだろう』

エリーアスは自分の思考力の低さ、情報力のなさに、自嘲気味な笑みが漏れる。

かけ慣れた眼鏡が重く感じられ、そっと触れてもとの位置に戻した。

『ここでぐだぐだ考えてもらちが明かない』

ルイスがお忍び用の服を寝室へ運んできたのを確認し、エリーアスは椅子から立ち上がった。


夜の闇が深まる中、彼らはテオバルトが指定した場所へと足を運んだ。

辺りは静まり返り、人影はまったく見あたらない。エリーアスとルイスは周囲を見回し、人の気配がないことを確認した。

「ルイス、指定場所に間違いはないんだね」

「あっ、はい。この『魔手紙』が指す方向へとの指示でした」

ルイスが手もとの魔手紙をエリーアスへ渡した。魔手紙を受け取ったエリーアスは、ひと目見てこの魔手紙が、普通のものとは違うことを感じ取った。

アーベル家の底知れぬ力を見せつけられたようで、背筋が冷えるほど恐ろしい感覚を覚えた。

そこに突然、大きな魔力の波動を感じ、エリーアスたちは警戒する。

「ルイス、下がれ」

「殿下。私が盾になります」

ルイスの力強い声が、エリーアスに届くと同時に、赤い髪の青年が姿を現した。

その立ち姿に、安堵と共に長いため息が漏れた。

「驚かせてしまい、申し訳ございません」

テオバルトは、彼らが恐怖していたことに気づき、申し訳なさそうに目を伏せて謝罪した。

しかし時間も空けずに、エリーアスに対して申し出る。

「エリーアス殿下、申し訳ございませんが、我々の拠点へ来ていただきたく、目隠しをしていただけませんか」

「テオバルト殿、それは無理なお願いです。エリーアス殿下が護衛もつけず、城外へ出たことだけでも異例なのです。それを目隠しして連れていくなんて、もってのほかです！」

「それを重々承知の上で、お願いしています」

テオバルトはルイスの反論を意に介さず、落ち着いた口調で話すと、ただエリーアスだけを見つめた。

その物言わぬ目が、エリーアスを試しているように思えた。

「必要なのですね」

「はい。傷ひとつ加えないと誓います」

エリーアスの問いかけに、テオバルトは深くうなずいて、彼を安心させるように言葉をかける。

「わかりました」

「エリーアス殿下！」

ルイスの非難めいた声に、エリーアスは優しく微笑んだ。

「ルイス、君はここで待っていなさい」

「いいえ、私も一緒に行きます」

しかしルイスは、即座に否定し、エリーアスの前で臣下の礼をとった。

「では、こちらを」

ふたりのやり取りを尻目に、テオバルトが魔道具と思われる布を渡すと、エリーアスが、躊躇なく眼鏡をはずした。

暗闇の中でも、その変化に気づいたテオバルトが、胸に手をあて敬意を伝える。

「エリーアス殿下のご覚悟、しかと、テオバルト・フォン・アーベルが受け取りました」

テオバルトが突然敬意を表したことに、ルイスは驚きと困惑が入り混じった表情を浮かべる。

その様子を感じ取ったエリーアスは、優しく微笑みながら、ルイスに声をかけ促した。

「置いていくよ。ルイス」

慌てて目に布を着けたルイスをテオバルトが確認すると、彼はやわらかな口調でふたりに伝えた。

「それでは行きましょう」


そこからは早かった。

『移動石』を使って、アーベル家の拠点に到着すると、建物の中に入り、少し歩いてから、部屋に入ることができた。

テオバルトが合図を送ると、エリーアスたちは視界を遮る布を取りはずした。

彼らの目の前にある窓側のベッドには、痩せた女性が静かに座っていた。

女性の顔に見覚えがないエリーアスは、隣にいるルイスに目配せをする。ルイスは眉間にしわを寄せながら、ゆっくりと口を開いた。

「だいぶ痩せていますが、ダニエラですね。たしか、新しく加わったディアーナ殿下の護衛騎士のひとりだったと記憶しています」

ルイスの説明に、エリーアスは無言でうなずき、じっとダニエラを見つめる。

彼女は痩せ細っており、その体は細くて折れそうなほど弱々しい。ダニエラの姿は、かつて鍛え上げられた筋肉質の護衛騎士とはほど遠いものだった。

「彼女の本来の名は、ダニエラ・マイヤー。父親の不正で取りつぶしとなった元男爵家のご令嬢で、現在は母親の生家に身を寄せている商家の娘です」

「なっ、ありえません。平民の娘が、ディアーナ殿下の護衛騎士となるなんて」

エリーアスたちが抱いていた疑問に対して、テオバルトは冷静に事実を語り始めた。

話の途中で、ルイスが驚きの声をあげるも、テオバルトはそれには目もくれず、話し続ける。

「ダニエラは、ビーガー侯爵の推薦で護衛騎士となりました。その後すぐ、ディアーナ殿下たちと一緒に行方不明に」

「まさかっ」

「そのまさかです。ディアーナ殿下を襲ったのは彼女です。反乱の首謀者と接点があります」

テオバルトの断言に、エリーアスたちが驚きと衝撃で息をのむ様子が伝わる。

「コアンの下級ダンジョンで身柄を確保することはできず、行方を捜していました。そして一昨日《おととい》、我が兄アルベルトへ接触し、精霊魔法と闇魔法を兄へ向けて使用しました。兄はその影響で、火魔法を一時的に使用できなくなっています」

「精霊魔法と闇魔法の混合魔法……」

エリーアスは、その話を聞いて、事の重大さに気づき、体が震えるのをただ抑えることしかできなかった。

なおもテオバルトの話は続く。

「少なくとも今回はダニエラの意思で、魔法を行使したのではありません。彼女の体には奴隷紋がありました。回復薬が起爆剤となり、魔法が解除されたと聞いています。これは仮定ですが、彼女の体を媒体に魔法が施されており、回復薬を体に摂取することで、精霊魔法と闇魔法を解除する仕組みだったのでしょう。後で詮索されないよう、術後に彼女の体から奴隷紋が消えたのだと考えています」

　エスタニア王国では、奴隷は合法だ。ただし、奴隷紋をつけている奴隷は数が少ない。なぜなら、奴隷紋をつけられるのは一部の呪術師だけだからだ。

　エスタニア王国内で、奴隷紋の取りはずしが容易にできる呪術師がいるという話を、エリーアスは一度も耳にしたことがない。

奴隷紋は、相手に隷属を強いることができる手段であり、所有権を主張できるものである。もともと奴隷ではないダニエラに奴隷紋を施し、道具として使用した後、詮索されないために、意図的に奴隷紋を消した。

　ダニエラの背景には力のある首謀者がいて、彼女を不要と判断し切り捨てたことが、テオバルトの説明でわかった。

　だとすれば、彼らがエリーアスに求めているのは、王族としての処断だ。

「アーベル家はダニエラの処遇の判断を私に一任するのですね」

「はい」

エリーアスの答えに、テオバルトは神妙な面持ちで静かにうなずく。

「ダニエラへの罰は、生きることですね」

「エリーアス殿下！」

テオバルトの話が事実だとすれば、ダニエラの行為は極刑が適切な判断である。

それにもかかわらず、エリーアスの判断は存命。

ルイスは、エリーアスの処断に対して異議を唱えるよう、批判的な声をあげ、主人の考えが変わることを願った。

「処刑することは簡単だ。すでに彼女は意思がないのはあきらか。私たちの会話に顔色ひとつ変えず、呆然と前を見ている。精神になんらかの負荷がかかっているのだろう。幽閉して生涯を終わらせるのが、常人であったダニエラへの罰となる」

「素晴らしい洞察力ですね。現在の彼女は、帝国で開発された新薬の実験台の結果、精神を壊されています」

パチパチと拍手を送りながら、テオバルトに似た赤い髪の端正な顔の男が、室内に入ってきた。

彼は優雅に歩みながらも、その表情はどこか冷たく、人を圧倒する覇気をまとっていた。まるで王者のような風格があった。

「赤の魔術師」

「初めてお目にかかります。エリーアス殿下」

「あなた方は、私の味方となってくれますか」

突然のエリーアスの質問に、ヴィリバルトを取り巻く空気が少し和らいだ。

しかし、彼はそれに答えることなく、自分の要件を伝える。

「きなくさい動きが、城内であります」

「トビアスがとうとう動きましたか」

「えぇ、残念ながら、国王の寝室は闇と化しました。エスタニア国王は、もって数日でしょう」

エリーアスは、淡々とした表情で、自分に与えられた情報を受け入れた。

その落ち着いた態度を見て、ヴィリバルトは「覚悟をしていた様子だ」とほのめかした。

「一週間前に、陛下の寝室で動きがあり、状況を見守っていました。今朝、急変との報告が入り、いずれそうなるだろうと予測していました」

「なるほど。その病も、もとから計画されていたものだったとしたら、あなたはどうしますか」

ヴィリバルトの衝撃的な発言に、エリーアスは動揺する。

彼はその先の真実を知り、恐ろしさと悲しみに心が覆われた。

自分の体が小刻みに震える中、エリーアスは目を閉じて深呼吸し、自分自身を落ち着かせると、決意を固めた。

◇◇◇

エスタニア王国、王太子の執務室。

そこには、王太子であるマティアスが、苛立った様子で、側近を問いつめていた。

「どうして、私に報告がない」

「トビアス殿下から、武道大会開催中はいらぬ心配はさせないようにと、伝達が回っておりました」

側近の言い訳に、マティアスが怒りに任せて、バンッという大きな音を立てて机を強く叩く。

「だからといって、陛下の容体が急変したとの報告がないとは、言い訳にもならない。私はこの国の王太子だぞ。療養中の陛下に代わり、国を治める者だ」

「申し訳ございません」

側近が頭を下げて謝罪する姿を見て、マティアスの胸が痛む。

自分が成人していないから、ほかの勢力に侮られるのだと理解していた。バルシュミーデ伯爵が反乱の責をとらされたのも、自分に力がないからだと責めていた。

成人まで、あと三年。短いようで長い。

マティアスは、内乱が避けられないと考え、そのための準備をひそかに進めていた。

しかし、彼は国王の病気がこんなにも早く進行するとは予想していなかった。彼は自分の考えが甘かったことに気づき、唇を噛む。

「もういい。すぐに陛下と面会する」

「なりません。陛下の寝室は、何人も寄せつけられません」

「なにを言っているのだ」

マティアスは側近の言葉を聞いて、その内容が信じられず耳を疑った。国王の急変ではなく、国王の寝室でなにかが起きたのだと、マティアスは瞬時に理解した。

マティアスは執務室の椅子から立ち上がり、足早に部屋を出ようとした。しかし、彼の側近たちは彼を引きとめ、「殿下、行ってはなりません」と言った。

彼らの必死な形相に、ただ事ではないなにかが起きたとわかる。それでもマティアスは、王太子として国王の寝室に行き、その目で状況を見極めなければならない。

「道を開けろ。これは命令だ」

マティアスの威厳に満ちた声が部屋に響き渡る。

彼の姿勢は堂々としており、側近たちはそれに従うように、道を開けた。

「殿下、これ以上は近づいてはなりません」

国王の寝室を守る近衛騎士が、強い口調で静止を促した。

マティアスの前には、闇に包まれた国王の寝室があった。

暗闇が視界を妨げ、中の様子を見ることもできない。

「これはいったい、どういうことだ」

マティアスの困惑に対して、現場を見分していた宮廷魔術師が説明する。

「陛下の寝室を中心に、全方位で闇魔法の『漆黒』が使用されています」

「『暗闇』の上位か。解くにはどれぐらい時間を要する」

「わかりません。現在、闇魔術師をくまなく捜している状況ですが、『漆黒』は闇魔術師でも、使用できる者が限られております」

宮廷魔術師の説明を聞いて、マティアスは、ぐっと言葉をのみ込んだ。

ここで彼を問いつめたところで、事は変わらない。そう自分に言い聞かせて、マティアスは心を落ち着かせる。

「陛下の容体が急変してから、どれぐらいの時間が経った」

「一週間前に侍従が陛下の異変に気づき、聖魔術師が寝所を訪ねたとあります。その後治療を続け、今朝、急変したとの記録があります」

側近が記録を見ながら、マティアスに答える。

「それに立ち会った者は」

マティアスの問いかけに、側近は一瞬目を逸らし、少しのためらいの後に口をゆっくりと開くと、静かに答えた。

「トビアス殿下です」

「そうか、兄上が立ち会ったか……」

そう言ったきり、マティアスは沈黙した。

彼の表情からは、あきらかに動揺していることがうかがえた。その様子を見て、側近が彼の気持ちを察して、優しく声をかけた。

「殿下、そろそろ戻りましょう。明日の武道大会の決勝に影響が出ます」

「決勝は、延期する」

「それはなりません」

「なぜだ。主催国の国王の命の期限が迫っている状況だ。各国はそれを受け入れるだろう」

「主催国である我々が、強行日程を提案し、各国に通達したのです」

側近は首を横に振り、真剣な表情で同意を求めるようにマティアスへ話し始める。

「多くの国が、この強行に対して我が国へ不信を募らせています。ここで延期となれば、さらに印象を悪くし、我が国の信用は地に落ちます。強いては、殿下の王太子としての地位が危ぶまれます」

側近の言葉に、マティアスは苦虫を噛みつぶしたような表情をする。

彼は深く考え込み、やがて口を開いた。「では、どうすればいいのだ？」と不安げな声で問いかけるが、誰もそれに答えることはない。

彼の側近たちは、ばつが悪そうな様子でマティアスを見つめていた。

その様子に耐えかねたマティアスは、声を荒らげて叫んだ。

「兄上はすべてを知った上で、武道大会の日程を強く勧めたのだな。これは兄上の策――」

「殿下！　これ以上の言動はお控えください。証拠がございません」

側近たちは慌てて、マティアスの言葉を遮った。彼らは必死な様子で、マティアスの怒りを鎮めようとする。

「証拠だと、現に今目の前で、父上が……」

マティアスは肩を落とし、静かな口調で項垂れる。

十三歳の少年の嘆きに、周囲の者たちはかける言葉が見つからず、ただ黙って立ち尽くしていた。


重々しい空気が流れる中、エリーアスが颯爽と現れた。

エリーアスは従者しか連れておらず、その姿勢は決意に満ちあふれている。彼の目には強い意志が宿っており、その存在感は圧倒的だった。

彼の変わりように周囲の人々が息をのむ。

「マティアス、君は武道大会へ行きなさい」

「エリーアス兄上。しかし……」

「もう手遅れだ。陛下の衰弱具合を考えれば、もって数日だろう」

エリーアスは、淡々とした表情で、陛下の衰弱具合が深刻であることを語る。

彼の声は静かで落ち着いており、彼が話す内容は事実にもとづいていることがマティアスに伝わった。

マティアスは深い悲しみと絶望の中で、表情をゆがめる。その様子に気づいたエリーアスが、マティアスの肩をぐっと引き寄せ、優しく抱きしめた。

そして彼の耳もとで、「ここは私が必ず守る。安心して武道大会へ行きなさい」と諭した。

敵対勢力だと認識していたエリーアスの行動に、困惑するマティアスだが、彼の胸の中はおのずと安心できた。

これまで、エリーアスとの接点はほとんどない。彼が無関心を貫いていたため、マティアスは彼に近づこうとはしなかったからだ。

しかし、今ならエリーアスを信頼することができる。

マティアスは彼の腕の中でうなずいた。

それを確認したエリーアスは抱きしめていた腕の力を緩め、覚悟を決めた表情でマティアスを見る。

「すべてを終えた後、必ず戻ってきなさい」

「はい。エリーアス兄上」

エリーアスの力強い言葉を受け、マティアスは泣きそうな顔を引き締めて答えた。

その表情を見て、エリーアスが優しく助言する。

「マティアス、笑うのだ。平然と笑って勝者の健闘を称えておいで」

「はい。エリーアス兄上」

マティアスの不自然な笑顔は、エリーアスの心を強く痛めた。

だけれど、それでいいのだと、エリーアスは思う。

王族として、国家の主として、これ以上、他国に醜態を見せることはできない。

これが、未来のエスタニア王国のためになると確信していた。

そしてエリーアスは誓う。

兄と敵対することを受け入れた上で、弟を必ず守ると。

＊＊＊

時はエリーアスが、アーベル家の拠点に入る前にさかのぼる——。

「私が知り得たダニエラ・マイヤーの情報は以上だよ。影からの情報と違いはあるかな」

「違いといえばいいのか。影の情報は、主に常人だった時の彼女の性格と行動が多いのですが……」

ヴィリバルトとテオバルトは、互いの情報を共有していた。

テオバルトは報告を続けながら、困惑した顔を浮かべ、その目には疑問や混乱が見える。

「情報では、いささか思い込みが激しい女性であったようです。自分は貴族だと周囲に伝えていたようですね。母親をはじめとした商家の者が、何度も注意をしたようですが、幼少期の経験が記憶に残り、そのまま今に至ったようです」

「へぇ、おもしろいね」

その情報は、ヴィリバルトの興味をそそったようで、彼の赤い目が輝いた。

その様子を横目で確認したテオバルトは、『また叔父様の悪い癖が出ている』と、あっけにとられる。

「最近は、孤児院での慈善活動にも力を入れるようになり、安心したようですが、その動機が、将来の妃になるためで、『白馬の王子様が迎えに来る』と言っていたそうです」

「はははっ。その白馬の王子様は、マティアス殿下なんて……そうなのかい？」

ヴィリバルトは笑いながら冗談めかした様子で発言するも、テオバルトの微妙な表情を見て、驚き目を見開いた。

「王太子のお披露目の馬車を見ていた彼女が、『やっと出会えた。私の王子様』と口にしたと、複数の使用人から証言を得ています」

テオバルトが、真面目な顔でその事実を告げた。

なんとも言えない空気がふたりに漂う中、ヴィリバルトが話題を変える。

「ディアーナ様を襲った理由に結びつかないね。妹になる人だよ。んー。ビーガー侯爵との接点は？」

「ありません。しかし、彼女が慈善活動をしていた孤児院が、トビアス殿下の命令でつぶされています。その時に接点を持った可能性はあります」

「それはちょっと、結びつけるには苦しいね。彼らは特権階級の意識が強い。平民の彼女が近づくのも嫌がるはずだよ」

ヴィリバルトの意見に賛同するように、テオバルトが大きくうなずく。

「なにか見落としがないかもう一度、洗ってみます。しかし、彼女は有能ではあったようです。短期間で護衛騎士としての能力を身につけています」

「そこだよね。彼女が妃になるという自覚があったのなら、首謀者は彼女に指示を受け入れさせることができる立場の人間であるはずだ。ディアーナ様の襲撃に失敗した時、彼女が口走った『あの方』は、かなり高い身分の者と推測される。それは王族、あるいはそれに準ずる者だろう」

「裏魔道具の件も含めると、そうなりますね……。叔父様、なにかありましたか？」

突然、ヴィリバルトが怪訝な表情を浮かべる。

しかし、その直後に彼の口角が上がり、笑みがこぼれたことに気づいたテオバルトが声をかける。

「これは、想像を超えてきたね。エスタニア国王の寝室で、強力な闇魔法が使用されたようだ」

「謀反ですか」

その異常な状況に、テオバルトの顔は険しく引き締まり、厳しい表情に変わる。

その一方で、ヴィリバルトは落ち着いた態度で、余裕を見せながら、それを否定した。

「いや、違うだろうね。エスタニア国王は、まだ生きている。このまま処置しなければ、もって数日だね」

テオバルトは、ヴィリバルトに向かって「どうしますか」と問いかけ、彼の判断を仰いだ。

「我々が関与しても、遅かれ早かれ、国王は死す。エリーアス殿下には連絡を入れたのだろう」

「はい。特製の『魔手紙』で、至急の連絡を入れています」

「なら、彼らが来てから動いても遅くはないね。テオ、国王の話を詰めよう」

ヴィリバルトの判断にテオバルトは従い、国王の情報を話し始める。

「国王の容体が悪化し、表舞台から姿を消したのは約半年前です。持病があったわけではなく、突然体調を崩したそうです」

「帝国の接触時期を考えても、仕組まれたと考えるべきだね。王族に効く毒でも手に入れたのだろう。まあ、身内の犯行だろうね」

ヴィリバルトは、なにもなかったように平然とした表情でそう述べた。

テオバルトはそれに対して答えることなく、話を続ける。

「国王の状態から盛られた毒は、徐々に体を衰弱させ強い痛みを伴う毒と考えられます。王族に効く毒であれば、よほどの聖魔術師でしか癒やすことはできません。私怨と考えるにしても、相当な恨みを持っているように思えます」

「そうだろうね。エスタニア王国は、なにより国王の権限が強い国だ。不平不満を持っている臣下は多いだろう」

ヴィリバルトの言葉に同意するようにテオバルトは一度うなずくと、影からの情報を伝えた。

「国王と王妃たちの関係を調べました。まず、シャルロッテ王妃は、デビュタントの日に今のエスタニア国王に見初《みそ》められ、求婚されています。父親であるブルーム公爵が、その場で断りましたが、国王の執着は相当なものだったようです。ブルーム公爵家を巻き込んだ大騒動となり、領民にまで被害が及んだことを知った王妃が、渋々嫁いだとの話です。当時の正妃には相思相愛の婚約者がおり、その者は王家により粛清されています。王妃は、自分と同い年の娘の母親となり、親と同年代の男に嫁ぐことに抵抗もあったことでしょう」

「まあひどい話だね」

「はい。調べれば調べるほど、国王の非道で残虐な行為が出てきます」

そう言って、テオバルトが眉をひそめる。

国民を蔑ろにし虐げ犠牲にして栄えた国。権力者が力を持つことの典型的な問題が、国王の動きからわかる。

「次に、エレオノーラ側妃は、国王に望まれて初めは正妃となりましたが、子供をなかなか授からず、苦労したようです。婚姻して四年後に待望の第一子ルリアーナ王女、現在のベンケン夫人を産み、その七年後に、ユリアーナ王女を産んでいます。ふたり目も王女だったため、王はアグネス側妃を娶《めと》りました。若く美しい側妃を王が寵愛したことに、彼女は怒り、まだ十代の側妃に対して、彼女はさまざまな権力を使い、陰湿な嫌がらせをしたようです。結果、一年先にトビアス殿下を産んでいます。ただこの時期、彼女には不名誉な噂が流れています。ビーガー侯爵と恋仲ではないかとの噂です」

「どろどろの展開だね」

あきれた口調のヴィリバルトに対して、テオバルトは苦笑いを浮かべる。

「続けますね。トビアス殿下が王太子になり、彼女の地位は安泰でした。しかし、国王がシャルロッテ王妃を見初めた。エレオノーラ側妃は国王から側妃になるか、離縁するかの選択を迫られました。彼女は屈辱だったと思います。上の娘と同じ年の令嬢に、王妃の座を奪われたのですからね。その後すぐに王妃は懐妊。マティアス殿下が生まれ、トビアス殿下は王太子からはずされました。彼女は、国王よりも、王妃への恨みが強いと思われます」

「王妃は、災難としか言えないね」

テオバルトは静かにうなずいた。

影の情報によれば、王妃は何度も危険な目にあい、命を狙われていることがあきらかだった。

「アグネス側妃は、伯爵家の援助と引き換えに国のために嫁ぎました。待望の世継ぎをとの周囲の期待は相当なものだったようです。エレオノーラ側妃の度重なる妨害に心労した末、エリーアス殿下を産みました。その後は、エレオノーラ側妃を刺激しないよう、エリーアス殿下と慎ましく静かに王宮で暮らしていたようです。ほかに突出した話はありませんね」

テオバルトが報告を終えると、ヴィリバルトはゆっくりと目を閉じ、深く考え込んだ。

彼は腕を組み、静かに座っていたが、心の中ではさまざまな思考が渦巻いているようだ。

ふとテオバルトは、先ほど手紙を送ったエリーアスを思い浮かべた。

「エリーアス殿下も同じならどうしますか」

「そうなれば、捨て置きたいよね。まぁ、できないけどね」

その質問に、ヴィリバルトは嘲笑を浮かべながら冷たく言葉を吐き捨てる。

「手っ取り早いのは、本来の継承権一位のディアーナ様が女王となり、王配には適任の人材をあて、我々は手を引く。冗談だよ、冗談。テオ、顔が怖い怖い」

ヴィリバルトの発言にテオバルトが厳しい表情で答える。

「叔父様の冗談は、冗談に聞こえません」

「しかしねぇ、この国の闇は深いね。つぶれればいいのにさ」

「それでは無関係な国民が傷つきます。王家や貴族が国の領土を守り民が支える。その図式が壊れれば、多くの人々が路頭に迷うことになります」

テオバルトの反論に、ヴィリバルトは含みを持った笑顔で言った。

「いっそう、我々が取り込むかい」

「それはいい考えかもしれません。アーベル家がこの国の領土を守ることはできます」

「それこそ冗談だよ。真剣に考えないでよテオ。私は仕事がこれ以上増えるのは嫌だよ。それに勝手に領土を増やしたら、兄さんに怒られる」

ヴィリバルトは、自分が冗談で言った言葉に対して、テオバルトが真剣に反応したことに驚き、慌てた様子で否定した。

「父様は、おそらく渋々ながらもその提案を受け入れてくださるでしょう」

「テオは、わかってないな。一番怖いのは兄さんだよ」

ヴィリバルトの意外な発言に、テオバルトは目を丸くして驚いた表情を浮かべる。

ヴィリバルトはその反応を見て、笑顔で「あっ、そうだ。これ」と言って、『収納』から手紙を取り出し、テオバルトに手渡した。

「これは、父様からの私信……」

テオバルトはアーベル家の印がついた手紙を受け取ると、その場で手紙を開き読み始める。

「いつですか」

手紙を読み終えたテオバルトは、こめかみをピクピク動かしながら、ヴィリバルトに尋ねる。

「影の許可をもらいに行った時かな」

「叔父様、何度注意すればいいのですか！　情報連携は迅速にと何度も言っているじゃないですか！」

テオバルトは怒りに震える声で叫んだ。それに対して、ヴィリバルトは苦笑いしながら答える。

「まぁね、私も反省しているよ。ただ今回は、極秘任務の取りやめの連絡なんだから大目に見てよね」

「いったい何日経っていると思っているのですか」

テオバルトが問いつめると、ヴィリバルトは深くうなずいた。

「はぁ、影に撤退を指示してきます」と言って、テオバルトは部屋を出た。

彼の背中からは怒りとあきらめが伝わってきた。

闇を照らす光

夜明け前、伯爵家の豪華な客室のベッドの上で、寝間着姿のままの俺と叔父は対面していた。

叔父の突然の訪問に、俺は驚きと不安で胸が高鳴った。一緒に寝ていたハクは驚いて慌ててベッドから飛び降りたが、叔父だとわかると静かに横になり、再び眠りについた。

俺も安堵したが、同時になぜこんな時間に叔父が訪れたのか不安になり、いろいろな考えが頭をよぎった。

「ジークにお願いがあるんだよ」

「なんでしょうか？」

不安そうな俺を察してか、叔父は優しく微笑みながら言う。

「闇魔法の『漆黒』を打ち消す、『光輝』をこのガラス石に入れてほしいんだ」

叔父の手もとには、高ランクのガラス石が輝いていた。その輝きは、ひと目でその価値を認識させるほどだった。

しかし、俺はそれを横目で見ながら、悩ましげに眉を下げ、唇を噛んでいた。

叔父の要求は、俺にとっては難題だった。

俺の反応があまりよくないと察した叔父は、やわらかい言葉を選びながら、静かに訴えかける。

「私は属性を所持していないから、使用できないんだよ」

「いつまでにですか？」

「至急かな」

叔父がすがるような目で俺を見つめる。その態度から、緊急を要する事態が生じていることはあきらかだった。

叔父が所望する『光輝』は、光魔法の中でも最上級の魔法であり、聖魔法でも使用可能なものだ。しかし、現時点では俺に『光輝』を使用する能力がなかった。

「光魔法や聖魔法の修練はあまり積んでいません。それに『光輝』の使用経験もありません。『光輝』を使用できたとしても、ガラス石に魔法をうまく入れられるかどうか不安です。数日の時間があれば対応できると思いますが」

叔父の期待に応えられず、俺は心を痛めながら回答した。そんな俺の回答に、叔父はとても困った顔をして腕を組み、深く考え込んだ。

それは、数日も時間がないということを意味していた。

「うーん。ガラス石に魔法を入れる補助はできると思うけど、魔法はさすがにね」

「一日、時間をください」

俺の突然の申し出に、叔父は目を見張るも、微笑みを浮かべて俺の頭を優しくなでる。

「わかった。頼んだよ」
俺はその期待に応えるように、「はい」と返事をした。
叔父が『移動魔法』で部屋から消えたのを確認して、俺はヘルプ機能を呼んだ。
「ヘルプ機能、補助を頼んだよ」
《はい。ご主人様。準備はできております。駄犬をここへ呼び出しました》
シルビアを連れていくのかと、意外な人選に俺が内心驚いていると、ヘルプ機能から補足が入る。
《癪ですが、駄犬は光と聖の属性を所持しており、枷がなければ、相当な使い手です。駄犬に魔法の修練を監督させ、アドバイスを受ければ比較的早く、魔法を習得できると思われます》
俺が「そうなんだね」と、相づちを打ちながらベッドを下りて身支度を始める。
《あまり褒めたくはありませんが、駄犬はあれでも神獣であり、魔術や戦闘には長けているのです》
「なるほど」
《ご主人様の魔法の習得が難しい場合、駄犬に魔力を貸し出し、ご主人様の代わりに『光輝』を使用させ、ガラス石に込めればよいかと思います。ただ、相当な負担が、ご主人様に加わりますので、これは最後の手段と考えてください》
「了解。最終手段でも、気持ちが楽になったよ」

ヘルプ機能の説明を聞いて、俺は少しだけ肩の荷が下りた。

正直なところ、叔父に『一日、時間をください』との申し出はしたが、一日でそれらを習得する自信はなかった。

けれど、叔父の俺への期待を裏切ることはできなかったのだ。

〈ジーク。お出かけ？〉

ベッドで寝ていたハクが、まだ眠そうに瞼を開けたり閉じたりしながら、俺のほうに向き直り尋ねてきた。

ハクの声はまだ眠気に満ちていて、言葉がぼんやりとしている。

「うん。光魔法と聖魔法の修練をしにね」

〈わかった。ハクも行く〉

「お留守番していてもいいんだよ」

〈ハクは、ジークベルトと一緒〉

そう言って、ベッドから下りたハクは体を大きく振り、眠気を振り払う。

そこへシルビアが眠そうに目をこすりながら、少しかすれた小さな声で「呼んだかえ」と言いながら、ゆっくりと部屋に入ってきた。

シルビアの銀の髪は乱れており、急いで来たのがわかった。

ヘルプ機能から大まかな説明を受けたシルビアは、徐々に眠気を振り払い、普段の調子に戻っていた。

「むぅ。決勝戦は見れないのぉ」

「ごめんね。シルビア」

「しかたないのじゃ。おぬしこそ兄の雄姿を見れんでよいのかえ」

「うん。決勝戦の相手は、準決勝のフランク・ノイラートより、総合力も落ちるし、実戦や技術から考えても、今のアル兄さんが余裕で勝つよ」

俺が自信を持って答えると、シルビアは「おぬし、『鑑定眼』を使ったな」と鋭く突っ込んだ。

「準決勝の試合中にちょっとね。相手の背景が気になったんだよ」

俺は苦笑いしながら、そう答えた。

シルビアは案外聡く、俺の態度を見て、遠慮がちに言う。

「的は、はずれたのかえ」

それに対して、俺は再び苦笑いを浮かべる。

「むぅ。じゃとすると、アルベルトの準決勝が、実質的に決勝戦だったことになるのぅ」

「そうなるね」

《ご主人様。お話を遮って申し訳ありませんが、時間がありません。すぐに指定した場所へ転移してください》

「あぁ、ごめんね。ヘルプ機能。じゃ、ふたりとも行くよ」

バルシュミーデ伯爵家の客室から、ふたりと一匹の姿が消えた。


『閃光』

辺り一面に、強い光がきらめく。

「おぬし、なかなか筋がよいのじゃ。この調子で『光輝』もすぐに取得じゃ」

「少し休憩」

〈目がチカチカする〉

「ハク、大丈夫かい？『聖水』」

「おぬし、そこは『癒し』を使わんかえ。光や聖の熟練度が上がらんのじゃ」

「あっ、そうだった」

初心者向けの迷宮、マンジェスタ王国にあるアン・フェンガーの迷宮に籠って、数時間経っている。

シルビアが俺に魔法の指導をする間、ハクには、近づいてくる魔物の討伐をお願いしている。

「間に合うかな」

「弱気じゃな。ヴィリバルトに一日時間をもらったのじゃろ」

俺が不安そうにつぶやくと、シルビアはすぐに反応して、励ましてくれる。

「うん。そうなんだけどね」

「なら、まだ昼にもなっておらん。このまま修練を積めば『光輝』は使えるのじゃ。まぁ安定はせん。けど、及第点じゃ」

シルビアの言葉に、俺は「うん」とうなずいて返事をした。

俺の煮えきらない態度を見て、シルビアは心配そうに尋ねてくる。

「なにが引っかかるのかえ」

「アル兄さんに使用された精霊魔法だよ」

俺は考え込みながら答えた。

シルビアは首をかしげて、「それのう」と納得した様子で言った。

シルビアの反応から、この話をもう少し広げてみることにする。

もしかしたら、なにか新しい発見があるかもしれない。

「精霊が関与しているよね」

「そうじゃな。おそらく上位の精霊が関与しておる」

「なんで、上位の精霊ってわかるの？」

シルビアは俺が尋ねた疑問に対して、少し難しい顔をしながら口を開いた。

「むぅ。おぬしは、精霊の種族が六つあるのは知っておるかえ」

「うん。火・水・風・土・闇・光、だよね」

「そうじゃ。その中でも上位と呼ばれる精霊たちがおる。その者たちには特性があり、魔法を付与できるのじゃ。『精霊の加護』というものじゃ」

俺はその説明に対して、「精霊の加護」とつぶやきながら、胸もとのリボンに手を伸ばした。

それを見てシルビアは大きくうなずく。

「そうじゃ、このリボンにかけられた『結界』も、水精霊の特性じゃ」

「魔道具みたいなものだよね」

「まぁ、似てはおるが、精霊の加護は物だけではなく人にもできる」

「魔契約とは違うの？」

「うむ。精霊と魔契約すれば、精霊魔法が使えるようになる。その力は契約精霊とその者の資質により変化するのじゃ。しかし、精霊の加護はそれに依存せず、精霊本来の力が付与されるのじゃ」

俺は「なるほど」と、相づちを打つ。

「とはいえ、精霊の加護は、特性魔法に縛られるがのう」

「どういう意味？」

「簡単に言えば、その精霊の一番得意な魔法をひとつだけ加護できるのじゃ」

「ねぇ、それって」

俺の言葉を理解したシルビアは、うなずきながら言った。

「うむ。『魅了』が光精霊の加護ではないかと、妾は思うとる」

「ユリアーナ殿下が、光精霊と契約している可能性があるってことだよね」

「うむ。おそらくヴィリバルトは、その線を洗っておったんじゃないかえ」

「だとしたら、ヴィリー叔父さんからなんらかの連絡は入るはず……。だけど、ヴィリー叔父さんは隷属を疑っていた」

俺が険しい表情で言葉を選んでいると、シルビアは身を乗り出して話し始めた。

彼女の声は力強く、言葉は明確だった。

「そこなのじゃ。ヴィリバルトは疑ってはおるが、確証がないゆえ、断言はできない。じゃが、ユリアーナが光精霊と契約しておるのなら、おぬしの『鑑定』をレジストできたのも、納得ができるのじゃ」

「だけど、ヘルプ機能の調査では……」

《ご主人様、私の機能は半減しております。駄犬の言う可能性は、おおいにありえます》

「駄犬と呼ぶなっ！」

シルビアとヘルプ機能の激しい言い争いが始まった。

俺はそれを横目に見ながら、シルビアとの会話の内容と過去の出来事を思い出し、深く考え込む。

エスタニア国王の寝室で、『漆黒』が使用され、『光輝』が必要となった。この事件の主犯は、武道大会爆破計画を阻止されたトビアス一派の犯行で間違いないようだ。状況的にザムカイトから提供された魔道具を使用した可能性が高い。

だけど、ザムカイトが行方をくらました後、アル兄さんが襲われている。敵側には、ザムカイト以外の腕利きの闇魔術師がいることが確定しており、今後の対策が必要だ。

また、ガラス石に『光輝』を入れる理由は、俺自身の能力を世間から隠すことと、他国の人間が安易に国王の寝室に侵入することを防ぐためだ。

おそらく後者が本来の理由であり、叔父の周辺に王家の関係者がいる。その関係者がユリアーナ殿下だと俺は考えていたが、シルビアの話では、叔父はユリアーナ殿下を警戒している。

そもそも王位継承権を巡る争いが激化し、一連の事件が発生している。

王族の中に、この混乱を利用して自身の地位を固めようとする首謀者がいる。

だが、わからないのが、なぜ今なのかだ。

国の威信をかけた武道大会で、各国の代表がいる中で、なぜ行動に移さなければならないか。

誰だ。誰がこの状況で優位に立つ。

〈大丈夫?〉

ハクの呼びかけで、俺は我に返った。

ハクが不安そうに俺を見つめていたので、俺はハクの頭を優しくなで、「大丈夫だよ」と微笑みながら安心させた。

そうだ、俺が焦ってもなにも解決しない。

今は、俺ができることをひとつずつ、着実にこなすだけだ。

『光輝』を形にし、ガラス石に入れることに集中しなければならない。

俺は立ち上がると静かに瞑想し、魔力循環を高め始める。

必ず『光輝』を取得するという、揺るぎない決意が俺の中にあった。

◇◇◇

美しく輝く光が、国王の寝室に降り注ぎ、周囲の者たちは息をのんだ。

まるで幻想的な輝きに包まれたかのようだった。

エリーアスの手もとには、その役目を終えたガラス石が残されていた。

「近づくな」

光が収まると同時に、国王の寝室に近づく近衛騎士たちを、エリーアスは厳格な声で呼び止めた。

「私が、陛下の容体を確認する。何人たりとも寝室に入ることは許さん」

「しかし、エリーアス殿下の身になにかあれば」

エリーアスは臣下の声を遮るように、威厳に満ちた声で告げる。

「心配することはない。私が陛下の容体を確認し、必要な措置を講じる。私とルイスには、精霊の加護がついたこのリボンがある」

エリーアスが胸もとの金色のリボンを指すと、国王の寝室前で待機していた臣下たちから、「なんと！」といった感嘆の声があがった。

精霊の加護は非常にまれなものであり、それを所有することは非常に特別なことである。エリーアスとルイスがそのような加護を受けていることは、彼らが非常に強い力を持っていることを示していた。

「マティアスは、競技場に入ったか」

「はい。つつがなく」

宰相である男が冷静な声で、周囲の騒々しい状況をよそにエリーアスの問いかけに答えた。彼はエリーアスの数少ない協力者のひとりだった。

「トビアス兄上も競技場か」

「はい。トビアス殿下は、ユリアーナ殿下を伴って会場入りしております」

「そうか。宰相、あとは頼んだ」

エリーアスがそう命じると、宰相は静かに頭を下げ、深々と臣下の礼をとった。

そして、彼は威厳を持ってエリーアスの前に道を開けた。

エリーアスはそれを横目に見ながら、「ルイス行くよ」と、従者のルイスに声をかける。

彼の背後をルイスが続き、ふたりは国王の寝室へ足を踏み入れた。

国王の寝室は静寂に包まれ、重厚な雰囲気が漂っていた。

壁には高価な絵画が飾られ、床にはやわらかい絨毯が敷かれており、その雰囲気にそぐわない禍々しい魔道具が、ベッドの横の棚に置かれている。

その魔道具は黒く光る石でできており、古い呪文のような文字が刻まれていた。

「エリーアス殿下」

「ルイス、危険だから触ってはいけないよ。ヴィリバルト殿の話によると、一時的に止まっているだけだそうだ。持ち出すには、この白い布をかけて、布が黒くなるのを待つしかない」

無防備に魔道具に近づこうとするルイスに、エリーアスが強く言い聞かせるように注意した。

ルイスは「はい」と、神妙な顔で返事をする。

その返事を聞くと、エリーアスは一瞬だけ目を閉じて深呼吸し、ゆっくりと魔道具に近づき始める。彼の足もとは確かで、その動きは慎重だった。そして、白い布を魔道具にかけ、ほっとして息を吐く。彼の顔から緊張が解け、安堵の表情が浮かんだ。

その時、ルイスからも安堵のため息が漏れていた。彼もまた、エリーアスと同様に緊張が解けた様子だった。

「父上、エリーアスがまいりました」

エリーアスは、寝台の上で皮と骨だけの痛ましい姿となり、苦しみに顔をゆがめる国王に声をかけた。彼の声と視線からは、微細な同情と軽蔑が感じられ、それは国王への哀れみと反感が複雑に絡み合ったものだった。

国王は、その声に反応することもなく、ただ苦しみに身を委ねている。

その国王をじっと見つめるエリーアスの眼鏡の奥にある緑の瞳は、なにも映し出していない。

すると、突如として、国王の体から細く白い光が現れ、エリーアスを貫き、はじけるように一瞬で消え去った。

「エリーアス殿下！」

ルイスが青ざめた顔で叫びつつ、エリーアスのもとへと駆け寄る。

エリーアスは絶望に顔を染め、驚きと恐怖で身を震わせ、膝を地に着けた。震える己の体を必死に抑えつつ、寝台の上に横たわる国王に向けて、軽蔑の視線を送った。

「なんということだ。これが『王家の真実』だと」

エリーアスの口から冷たく鋭い声が漏れ出た。彼は肩を震わせ、怒りを必死に抑えている。

その姿を目の前に、ルイスはなにも言うことができず、ただエリーアスの横で立ち尽くし、彼の苦しみを静かに見守っていた。

しばらくして、エリーアスは立ち上がり、国王に歩み寄る。

その口からは、激しい怒りがこめられたような声が響き渡った。

「父上、あなたの勝手な判断により、エスタニア王国は、白狼の加護を失うでしょう」

国王は、その言葉に反応することもなく、ただ苦しみ続けていた。

エリーアスは、怒りに顔をゆがめながら拳を強く握る。

その緑の瞳からは、憤りの涙がこぼれ落ちた。

ルイスは、そんな彼の背後で、深く臣下の礼をとった。

決勝戦

アルベルトが決勝戦の会場に足を踏み入れると、彼の視線は自然と貴賓席に向かった。

しかし、そこにはジークベルトの姿はない。

ヴィリバルトによれば、ジークベルトは、今朝早くから彼のお願いで出かけたという。

そのお願いがなんであったのか、ヴィリバルトは詳しく語らなかった。

アルベルトは、まだ幼いジークベルトがいったいなにを頼まれたのか、そしてそれがどうして今日の早朝になったのか、疑問に思わずにはいられなかった。

ギルベルトがいない状況で、アーベル家のすべての事柄を判断するのはヴィリバルトである。

アルベルトはその采配を信用しており、ヴィリバルトがジークベルトを危険に巻き込むことはないと理解している。

しかし、ジークベルトのことに関しては心配なのだ。

アーベル家の至宝として、世間に認識されつつあるジークベルトは、誘拐などの危険もある。

きなくさい噂が絶えないエスタニア国内で、護衛をつけずに外出したこともあり、アルベルトの不安が一気に増大した——。

朝食の後、ヴィリバルトの客室を訪ねたアルベルトは、ヴィリバルトに詰め寄っていた。

「叔父上、ジークになにをお願いしたのですか」

「心配しなくても、アルが想像しているより、はるかにジークは強いよ」

「ジークが可憐で聡明で強いのはわかっています。しかし、単独で行動させるのはいかがなものかとっ……」

彼が言おうとした瞬間、ヴィリバルトからの突然の圧力により、アルベルトは全身が硬直し、言葉を詰まらせた。

「私の判断に文句があるのかい」

人を無意識に従わせる圧倒的な力が、アルベルトの前にあった。

それに抵抗してでも、ジークベルトへの心配が上回る。アルベルトの中でどうしても不安が拭えないのだ。

「叔父上の判断に従いますが、ジークに危険はないと言いきれますか」

「アルは私がジークを危険な目にさらすと?」

ヴィリバルトは赤い目を細め、アルベルトに問う。

「いいえ。叔父上を信用しています。ただ、頭では理解していますが、得体の知れないなにかが渦巻いているようで、不安でしかたがないのです」

困惑した表情を見せたアルベルトが否定をしながらも、胸の内を語る。

その様子に圧を弱めたヴィリバルトがすぐに「アル、『鑑定眼』を使用するよ」と言って、アルベルトを視た。

「アル、君はユリアーナ殿下に好意を寄せているのかい」

「叔父上、突然なにを⁉」

ヴィリバルトの突拍子もない発言に、アルベルトが頬を赤くしながら狼狽する。

その反応を見たヴィリバルトが、額に手をあて表情をゆがめた。

「そうなんだね。油断したよ。精霊の加護で『魅了』を完全に遮断できると思っていたが、そこに人の思いが入るとかかってしまうようだ」

「どういうことですか」

「君は今、微量の『魅了』にかかっている。私への不信感はその『魅了』に感化されているようだね。普段のアルならジークを心配しつつも黙認している。おかしいと思ったんだ」

ヴィリバルトの説明に、アルベルトが眉をひそめ考え込む。

「私が叔父上に不信感を……」

「自覚はないかい。君の言動はジークへの不安もあるようだが、私への不信感からきている」

その指摘に、アルベルトは己の行動と心境を思い出す。

過去と今の違いを客観的に考えれば、ヴィリバルトの指摘はもっともなことであり、今、ヴィリバルトを問いつめているアルベルトは、過去の彼ではありえないと断言できる。

「そうですね。そう言われれば、納得する面もあります」

「厄介なことだね。おそらくユリアーナ殿下の言葉はすべて信用し、ほかの者の言葉に疑問があれば不信に思う」

「なるほど」

アルベルトが腑に落ちたようにうなずく。

「聖魔法で『魅了』を解除できるが、解除してもすぐに微量の『魅了』にかかってしまうだろう。アルがユリアーナ殿下に好意を寄せているからね」

「まだ正常な判断ができているのは、精霊の加護のおかげですか」

「そうだね。完全に魅了されれば、ユリアーナ殿下の言いなりだね」

ヴィリバルトが軽い調子でそう告げると、アルベルトが真剣な顔をして言いだした。

「今の私ではユリアーナ嬢の言動に疑問を持てないとなれば、彼女と話したすべての内容を第三者に話さなければなりません」

「そうなるね」

「では、叔父上、お聞きください。私とユリアーナ嬢との出会いは――」

「アル、ちょっと待つんだ」

アルベルトが口を開き、ふたりの馴れ初めを話し始めようとした瞬間、ヴィリバルトが慌てて彼を阻止した。

「叔父上、なにかほかに疑念がありますか」

「私が、アルとユリアーナ殿下の会話を聞くのかい」

ヴィリバルトが驚きの表情でアルベルトを見つめ、反問すると、アルベルトは淡々とした態度で、「適任だと考えますが、なにか？」と答えた。それに対して、ヴィリバルトはやや不満げに顔をしかめる。

「いや、なにが悲しくて、甥っ子の逢瀬の会話を、私が聞かないといけないんだい」

「必要なことです。私の報告は客観的でないかもしれず、ユリアーナ嬢が白であることを証明できません。彼女の言動に疑わしい点がなかったかどうかを判断する必要があります。決勝まで時間があまりありません」

冷静に説明するアルベルトに、ヴィリバルトは頬を引きつらせる。

「アル、何時間話すつもりだい」

「そうですね。出会いから昨日までの話ですので、簡単に要約しても決勝までギリギリのところですね」

アルベルトが考え込んでいる最中、ヴィリバルトから発せられる魔力を察知した彼は、素早くその手首を掴んだ。そして、にっこりとヴィリバルトに微笑んだ。

「どこに行こうとするのですか。叔父上」

その後、決勝戦が始まる直前まで、アルベルトはユリアーナとの会話をヴィリバルトに聞かせ続けた――。

先ほどまでのヴィリバルトとの会話を思い出していたアルベルトは、視線を貴賓席からエスタニア王家がいる上座に向けた。

そこには、王太子マティアスが鎮座しており、その下にトビアス、そしてユリアーナがいた。

彼女の髪には、アルベルトからの贈りものである、赤と金の宝石が装飾された上品な髪飾りがあった。

「ユリアーナ嬢」

無意識に彼女の名をつぶやいたアルベルトは、自身の心が軋む音が聞こえた。

この感情を恋情と呼ぶには曖昧で、だからといって否定することもできない中途半端な気持ちに己の心が追いついていない。

『魅了』により、未熟だった感情を無理やり完熟させたことにより生じた軋み。この先もこの感情の揺れに悩まされ続けるのだろうと、ユリアーナを見つめながらアルベルトは思った。

アルベルトは邪念を払いのけるように頭を激しく振り、自分を奮い立たせるために頬を叩いて気合を入れる。

目の前の試合に全力で取り組むため、アルベルトは心を無にした。

決勝戦の開始を告げる笛の音が鳴り響くと、会場全体が一瞬静まり返った後、熱狂的な歓声と拍手であふれた。

観客席からは期待と興奮が感じられ、その歓声を背にアルベルトは深呼吸をして、集中力を高める。彼の目は真剣で、その期待に応えるべく、全力を尽くす覚悟が見てとれた。

「アーベル家のせがれ、火魔法が使えないそうだなっ、キヒッ」

いやらしく笑う男を前にアルベルトは、彼がまとう魔力の流れがおかしいことに気づく。

対戦相手であるヘルマン・フェーブルは、アルベルトと同じく火魔法を得意とする魔法剣士だ。しかし、彼の実力は準決勝で戦ったフランク・ノイラートに比べて一段階、または二段階低いと評価されていた。

その彼の魔力量が、突如として増大している。その魔力量はフランク・ノイラートをはるかに超えていた。

アルベルトは驚きを隠せないまま、ヘルマンへ問いかける。

「貴殿、なにがあった」

「キヒッ。さすが、アーベル家のせがれ、気づいたか。俺は生まれ変わったんだっ。ヒッヒヒ」

ヘルマンはいやらしく笑いながらもそれに答えた。

その言動はあきらかにおかしく、不快な気持ちがアルベルトに広がっていく。そして、ある可能性が頭をよぎり、彼は思わず「まさか」とつぶやいた。

ヘルマンの祖国であるシュムット王国は、帝国の属国であり、その中でも特に弱い立場に置かれている。

帝国の命令により、彼に帝国が開発中と噂されている新薬が投与されたと考えれば、彼の魔力がわずか一日で異常なほど高くなったことに納得できる。だが、それは命を削る行為であり、副作用があるこの方法を魔法剣士である彼が進んで選んだとは考えにくい。

アルベルトが思案しているそばで、「シューン」と炎がアルベルトの体を横切った。

「ヒッヒ。なにをブツブツ言ってるんだ。キヒッ」

ヘルマンの手には、炎をまとった剣が握られていた。その剣は、まるで生きているかのように輝き、熱を放っている。

昨日の彼ではできない技量を目の当たりにしたアルベルトは、新たな戦略を練る必要性を痛感する。同時に深呼吸をし、『今、ひとりの魔法剣士の命が消えようとしている』という事実を直視して、立ち向かう決意を固めた。

アルベルトの態度に異変を感じたヘルマンはゆっくりと剣を振り上げ、アルベルトのほうへ向けた。その瞬間、周囲の空気が一変する。ヘルマンの剣から空気を切り裂く音が響き渡り、アルベルトに向かって炎の剣が飛んでいった。

飛んでくる炎を巧みに避けながら、アルベルトは剣を堅固に構え、ヘルマンに向かって進み出た。

この戦いが彼の人生で最も悲しい戦いとなることを覚悟した。


その後、決勝戦はあっけなく終わった。

ヘルマンの魔力暴走が発動し、体内から血があふれ彼の全身を赤に染めていく。

それでもヘルマンは攻撃をやめない。そんな彼の体をアルベルトの剣技が襲った。アルベルトがピタッと動きを止めると、ヘルマンの体は地面に倒れていた。

「さすがはアーベル家のせがれ、俺の技量では到底及ばない。感謝する」

そう言うと、ヘルマンは意識を手放した。

彼は一見するといやらしい笑みを浮かべていたが、その目は正気に戻り真剣そのものだった。

アルベルトは、悲痛な表情を見せる。彼の体内から魔力が徐々に減っていくのが目に見えてわかり、最後に微塵《みじん》も感じなくなったのを確認した。

ひとりの魔法剣士が、消えた瞬間だった。


「アルベルト・フォン・アーベルを、本大会の勝者といたす。エスタニア国王に代わり、王太子マティアス・フォン・エスタニアがこれを称える」

「ありがたき幸せ」

マティアスの言葉が会場に響き渡ると、歓声と拍手がいっせいに沸き起こった。

その反応を受けて、アルベルトは頭を下げて感謝の意を示した。その瞬間、会場は再び歓声であふれかえった。

観客たちの興奮が落ち着いたのを見計らい、アルベルトがマティアスのそばから辞する。

アルベルトは、自身の視界の端にいたトビアスが、アルベルトの辞する動きに合わせ、マティアスとの距離を詰めていることに気づいた。

他国が参加する武道大会の表彰式で不祥事を起こすなど、正常な判断力を持つ人間であれば考えもしない行動だ。しかし、トビアスにはそうした前例があった。

その事実を思い出したアルベルトは、彼の行動を警戒し注視する。なにかあればすぐに動けるように、気配を探っていたにもかかわらず、それは起こった。

「トビアス、やめなさい！」

ユリアーナが突然叫んだ。

彼女はマティアスを守るため、勇敢にトビアスが振りかざした刃物の前に立ち塞がった。

その瞬間、周囲は驚きのあまり言葉を失い、一瞬の静寂が広がった。しかし、その静寂はすぐに悲鳴に変わり、ユリアーナが力尽きてトビアスの腕に倒れ込んでいく様子を目にした。

「ユリアーナ嬢！」

アルベルトは無我夢中で、トビアスの腕からユリアーナを奪還すると、彼女の腹に刺さっているものが魔剣であることに気づき、驚きで目を見開いた。

「なぜ、このようなものがここに！」

アルベルトの悲観的な声が響き、周囲の人々の視線が彼女に向けられる。人々は彼女の腹に突き刺さった魔剣を見て戦慄する。

その隙を突いたビーガーは、呆然と立ち尽くしているトビアスの肩を掴み、彼を転移させた。

「ビーガー侯爵が、トビアス殿下を連れて逃走しました」

ひとりの騎士の報告に、周囲の人々は苛立ちを隠せず怒りの表情を浮かべるも、アルベルトはユリアーナの治療を優先することにした。

魔剣がユリアーナの血を吸い上げ、不気味に輝き始めると、アルベルトは覚悟を決めてユリアーナの腹からその魔剣を抜こうとした。

その瞬間、ユリアーナを包むように淡く美しい光が現れ、魔剣はひび割れた。

光が美しく翼を広げて宙を舞い、ユリアーナの傷口に触れる。傷口から黄金の光があふれ、傷が癒やされ始める。

それはまるで奇跡のような光景に見えた。

光の中にいるユリアーナのそばに、人外な者とわかる中性的な人物が姿を現し、そっとユリアーナの頬をなでた後、その姿を消した。

高位の光の精霊だと、会場にいる誰もがそれを認識したのだった。

◇◇◇

俺は夢を見ていた。

昔の、いや前世の記録を夢で見ていた。

どこまでも広がる田園風景に、大好きな祖父母がいる田舎だと思い出した。

小さい妹とふたり、一生懸命に手を動かし、大きな白い犬を洗っている。

そうだ。

俺の不幸の影響で引っ越しをすることになり、一時的に妹とふたり、祖父母の田舎に預けられたんだ。

そこで、古い神社の祠《ほこら》で動けなくなっていた大きな白い犬を見つけたのだ。

祖父に願い、家で飼うことになって、いつの間にかいなくなっていた大きな白い犬。

たしか『シロ』と名付けた。

なぜそれを忘れていたんだろう。

泡だらけのシロが、俺を見つめながらほえた。

『世界に愛されし魂が、なんと嘆かわしい』

前世の小さな俺は驚いて手を止め、シロになにかを話している。

『天界族は、なにをしている』

シロの嘆きが夢の中の俺の心に響く。

そこからのシロとの日々は走馬灯のように速く、シロはいつも俺の困難な状況に対して苦言を呈していた。

『なにゆえ汝《なんじ》が、そのような境遇に陥らねばならん』

『このような非道な試練があってたまるか』

『我の力が弱いがため、汝に苦労をかける』

俺の新居が決まり、田舎の祖父母に別れを告げると、シロが力強くほえた。

『我、汝の力になる』

前世の俺はシロが別れを悲しんでいると感じていたが、それは間違いだった。

シロの体は淡く光ると消え、俺の体を貫いた。

家族が狼狽しながらも、俺の体に異常がないか確認し、祖父が神の祟《たた》りだと大騒ぎをしたんだ。

『お客様、困りますよ』

鷹揚《おうよう》な声が聞こえた次の瞬間、その出来事もシロのことも忘れて、俺は家族で新居に向かっていた。

それから俺の不幸の質が変わったのだ。

俺自身に降りかかる災難は最小限となり、命の危険にさらされることが少なくなった。

今ならわかる。
シロが俺をずっと守ってくれていたのだ。
前世の記録が、夢が徐々に俺を現実に覚醒させる。
『汝、幸せか』
シロ、俺は今も幸せだよ――。

あとがき

「不運からの最強男３」をお手に取っていただき、誠にありがとうございます。

エスタニア王国編、いよいよ核心に迫るところまできました。残念ながらこの巻では、完結までには至っていませんが、興味を引く場面が多くあったのではないかと思います。

また、主要キャラクターのシルビアは、当初予定していた登場シーンとはまったく異なる形での早い登場となりました。シルビアの個性や性格を変えず、自然と物語に溶け込めたことに、作者として安心しました。

エスタニア王国編は突如として生まれ、巻をまたぐとは想像もしていませんでした。

私が小説を執筆する上で大事にしていることは、キャラクターの気持ちです。彼らが創作の産物であっても、この世に生まれた個々の存在であると私は思っています。たとえそれが、私の想像によるものであっても、私の中で彼らは生きており、彼らの物語を伝える代弁者だと考えています。

今回のエスタニア王国編は、キャラクターたちから生まれた副産物です。楽しみつつも、複雑な展開に頭を悩ませて、執筆を進めていました。

今後も彼らの行動や感情に注目しながら、物語を紡いでいくことに期待してください。

二巻発売後、すぐに続刊のお話をいただき、うれしい気持ちと、どうしようという焦りがありました。執筆する時間がとれないという焦燥感があり、出版時期が少し遅くなると聞いた時は、正直、安堵しました。

小説を出版するにあたって、作者の私で四カ月ほどの時間を割きます。この作品に携わる関係者は、それ以上の期間をこの作品に費やしてくれます。多くの人の支えの中で、小説を出版できていることに感謝します。

また、作品を手に取って応援してくれる読者の皆様のおかげでもあります。ありがとうございます。

幸運にも、この作品が徐々に広く認識され、ジークたちの今後に関心が高まっていることを知り、とてもうれしく思います。皆様の期待を裏切らないよう、いい意味で期待を裏切れるよう、ジークたちと会話をしながら物語を進めていきます。

あらためて、読者の皆様、関係者の方々に深く感謝します。

コミックも含め、これからも応援よろしくお願いします。

フクフク

不運からの最強男
【規格外の魔力】と【チートスキル】で無双する３

2024年3月22日　初版第１刷発行

著　者　フクフク

発行人　菊地修一

発行所　スターツ出版株式会社

〒104-0031　東京都中央区京橋1-3-1　八重洲口大栄ビル７Ｆ
TEL　03-6202-0386（出版マーケティンググループ）
TEL　050-5538-5679（書店様向けご注文専用ダイヤル）
URL　https://starts-pub.jp/

印刷所　大日本印刷株式会社

ISBN　978-4-8137-9316-8　C0093　Printed in Japan

［フクフク先生へのファンレター宛先］
〒104-0031　東京都中央区京橋1-3-1　八重洲口大栄ビル７Ｆ
スターツ出版（株）　書籍編集部気付　フクフク先生